北京阿里朗

Beijing Arirang

천년의 사랑
올떼랑!

OLTTERANG COFFEE

OLTTERANG CAFE

OLTTERANG BAKERY

OLTTERANG FOOD

OLTTERANG COSMETICS

北京阿里朗
Beijing Arirang

북경 아리랑 상

윤종식 장편소설

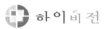 하이비전

차 례

• 프롤로그

한국과 중국은 고대로부터 동병상련(同病相憐)의 관계를 쭉 유지하며 살아왔다. 한때 외교적 관계가 단절되는 불운도 겪었지만, 서로의 문화를 공유하면서 인류문명발전에 지대한 영향을 미쳤다.

일례로, 근래 동북아시아에서 발견된 「홍산문화(紅山文化)」의 유물들이 '세계시원문화(世界始原文化)의 원류(原流)'임을 실증적으로 대변하고 있다.

본 작품을 구상하게 된 동기는 글로벌시대를 살아가면서도 개인주의, 지역·집단이기주의 등 우물 안 개구리처럼 자기논리에 빠져 화합과 상생, 모두의 발전에 엄청난 부담을 주는 현실에서 벗어나 개인, 집단만이 아니라 사회와 국가, 세계를 볼 수 있는 거시적 안목과 한국인의 바람직한 인간상을 한번 제시하고 싶어서였다.

아울러 인생행로에서 수없이 닥치는 희로애락(喜怒哀樂)을 슬기롭게 헤쳐 나가는 오뚝이인생들의 삶을 통해 작은 어려움에도 쉽게 자포자기(自暴自棄)하는 우리들의 현실을 되돌아보고, 어떠한 역경도 거뜬히 이겨내 자신의 꿈을 성취할 수 있도록 용기를 주려는 의도로 시작했다.

표제를 '북경아리랑(北京阿里朗, Beijing Arirang)'으로 붙인 이유는 한·중 간의 유대관계가 영원히 이어지기를 바라는 마음에서 한국인의 마음의 고향이자 삶의 영혼인 '아리랑'과 중국인들이 평생 한번이라

도 가보고 죽고 싶다는 '북경'을 조합했다.

　세상의 중심이 서양에서 동양으로 넘어오는 21세기를 맞이하여 한·중 간의 돈독한 관계가 어느 때보다 중요하며, 1992년 9월 외교관계를 수립한 이래 양국 간의 교역규모와 인적교류는 하루가 다르게 기하급수적으로 늘어나고 있는 실정이다.

　그러나 한·중 간의 상호협력과 양국 국민 간 이해의 폭을 항구적으로 넓히기 위해 구심적 역할을 할 수 있는 공동체는 아직 설립되어 있지 않다. 이런 문제점을 해결할 수 있는 방안으로는 바로 중국의 수도인 북경에 (가칭)북경서울대학(北京首尔大学)을 설립하는 것보다 더 좋은 대안은 없다고 본다. 이는 한국과 중국에 엄청난 이익이 될 뿐 아니라 인류의 번영과 안녕을 위해서도 꼭 해결해야 할 과제이다.

　독립투사 후손인 쭝양민주대학(中央民族大學) 황요우푸(黃有福) 교수님께서 오랜 기간 한·중우호증진과 조선족의 열악한 교육환경 개선을 위해 북경서울대학 설립을 꾸준히 추진하여 왔지만, 여러 사정으로 대학설립에 필요한 재원을 마련하지 못한 채 오늘에 이르게 되었다. 그 원인은 북경서울대학 설립의 절박성에 대한 홍보가 부족하기도 했지만, 불행하게도 한국에 외환위기가 왔고, 뜻을 같이하는 동지들을 제대로 만나지 못한 까닭이다. 특히 양국의

매스컴과 지식인·기업인·교육자·독지가 등 사회지도자층들의 무관심이 이러한 결과를 초래하지 않았나 싶어 몹시 안타까웠다.

그래서 한·중 간의 우호증진과 상호이해의 폭을 넓히는데 절대적으로 필요한 북경서울대학 설립의 당위성과 세계인의 화합과 상생을 위해, 부족한 능력에도 불구하고 필자가 직접 중국유학에서 겪었던 경험과 생각을 밑바탕으로 '북경아리랑'을 쓰게 되었다. 고로 북경서울대학 설립의 당위성을 이해하고, 한·중우호증진과 인류공영에 뜻을 모아 양국의 매스컴·지식인·기업인·교육자·독지가 등 사회지도자층들의 많은 참여를 학수고대한다.

양국 국민 간 상호이해의 폭을 넓히기 위해 이 책을 한국어판(韓國語版)과 중국어판(中國語版)으로 각각 출판하고, 내년 상반기 안으로 드라마 제작에 들어가 한··중수교기념일인 9월부터 한국과 중국에서 동시 방영되는 것을 목표로 하고 있다.

끝으로 본 작품을 쓰는데 물심양면으로 도움을 주신 동리목월창작대학(東里木月創作大學) 교수님들과 많은 지인들에게 지면으로나마 깊은 감사의 마음을 전한다.

2013년 12월 16일 우거(寓居)에서
윤종식(尹鍾植)

1. 산으로 간 연어

정혁은 자동차를 몰고 식물인간이 돼 영남대학병원에 누워 있는 친구를 향해 달렸다. 느닷없는 사고였다, 그것도 하필이면 뺑소니사고! 은행 지점장으로 한창 잘 나가던 친구에게 닥친 불행을 생각하자 알 수 없는 인생사에 무릎이 꺾이는 기분이었다.

병원 못미처서 잠시 슈퍼에 들렀는데 누군가 알은체를 하며 다가왔다.

"혹시 정혁 형님 아니십니까?"

재빨리 기억의 갈피를 뒤졌지만 도무지 캄캄했다.

"누구신지⋯⋯?"

"뒷집에 살던 오태인데, 기억하시겠습니까?"

벌써 삼십 년도 훨씬 지난 일이다.

"자네가 정말 오태인가?"

믿을 수 없어 몇 번이나 되물었다. 얼굴을 뒤덮은 세월의 흔적으로 어린 날의 오태는 찾을 길이 없었다. 어쨌든 반가운 고향 후배

오태를 만나 이런저런 얘기를 나누다 보니 천진난만했던 어린 시절이 자연스럽게 떠올랐다.

당시만 해도 경북(慶北) 경산시(慶山市) 하양읍(河陽邑)은 목가풍의 조용한 시골마을이었다. 세 들어 살던 허름한 초가집은 사방이 온통 사과밭으로 뒤덮여 있어 가을이면 유독 향기로웠다. 또한 금호강(琴湖江)을 끼고 황금모래들판이 잘 형성되어 있었다. 이로 인해 대구사과가 전국적으로 유명세를 타기 시작했다. 미국인 선교사가 한국에 들어오면서 가져온 사과 씨앗 몇 톨이 대구사과의 효시라고 전해진다.

너덧 살쯤 된 어린 정혁은 주위에 또래 친구가 없어 옆집의 영남 형과 자주 어울려 놀았다. 낮에는 밭으로 들판으로 뛰어다니며 메뚜기·여치·베짱이·땅강아지·소금쟁이 등을 잡아 가지고 놀며 시간을 보냈다.

하루는 초저녁에 영남 형이 찾아와서, 오늘 참새구이 해먹을래? 꼬드겼다. 솔깃한 제안에 신이 난 정혁은 영남 형을 따라 영남 형네 뒤채로 따라갔다. 초등학교 5학년인 영남 형은 못하는 게 없어 보였다. 요즘 말로 치면 만능엔터테이너의 화신(化身)이었다. 영남 형이 사다리를 가져와 기와지붕 처마 쪽에 걸치고 올라갔다. 얼마 지나지 않아 영남 형이 처마 끝 새집에서 참새를 잡아 내려왔다. 몇 번 반복하자 참새가 일고여덟 마리쯤 잡혔다. 영남 형네 집 모퉁이에 모닥불을 피워놓고 참새를 굽기 시작했다. 찌지지, 찌지지 하며 순식간에 자욱한 연기가 하늘로 올라가고, 쥐죽은 듯 조용한 밤공기는 금방 고소한 냄새로 진동했다. 고기냄새가 코를 자극하자,

입에서는 침이 고이고 눈은 생기가 돌았다. 정혁은 먹을 때만 목 빠지게 기다렸다.

"아, 이제 다 구워졌다!"

영남 형이 잘 익은 참새 한 마리를 정혁에게 건네줬다. 고맙다고 말할 새도 없이 허겁지겁 이빨로 뜯었다. 환상적인 맛이었다. 얼마나 맛있던지 영남 형이 주기도 전에 정혁의 손이 먼저 모닥불 위 참새에게 가 있었다.

"맛있제? 마이 무라."

정혁은 염치도 없이 순식간에 참새를 해치웠다. 뼈까지 아작아작 씹어 먹었지만 간에 기별도 가지 않았다.

"그래 맛있나? 다음에 또 해줄게."

모닥불을 발로 비벼 끈 영남 형이 정혁을 집까지 바래다줬다.

"형! 고마워. 잘 가."

집에 들어서자 엄마의 매서운 목소리가 귓전을 때렸다.

"말도 없이 집을 나가 어데서 뭐하다 이제 오노? 니 찾는다꼬 온 동네를 다 뒤졌다."

겁에 질려 서 있는 정혁에게 엄마가 또 한소리 했다.

"어서 들어와 저녁 묵지 않고 뭐하노?"

결국 세수도 하지 않고 방으로 들어갔다.

"그 입은 뭐고…… 손도 시커멓고…… 니 불장난했나?"

"영남 형네 집에서 참새구이 해먹고 놀았습니다."

"참새가 어디서 나서 구워 먹었노?"

"영남 형이 잡아온 참새를 구워 먹었습니다. 영남 형은 한 마리만 먹고 나머지 모두 저한테 줬습니다."

"맛은 있드나?"

정혁은 자신 있게 고개를 끄덕였다.

"그래, 알았다. 밥 묵기 전에 세수나 해라."

저녁을 먹고 잠자리에 누워서도 정혁은 생전처음 먹어본 참새구이 맛을 잊을 수가 없었다. 얼마나 기다려야 또다시 참새구이를 얻어먹을 수 있을까 생각하다 시나브로 꿈나라로 갔다.

그날은 평소와 달리 하늘을 요리조리 날아다니는 제비 꿈을 꿨다. 처마 밑 안쪽에 지푸라기와 진흙을 이겨 만든 튼튼한 제비집 속에 새끼 네 마리가 살고 있었다. 어미소리가 들리면 본능적으로 노란 주둥이를 경쟁적으로 밖으로 내밀고, 서로 먼저 받아먹겠다고 귀가 따갑도록 짹짹짹, 짹짹짹 울어댔다. 먹이를 얻어먹은 새끼가 바로 몸을 틀어 똥을 싸면, 어미 제비는 분비물을 입에 물고 멀리멀리 날아가 버렸다. 새끼를 천적으로부터 보호하기 위한 어미의 세밀한 배려였다. 아마 그것은 태생적으로 모든 생명에게 심어진 우주신비의 DNA인지도 모르겠다.

꿈속을 헤매던 중, 갑자기 제비집이 참새집으로 바뀌었다. 주위가 조용해지더니 제비 새끼들은 간데없고 죽은 참새 새끼들만 축 늘어져 있었다. 어미 참새는 그 모습을 보고 말없이 눈물만 흘렸다. 깜짝 놀라 잠에서 깨어났지만 너무나 생생한 모습이라 깨어나서도 한동안 일어날 수가 없었다. 낮에 먹었던 참새구이가 불현듯 떠올랐다. 내가 참새새끼를 잡아먹었구나하는 생각이 들자, 꺼억 꺼억 자꾸 헛구역질이 났다. 기가 막히게 맛있던 참새구이가 일순간

구더기로 변해 정혁의 머리에 꼬물꼬물 기어 다니는 것만 같았다. 그 후, 다시는 참새구이를 먹지 않았다.

'참새구이 사건'이 있은 얼마 후 '사라호태풍'[1]이 한반도에 상륙해 온 천지가 물바다가 되었다. 유사 이래 가장 강력한 태풍으로 그 위력은 상상을 초월했다. 지구에 종말이라도 온 듯 댐이 무너지고, 강물은 넘치고, 철로가 끊어지고, 집이 무너지고, 사람과 가축은 떠내려가고, 여기저기서 울부짖는 소리가 끊이지 않았다. 그야말로 아비규환(阿鼻叫喚)이 따로 없었다.

정혁의 집도 순식간에 큰물이 덮쳐 형체를 알아볼 수 없을 정도로 무너져 내렸고, 가재도구는 산산이 부서져 가벼운 것은 죄다 떠내려가고 쓸 만한 게 거의 없었다. 엄마는 하나라도 더 건져보겠다며 이리 뛰고 저리 뛰고 제정신이 아니었다. 그런 와중에도 엄마는 자식들을 걱정했다.

"선숙아! 정혁이 데리고 아리랑고개 너머 쌀전 옆 이모네 집으로 빨리 떠나거라. 동생 손 꼭 잡고. 알았나! 어서!"

정혁과 선숙은 무섭기도 하고, 엄마와 떨어지기 싫어 머뭇거렸다.

"뭐하고 있노! 빨리 안 가고!"

엄마의 성화에 못 이겨 눈물을 질질 흘리면서 걷기 시작했다. 어느새 물은 정혁의 목까지 차올랐다. 정혁과 선숙은 두 손을 꼭 잡고 세찬 물살을 헤치며 빠져나오려고 죽을힘을 다했다. 다섯 살과 일곱 살 먹은 어린애가 감당하기엔 벅찬 일이었다. 하마터면

---

1) 1959년 9월에 발생한 태풍 사라는 열대저기압 등급 중에서 가장 높은 '카테고리 5급'까지 발달했던 태풍으로, 대한민국 최대 명절인 추석날 한반도를 강타하여 큰 상처를 남겼다.

목숨을 잃을 뻔한 위험한 순간이었다.

어찌어찌 아리랑고개 입구에 도달하자 날은 서서히 저물기 시작했다. 전신에 흙탕물을 뒤집어쓴 채, 바들바들 떨면서 친척 이모네 집에 도착해 이모를 부르자 버선발로 뛰쳐나왔다.

"어무이 아부지는 어떻게 됐노?"

정혁과 선숙은 모르겠다는 듯이 머리만 흔들었다.

"어린 것들이 얼마나 놀랐겠노! 참으로 용타!"

이모가 재빨리 담요로 몸을 감싸줬다. 한기가 어느 정도 가시자 따뜻한 물로 목욕시킨 후 새 옷으로 갈아입혔다. 그리곤 이내 저녁밥을 차려왔다.

"배고플 텐데 어서 먹어라."

이모가 밖으로 나가자 정혁과 선숙은 눈치 볼 것도 없이 닥치는 대로 밥을 입에 퍼 넣었다. 얼마나 먹었는지 숨쉬기조차 어려웠다. 온몸이 나른해지면서 눈까풀이 저절로 내려앉았다. 배부른 남매는 부모의 안부도 모른 채 곤히 잠들고 말았다.

사라호 태풍으로 모든 것을 잃고, 몸만 빠져나온 정혁네는 쌀전 안쪽 시냇물이 졸졸 흐르는 조산천변(造山川邊), 사과밭집 주인댁 아래채에 세를 얻어 살았다. 그렇게 몇 년이 지난 후, 다시는 물난리를 겪지 않으려 아리랑고개 가장 높은 곳에 새집을 짓고 이사를 했다. 정혁은 새집이 생겨 남부러울 게 없었지만 집 짓느라 빚을 많이 얻은 부모님은 눈코 뜰 새 없이 바빴다.

아버지는 새벽 일찍 나갔다 밤늦게 돌아왔다. 엄마도 부업 삼아 감을 단지에 넣어 아랫목에 묻어두었다가 알맞게 익으면 광주리에 담아 이 동네 저 동네 이고 다니며 팔았다.

  삼십 년 만에 오태를 만난 정혁은 감회에 젖어 시간 가는 줄
몰랐다. 친구 병문안을 위해 다시 핸들을 잡고도 그 여운은 계속
되었다. 어린 시절 자유분방했던 자신의 모습이 떠올라 자꾸만
미소가 지어졌다.

  동네친구들과 어울려 무엇이든 서로 따라 배우며 낄낄대던 어린
날. 봄이면 앞산에 가서 삐삐 새순을 뽑아먹기도 하고, 여름엔 금호강
에서 고기 잡고 목욕도 하면서 강물에 떠내려 온 사과를 간식으로
주워 먹었다. 가을이면 뒷산에 올라 소나무껍질을 벗겨내 빨아먹고,
겨울엔 칡뿌리를 캐서 씹었다.

  추억의 시간들이 끊임없이 오버랩 되어 눈앞에 아른거렸다. 그
당시 대부분 가정은 '보릿고개'가 태산(泰山)보다 높았다. '보릿고
개'는 1950~60년대 춘궁기로 묵은 곡식은 바닥나고 보리는 아직
여물지 않아 끼니를 에우기 힘들던 오뉴월을 일컫는 말이다. 그때는
먹을 수 있는 거라면 가리지 않고 다 먹었다. 친구들과 술도가에
가서 술지게미를 얻어와 함께 먹고, 술기운이 벌겋게 올라 수양버들
아래 웃통을 훌렁 벗고 드러누워 잠을 잤던 기억도 또렷하다.

  정신없이 운전하다보니 영남대학병원이 코앞이다. 병원로비에
가서 친구가 입원 중인 병동을 묻자 중환자실로 가보라고 한다.
중환자실 앞에서 환자보호자복으로 갈아입고 들어갔다. 온습도를
맞추는 온풍기는 쉴 새 없이 돌아가고, 약품과 체취가 뒤섞인 냄새가
정혁의 코를 자극했다.

환자 대부분이 팔뚝에 링거주사를 꽂고 얼굴엔 붕대를 감은 채 환자복을 입고 누워 있어, 누가 누군지 분간할 수 없었다. 두리번대며 한참을 헤매는데 친구 부인이 정혁을 알아보고 반갑게 인사를 건넸다.

"오 박사님! 어떻게 알고 오셨어요? 아는 사람이 별로 없을 텐데……."

"기아자동차에 근무하는 대학원 동기로부터 오늘 아침에 전해 들었습니다. 아침에 통화할 일이 있어 강 이사한테 전화를 했다가 '박형'이 뺑소니차에 치어 입원했다는 비보에 깜짝 놀랐습니다. 일찍 오려고 했으나 피치 못할 선약이 있어 낮에 못 오고 이렇게 밤늦게야 왔습니다. 그런데 어쩌다 사고가 났습니까?"

친구 부인의 눈시울이 붉어졌다.

"저녁에 직원 회식이 있어 늦을 거라고 애들 아버지한테서 전화가 왔어요. 지난주에 은행 지점별 감사가 있었거든요. 감사를 마친 직원들을 위로하는 자리였대요. 저는 오늘밤 많이 늦겠구나싶어 귀가 시간에 신경을 쓰지 않고 일찍 잠자리에 들었는데 잠결에 전화기가 자지러져 받아보니 경찰서였어요."

"많이 놀라셨겠습니다."

"전화를 받자마자 허겁지겁 옷을 걸치고 병원에 도착했는데 애들 아버지는 이미 수술실에 들어가고 없었어요."

직원들과 저녁을 먹고 모두 노래방으로 갔는데 거기서 분위기만 만들어 주고 바로 나온 친구 박진영은 혼자 횟집으로 가 술을 마셨다고 한다. 횟집 주인과 주거니 받거니 담소를 나누다 새벽 두 시경

귀가하려 건널목을 건너다 당한 뺑소니사고였다. 이런저런 애기를 나누다 보니 시간이 많이 흘러 밤 열한 시가 넘어서고 있었다. 보호자도 그만 쉬어야 할 시간이라 정혁은 자리를 털고 일어섰다.

"박 지점장이 빨리 일어나야 할 텐데…… 걱정이 많으시겠습니다. 또 들르겠습니다."

"오 박사님께서 걱정해주시니 저도 기운이 나네요. 고맙습니다."

친구 부인의 말로는 상주(尙州)에 계시는 시어머니가 내려와 교대로 간호한다고 했다. 뺑소니사고로 식물인간이 된 아들을 모친이 간호한다는 게 정혁을 아리게 했다. 아내도 아내지만 그 모친의 마음은 또 얼마나 쓰라릴까? 자식은 부모 보다 먼저 가서도 안 되고 아파도 안 된다. 그게 효도 중 으뜸 아닐까 생각하며 정혁은 병원을 나섰다.

2. 영혼의 목소리

식물인간이 된 친구의 모습이 자꾸 눈에 어른거려 정신이 어지러웠다. 순식간에 당한 친구의 불운에 만감이 교차했다. 미약하고 허약하기 이를 데 없는 사람의 생명은 언제 어느 때 고비에 설지 모른다.

정혁의 모친도 뇌졸중[2]으로 쓰러져 경북대학병원 중환자실에서 오래 동안 고생하셨다. 정혁이 중국 뻬이찡에서 늦게 박사학위 과정을 공부할 때였다. 모친이 갑자기 쓰러져 경북대학병원 중환자실에 입원했다는 소식이 한국으로부터 왔다. 전화기 너머로 들려오는 다급한 누나의 목소리에 정혁의 다리는 후들후들 떨렸다. 하늘이

---

2) 뇌의 일부분에 혈액을 공급하고 있는 혈관이 막히거나 터짐으로써 혈액공급이 되지 않아 그 부분의 뇌가 손상되어 나타나는 신경마비증상으로 뇌혈관질환 또는 중풍이라고도 불린다.

노래지면서 현기증이 났다. 병원에 아는 사람이 없어서 그런지 의사들이 환자에게 많이 소홀한 것 같다며 누나가 울먹였다.

"담당교수가 하루에 한 번도 제대로 회진하러 오지 않는 게 말이 되니?"

누나의 전언에 피가 거꾸로 쏟고 머리털이 위로 쭈뼛 섰다. 이것저것 가릴 것 없이 한국으로 가는 비행기표부터 예약했다. 평소 한국 갈 준비를 철저히 해둔 관계로 어렵지 않게 한국행 비행기표를 구할 수가 있었다. 떠날 준비를 끝낸 다음 지도교수에게 집안 사정을 알렸다. 지도교수는 모친 간호 잘하고 오라며 흔쾌히 승낙을 했다. '학기별 논문'도 한 달간 제출기한을 연기해줬다.

곧바로 중앙민족대학3)을 나와 학교 서문 쪽 도로에서 북경수도국 제공항으로 가는 택시를 기다렸다. 저 멀리 택시가 보이자, 정혁은 손을 들어 "콰이라이 콰이라이.(快来 快来, 빨리 와요 빨리)" 하고 힘차게 팔을 흔들었다. 택시에 올라타니 기사가 "닌하오.(您好, 안녕 하세요)"라고 반갑게 인사를 했다.

"워야오취뻬이찡쇼우뚜지창.(我要去北京首都机场, 뻬이찡공항 으로 갑시다)"

"메이원티.(没问题, 잘 알겠습니다)"

택시 안의 라디오 소리가 너무 커서 신경이 쓰였다.

"쎄푸, 쇼인지썽인씨아이디얼하오마?(师傅, 收音机声音下一点 儿好吗, 기사님 라디오볼륨 좀 낮춰주겠어요?)"

---

3) 中央民族大學. 중국 북경시 해전구 중관촌에 있는 '소수민족교육(少數民族敎育)' 을 위해 설립된 중점대학(重點大學)으로 '민족학분야(民族學分野)'에서 중국에 서 가장 유명하다. 15,000여 명이 공부하고 있으며 약 70퍼센트가 소수민족이다.

라디오 소리가 줄어들자 정혁의 마음이 조금 안정되었다.

중앙민족대학에서 북경수도국제공항까지의 거리는 꽤 멀었다. 마음이 콩밭에 가서 그런지 택시 속도가 너무나 느린 것 같았다.

"써푸, 콰이디얼 하오마?(师傅, 快点儿好吗, 기사님 좀 빨리 가면 안 될까요?)"

"하오더.(好的, 알겠습니다)"

기사가 액셀러레이터를 강하게 밟았다. 자동차가 빨리 달리면 달릴수록 정혁의 목은 더욱 타들어갔다. 지참한 생수를 꺼내 몽땅 마셨지만 갈증이 완전히 해소되지 않았다. 정혁이 물을 마시자 택시기사도 목이 타는지 차 안에 있던 물을 마셨다.

비가 부슬부슬 내리기 시작했다. 뻬이찡은 내륙성기후라 원래 비가 잘 오지 않고 매우 건조한 곳이다. 그런데 하늘도 정혁의 마음을 읽었는지 마른 대지를 촉촉이 적시고 있었다.

북경 사람들은 어디를 가든 끓는 물에 녹차를 타서 마시곤 한다. 북경의 기사들도 작은 물통 하나쯤은 꼭 갖고 다닌다. 북경지역 토양이 대부분 석회질 성분이라 물을 끓이지 않고는 먹을 수가 없다. 석회질이 많은 식수를 장기복용하면 방광염에 걸리기 쉽기 때문이다.

얼마나 달렸는지 택시는 쉬에위엔루(学院路)를 지나 안띵먼똥따찌에(安定门东大街)를 거쳐 뻬이찡쇼우뚜찌창고속도로(北京首都机场高速道路)로 접어들고 있었다.

공항으로 가는 차들이 아주 많았다. 모두들 사연을 안고 가겠지만, 하나같이 서두르는 기색이었다. 뻬이찡공항으로 들어가는 입구에서 택시기사는 택시비와 별도로 공항입장료를 요구했다. 런민삐(人民币, 인민폐) 10원(10块)이었다.

택시기사가 그 돈을 다시 뻬이찡공항 톨게이트직원에게 건네고 통과허락을 받은 다음에야 뻬이찡공항으로 달려갈 수 있었다.

정혁은 예약해둔 아시아나항공 뻬이찡 지점 창구로 가서 비행기표를 구입했다. 김포공항으로 가는 출국심사대에서 심사를 마치고 짐도 부쳤다. 마음이 급해 제일 먼저 탑승한 정혁은 눈을 감고 이륙을 기다렸다. 이륙을 기다리는 동안에도 걱정은 가시지 않았다. 김포공항에서 대구행 비행기로 갈아타야했다. '대구행 좌석이 남아 있을까? 비행기표를 구하지 못하면 큰 낭팬데 어쩌지? 어쨌든 한국에 도착하면 무슨 수가 나오겠지…….'

비행기가 굉음을 내며 힘차게 하늘로 비상했다. 북경공항을 이륙한 비행기가 구름 속에 들어서자 깨끗한 하늘바다가 끝없이 펼쳐졌다. 지상에는 우울한 비가 추적추적 내리고 있었지만, 구름 위는 파란 물감을 엎어놓은 듯 푸른 하늘이 그림처럼 펼쳐져 있었다. 창문 쪽은 쨍쨍 내리쬐는 햇빛 때문에 눈뜨기조차 힘들었다.

정혁은 '인간만사새옹지마(人間萬事塞翁之馬)'라는 격언을 떠올렸다. 조석지변(朝夕之變)으로 바뀌는 날씨와 변화무상(變化無常)한 인간의 삶이 대비되어 하늘바다의 황홀함을 마음껏 헤엄치고 다녔다. 바람이 불고, 천둥·번개가 치고, 비가 오고, 눈이 내리고, 서리가 앉고, 우박이 쏟아지고, 얼음이 얼고, 울고, 웃고, 기뻐하고, 슬퍼하고, 일하고, 공부하고, 운동하고, 여행하는 것 모두 새옹지마라는 생각이 든다.

찾아도 찾을 수 없다는 구도자의 마지막 그 자리를 정혁은 찰나에 깨우친 기분이었다. 이미 인드라망4)의 비밀열쇠를 알아낸 듯 얼굴이 환해지고 마음은 한없이 편안해졌다.

비행기가 정상궤도에 진입하자, 기장이 승객들에게 기내방송으로 인사말을 했다.

"북경공항에서 김포공항까지 여러분의 안전을 책임지고 있는 아시아나747 비행기의 기장 윤한국입니다. 여러분과 함께 비행하게 되어 무척 반갑습니다. 저희 비행기는 고도 3만 피트를 비행 중이며, 김포공항의 날씨는 매우 맑습니다. 목적지까지 편안한 여행되시기를 바랍니다. 감사합니다."

잠시 후 여승무원의 기내방송이 이어졌다.

"승객여러분 안녕하십니까? 저는 승무원 서혜숙입니다. 지금부터 아침식사를 준비하겠습니다."

이어서 아침 식사와 각종 음료를 가득 실은 손수레가 정혁 옆에 멈추었다.

"손님! 점심으로 돈가스와 닭볶음한식이 있습니다. 어떤 걸로 드시겠습니까?"

닭볶음한식과 오렌지주스를 선택해 먹은 정혁은 잠을 청했다. 그런데 눈은 따갑고 머리는 띵하면서도 좀처럼 잠이 올 것 같이 않았다. 쪽잠을 포기한 정혁은 승무원에게 한국 신문을 부탁했다. 신문 전면에는 하루도 빠짐없이 '아이엠에프(IMF)'5) 이야기로

---

4) Indra's net. 우주만물은 모두 한 몸, 한생명이라는 불교철학.
5) International Monetary Fund, 국제통화기금. 국제금융기구로 자매기관인 IBRD (국제부흥개발은행)가 장기금융기관이라면 IMF는 단기국제금융기관이다.

완전히 도배가 되어 있었다. 기업은 부도나고, 도산업자는 자살하고, 빚쟁이는 야반도주하고, 실업자는 폭증하고, 신용불량자는 양산되고, 가족들은 산산이 찢어진 사연들이 즐비했다. 펄펄 끓는 가마솥에 대한민국이 풍덩 빠져 허우적대는 형국이었다.

정혁도 공부를 계속해야 할지 그만둬야 할지, 걱정이 태산 같아 밤잠을 설치기가 일쑤였다. 하루가 다르게 오르는 환율에 피는 바짝바짝 마르고, 속은 까맣게 타들어갔다. 달러 대 한국화폐 비율이 900원일 때 중국으로 유학을 왔는데, 일 년 반 만에 2,000원을 육박하니 눈앞이 캄캄했다. 유학비용을 감당 못해 귀국하는 유학생들이 부지기수였다. 여기서 조금만 더 오르면, 정혁도 포기할밖에 별도리가 없었다.

집안에 돈 버는 사람도 없고, 사 년간 애들 교육비와 겨우 먹고 살 만큼의 생활비만 남기고 유학을 떠난 처지라 마음이 더욱 좁았다. 그런 와중에 모친마저 중풍으로 쓰러지고 나니 앞날이 첩첩산중이었다. 육 개월 동안 고민 고민한 끝에 내린 중국유학을 IMF 환란으로 도중하차한다는 건 정말이지 상상하기도 싫었다. 운명의 여신이 정혁을 어디까지 몰아붙일지 그 끝이 보이지 않았다. 혹시 자신의 판단실수로 집안이 파탄날까 두려운 나머지 체중이 십 킬로그램이나 빠진 상태였다.

1997년 7월 '국가부도사태에 직면한 대한민국호'는 침몰 일보 직전이었다. 한보그룹·삼미그룹·한신공영·진로그룹·쌍방울·한라그룹 등 대기업들이 줄줄이 도산하고, 국가 전체가 IMF 관리체제로 들어갔다.

환란을 맞은 국민들은 일치단결해 IMF 극복 운동에 적극 동참하기 시작했다. 바로, 전 세계가 극찬과 함께 감동한 '금 모으기와 아나바다(물자를 아껴 쓰고, 나눠 쓰고, 바꿔 쓰고, 다시 쓰자는 뜻) 운동'이었다. 이런 노력으로 한국은 이 년 만에 IMF 관리체제로부터 벗어날 수 있었다.

중국 매스컴에서도 IMF 환란을 극복하기 위해 금 모으기를 하는 한국인들을 보고 연일 대서특필하며 감탄을 금치 못했다. 말 못할 사연을 간직한 신혼부부의 결혼반지, 아이의 돌 반지, 노부부의 효도 반지, 운동선수의 금메달 등 조국을 위해 아낌없이 내놓는 한국인들을 보고 중국인들은 매우 놀라워했다. 실시간 위성텔레비전으로 전해지는 한국 소식에 정혁도 마음이 뭉클해지고 어깨가 으쓱했다. 중국인들의 정서로는 도저히 기대할 수 없는 획기적인 일이었기 때문이다. 많은 중국인들은 한국의 이런 모습을 몹시 부러워했다.

이런저런 상념에 깊이 잠겨 있는데, 어느덧 비행기는 발해만을 날고 있었다. 창문 밖으로 내려다보이는 바다는 잔잔했다. 하얀 물결을 일으키며 지나가는 고깃배가 간간이 눈에 띄었다. 비행기가 기수를 남쪽으로 틀었다. 한국이 점점 가까워짐이 온몸으로 느껴졌다.

비행기는 고도를 낮춰가며 인천만으로 서서히 접근하고 있었다. 이름만 들어도 마음이 찡해지는 대한민국이 눈앞에 모습을 드러냈다. 물살을 가르던 쾌속정마저 정혁의 귀국을 환영하듯 빠르게 섬들을 사열했다. 드디어 인천의 전경이 눈앞에 들어오자 비행기는 거대한 몸체를 비스듬히 기울이며 도시 외곽을 한 바퀴 천천히 돌았다.

바퀴가 활주로 바닥에 닿는 둔탁한 소리가 우두둑하고, 고막을 흔들었다. 어릴 때 중이염을 앓았던 정혁은 착륙할 때마다 고막이 찢어지는 듯 엄청난 고통으로 몸살을 겪었다. 기압 차이에서 오는 신체적 현상이었다. 정혁은 그 고통을 조금이라도 줄이려고, 두 손으로 귀를 꽉 감싸고 머리를 아래로 내린 자세를 취했다.

정혁은 김포공항에 도착하자마자, 대구행 비행기를 타기 위해 국내선 청사로 뛰어갔다. 한 시 비행기는 이미 매진된 상태라 오후 세 시 비행기표를 살 수밖에 없었다. 그것도 천만다행이었다. 홀가분한 마음으로 식당가로 내려갔다. 소고기국밥으로 점심을 때우고 누나에게 전화를 넣었다.

"벌써 한국에 도착했나?"

"조금 전에 김포에 왔는데, 엄마는 어떠신가요?

"아직은 별 차도가 없다. 대구에는 언제 오는데……?"

"오후 세시 비행기이니까, 네시쯤 병원에 도착할 거예요."

누나와 통화를 끝낸 정혁은 경북대학병원 약제부장인 손 박사에게 전화를 했다.

"중국유학중이라고 들었는데 한국에는 언제 왔습니까?"

"방금 김포공항에 내렸습니다. 실은 손 박사님께 부탁드릴 일이 있어서……."

정혁은 손 박사에게 사실을 털어놓았다. 모친이 뇌출혈로 경북대학병원 중환자실에 입원 중이며 어저께 수술을 했다는데, 환자상태가 어떤지 궁금하다. 가족들이 의료진에게 물어도 상세한 설명을 듣지 못해 고민하다가 베이찡으로 연락이 와 부랴부랴 귀국하는 중이다. 어찌된 일인지 담당교수도 잘 오지 않는다고 하더라. 그러니 자세히 좀 알아봐 달라고 했다.

"오형! 걱정하지 마세요. 담당교수에게 바로 전화해 환자상태를 알아보겠습니다."

손 박사가 기꺼이 도와주마고 했다.

정혁은 손 박사와 전화를 끊은 후 일가친척들이며, 친구며, 지인들에게도 일일이 안부전화를 하고, 작년 대구상공회의소에서 만났던 아세아종합기계 박 과장에게도 전화를 걸었다.

"박 과장님! 우주개발의 오정혁입니다."

"오 사장님! 오래만입니다. 한국에는 언제 오셨습니까?"

"집안에 우환이 생겨 조금 전에 도착했습니다."

정혁은 모친의 병환을 간단히 설명했다.

"빨리 회복되셔야 할 텐데……. 아무튼 걱정이 많으시겠습니다. 오 사장님! 한 가지 여쭤 봐도 되겠습니까? 어르신 병환 중에 경황이 없으시겠지만, 지난번에 부탁드린 '중국고위직 소개문제'는 어떻게 되어갑니까?"

"안 그래도 그 문제로 전화를 냈습니다. 중국국무원 최고위직에 계시는 분과 연락이 닿아 '중국 진출'을 흔쾌히 도와주겠다는 약속을 받아뒀습니다. 한중수교 때 중국 측 특사로 오신 분으로 중국총리만 삼십 년째 보좌하고 있는 경제통입니다. 올 팔월경에 한국에 들어올 일이 있다고 했습니다."

"정말 잘되었네요. 저희 회사는 중국 진출 문제로 고민이 이만저만이 아닙니다. 오 사장님! 한국에 얼마나 계실 예정이십니까?"

"아직 아무것도 정해진 게 없습니다. 막 한국에 도착했기 때문에 대구에 내려가 봐야 알겠습니다. 모친의 병환 상태에 따라 결정되겠지요."

"언제 한번 뵐 수 없을까요?"

"내일 저녁 정도면 시간이 나지 싶습니다."

"실례가 되지 않는다면 내일 오후 여섯 시경에 병원으로 찾아가 뵈어도 되겠습니까?"

"그럼, 그때 만납시다."

대구행 비행기에 탑승하라는 안내방송이 흘러나왔다.

비행기는 만석이었다. 해외여행을 갔다 대구로 내려가는 단체손님들이 많은 때문이었다. 비행기가 활주로 쪽으로 천천히 움직였다. 활주로 앞에 도착한 비행기는 출발선에 대기 중인 사냥개처럼 이륙신호만 애타게 기다리고 있었다. 마침내 이륙신호가 떨어지자 우르륵, 굉음을 내면서 활주로를 박차고 김포공항을 이륙했다.

김포에서 대구는 잠깐이었다. 곧 대구공항에 도착한다는 기내방송을 듣고 창문 밖을 내려다보니 벌써 대구 외곽을 둥글게 돌면서 착륙준비를 하고 있었다. 영남대학교가 보이고 대구공항이 눈에 들어왔다. 비행기는 마지막 숨결을 고르면서 착륙을 시도했다. 우르륵 끼~익! 급속히 속도를 줄여갔다. 비행기가 대구공항에 안전하게 착륙을 마치자 승객들은 내릴 준비를 서둘렀다. 승객이 많은 탓인지 기내 통로는 순식간에 꽉 차고 비행기 안은 분주했다.

3. 보살행

정혁은 대구공항을 빠져나와 택시를 잡아타고 곧장 경북대학병원으로 갔다.

"엄마는 아직도 혼수상태이신 거냐?"

"수술 후 얼굴 보기도 힘들었던 담당교수가 조금 전에 다녀가면서 오빠를 찾았어요."

정혁은 부리나케 경북대학병원 약제부장인 손 박사 사무실로 갔다. 문을 열고 들어서자 손 박사가 환한 얼굴로 반겼다.

"오 사장님! 생각보다 빨리 오셨네요."

"손 박사님! 얼굴이 훤하십니다. 좋은 일이라도 있습니까?"

"그래 보입니까? 사실은 큰애가 특목고6)에서 공부하는데 국제경시

---

6) 特目高. 특수목적고등학교의 준말.

대회에서 대상을 받았다는 전화가 아침에 왔었습니다."

"대단한 경사군요. 축하드립니다."

"그보다 오 사장님! 자세히 알아봤는데 모친의 수술은 잘되었다고 합디다. 이삼 일 후에는 사람도 알아볼 수 있을 거랍니다. 담당교수가 시간을 내서 환자를 보러 가겠다고 약속도 했고요. 수술 경과가 좋아서 천만다행입니다."

손 박사의 말에 한시름 놓은 정혁은 준비한 보이차7)를 손 박사에게 건네주었다.

"이렇게 귀한 것을…… 잘 마시겠습니다."

정혁은 담당교수를 찾아가 수술경과며, 환자상태를 상세히 알아보고 중환실로 돌아왔다. 정혁은 자신에게 일제히 쏠린 가족들의 눈동자를 일일이 맞추며 안심시켰다. 생계마저 내팽개친 채 병원으로 달려온 형제들 아니던가. 늦은 나이에 중국으로 유학을 떠난 가장의 빈자리를 형제들이 모두 나서 메우고 있으니 여간 미안하고 죄스러운 게 아니었다.

중환자실은 많은 환자들이 입원해 있어 조금은 어수선한 분위기였다. 눈이 퉁퉁 부운 보호자도 있고, 장례 치를 문제로 걱정하는 사람도 있고, 과도한 병원비 때문에 가족 간의 큰소리를 내는 경우도 있었다. 많은 사람들이 모이다보니 사연도 가지각색이었다. 부모를 간호하는 사람도 있고, 자식을 간호하는 사람도 있고, 남편을 간호하는 사람도 있고, 아내를 간호하는 사람도 있고, 할아버지를 간호하는

---

7) 普洱茶, puer tea. 중국 운남성남부(雲南省南部)의 보이지구(普洱地區)에 집하되고 중국차의 6대 분류에서는 흑차로 분류되는 후발효차. 차 추출액의 물색은 홍차와 비슷한 적갈색으로 맛은 약간 탕약에 가까운 온화한 맛이 난다.

손녀도 있고, 손자를 간호하는 할머니도 눈에 띄었다.

정혁도 며칠간 고생한 동생과 임무교대를 하고 야간간호를 맡았다. 먼저 환자 보호자들과 가벼운 인사를 나눴다. 그러자 모친 주위에 있던 다른 환자 보호자들이 이미 동생에게 들었는지 금방 알아보고 인사를 했다. 낮에 담당교수가 모친에게 특별히 다녀간 것 때문에 정혁이 무슨 대단한 힘이라도 있는 사람으로 여겼다.

모친 옆 병상의 환자도 뇌수술을 받고 회복을 기다리는 중이었다. 수술한 지 일주일이 다 되었는데도 깨어나지 않아 걱정이 이만저만이 아니었다. 정혁은 짧은 시간에 대충 병동 사정을 꿰게 되었다. 보호자들과 어느 정도 얼굴을 익히고 나자 피곤이 밀려오기 시작했다. 모친 옆에 비좁은 보조침대를 편 뒤 몸을 움츠리고 눈을 붙였다. 눈을 붙이자마자 수마에 빠져들었다. 비행기에서는 그렇게 쪽잠을 청해도 안 오더니 모친 곁에 눕자마자 따뜻한 양수에 잠긴 듯 안온한 평화에 들었다.

베이찡에서 대구까지 숨 가쁘게 달려오다 보니 몸이 많이 지쳤던 모양이었다. 꿈속에 정혁은 사람의 몸이 아니고 어둡고도 형체가 없었지만 그렇다고 존재하지 않는 것은 아니었다. 천지가 창조되기 전의 오묘한 상태 그 자체였다. 모친에 대한 정혁의 애절한 마음이 꿈속에서 되살아났다.

어디선가 본 듯한 젊은 여성이 밭을 매면서 정혁이 앞으로 점점 다가오고 있었다. 꿈속임에도 불구하고 현실과 똑같은 느낌이 전해졌다. 이상한 일도 다 있지, 저분이 도대체 누구지? 자세히 보려고 해도 도무지 보이지 않았다. 눈을 비비고 다시 보니 젊은 여성이

아니라 막 어른이 된 암소였다. 암소는 코뚜레8)에 멍에를 하고
힘들게 쟁기질을 하고 있었다. 정혁은 암소가 너무나 애처로워
말을 걸었다.

"암소야 힘들지?"

"아니야. 그다지 힘들지 않아."

암소가 대답하는 것을 보고 깜짝 놀라 깨어보니 어머니 머릿속에
서 평화롭게 여행 중이었다. 정혁은 꿈속에서 또다시 꿈을 꾸면서
힘차게 엄마를 불러댔다.

"어서와, 정혁아! 시간이 별로 없단다."

또렷한 엄마의 목소리가 들려왔다. 정혁은 이 세상에 오기 전에
살았던 고향으로 돌아가고픈 마음이 간절했다. 그런데 정혁의 의지
와는 전혀 다르게 그 끝이 어디인지도 모른 채 자꾸만 멀어져갔다.
어린 정혁은 엄마가 이끄는 대로 무작정 따라 나섰다.

"엄마! 여기가 어디야."

"엄마가 옛날에 살던 곳인데, 구경 한 번 해볼래?"

"아이 좋아라!"

정혁의 모친은 머릿속에 있는 대뇌)9), 전두엽10), 측두엽11),
후두엽12), 시상13), 머리뼈, 소뇌14), 소뇌피질15), 백질16), 소뇌

---

8) 소의 코청을 꿰뚫어 끼는 나무 고리.
9) 뇌의 대부분을 차지하는 중추신경계의 중추로 운동, 감각, 언어, 기억 및 고등
　정신 기능을 수행하는 기관.
10) 대뇌반구의 앞에 있는 부분으로 기억력, 사고력 등을 주관하는 기관.
11) 청각수용영역인 피질측면부. 청각정보가 일차적으로 전달되는 피질영역.
12) 뇌의 뒤쪽에 위치해 있으며 시각 영역과 인접해 있어 시각 정보를 분석하고
　통합하는 역할을 수행한다.
13) 간뇌의 대부분을 차지하는 회백질부로 많은 신경핵군으로 이루어져 있다.

핵17), 뇌들보18), 뇌활19), 시상하부20),뇌하수체21), 다리뇌22), 중간뇌23), 숨뇌24), 뇌척수액25), 척추26) 등으로 정혁을 안내했다.

그 광경이 얼마나 아름다웠던지 엄마가 사라진 줄도 모르고 이곳 저곳을 뛰어다녔다.

오랫동안 그렇게 쏘다니다 뒤를 돌아보니 엄마가 보이지 않았다. 정혁은 엄마! 엄마! 하고 애타게 부르다 깼다. 잠에서 깨어나고도 한동안 정신이 혼미했다. 자신이 지금 어디에 와 있는지 생각나지 않았다. 그러나 그 느낌은 너무나 포근하고 황홀했다.

한참을 그렇게 누워 있다가 병원임을 알고 소스라치게 놀라 일어났다. 정혁은 바로 세면장으로 달려갔다. 차가운 물로 세수를 하자

---

14) 중주신경계의 일부분으로 대뇌의 기능을 보조하여 자발적 운동의 조절과 평형을 유지하는 기관.
15) 소뇌회의 표면을 둘러싼 회백질을 말한다. 소뇌는 충부와 구별 없이 거의 같은 층 구조를 나타낸다.
16) 뇌 및 척수에서 육안으로 회게 보이는 부분.
17) 소뇌수체 속에 묻힌 회백질을 말하고 안쪽에서 바깥쪽으로 실정핵(室頂核), 구상핵(球狀核), 전상핵(栓狀核), 치상핵(齒狀核)의 4핵으로 구별된다.
18) 양쪽 대뇌반구 겉질을 연결하는 신경섬유다발로 뇌들보부리, 뇌들보무릎, 뇌들보 몸통, 뇌들보팽대부로 구분된다.
19) 좌우대뇌반구의 해마에서 일어난 신경섬유다발이 뇌들보 밑에서 만나 하나의 몸통을 이루는 것.
20) 척추동물간뇌의 일부분으로 자율신경계 중추. 사람에서는 제3뇌실의 상(床)과 벽을 이루고 밑면은 누두를 매개하여 하수체와 연결된다.
21) 뇌 가운데 위치하고 우리 몸에 중요한 호르몬들의 분비를 총괄하는 내분비기관.
22) 중간뇌와 숨뇌 사이 뇌줄기에 존재해 앞쪽으로 돌출되어 있다.
23) 안구, 운동 등 중요 신경이 지나가는 뇌의 가운데 부위로 사이뇌와 다리뇌를 연결한다.
24) 다리뇌와 척수 사이에 위치하며 호흡, 순환, 운동, 뇌신경 기능을 담당하는 뇌줄기의 하부구조.
25) 뇌에서 생성되어 뇌실과 거미막밑 공간을 따라 뇌와 척수를 순환하는 액체로 무색투명하다.
26) 척추를 형성하는 뼈 구조물.

비로소 정신이 조금 들었다. 불편한 잠자리임에도 불구하고 컨디션은 아주 좋았다. 꿈속에서 엄마와 마음껏 놀아서 그런지 조금도 피곤하지 않았다. 세수를 마치고 병상으로 돌아오니 동생이 와 있었다.

"오빠! 엄마 의식이 돌아온 것 같아요? 조금 전에 손이 움직였어요."

"그래! 신기하네. 어젯밤 꿈에서 엄마와 긴 여행을 했는데 그게 길몽이었던 모양이다."

아침이 오자 중환자실도 분주해지기 시작했다. 환자의 상태에 따라 희비가 엇갈렸다. 회생할 가능성이 없는 환자는 집으로 가기 위해 아침부터 퇴원을 서두르고, 꺼져가는 생명이 희망을 보일 때면 모두가 한 가족이 되어 응원의 박수를 보냈다. 어린 자식이 아버지를 살리기 위해 간을 기증했다는 사연에는 가슴이 먹먹하면서 뜨거운 눈물이 솟구쳤다. 중환자실은 진정한 보살행27)이 이루지는 산 교육장이었다. 누가 인간을 이기적 동물이라고 했는가? 정혁은 하루 만에 중환자실 지킴이가 다 되었다.

처음에는 서먹서먹했던 사이가 하루가 지나자 금방 이웃사촌으로 변했다. 보호자간의 유대도 점점 끈끈해졌다. 음식을 나눠먹고, 정보도 교환하고, 고민도 공유하면서 진정한 병상가족이 되었다.

병원에서 하룻밤을 보낸 정혁은 동생과 교대하고 집으로 갔다. 집에 도착한 정혁은 필요한 상담 자료를 꼼꼼히 챙기기 시작했다.

---

27) 부처되기를 목적으로 하고 수행하는 자리(自利), 이타(利他)가 원만한 대행(大行).

중국의 정치·경제·법률·사회·문화·관습 등 한국기업이 중국에서 사업을 진행하면서 부딪치게 될 다양한 사례와 그 해결방안을 모두 담았다.

저녁미팅까지는 여유가 있었다. 오정혁은 뻬이찡으로 유학 떠나기 전 수년간 관여했던 온천개발이 궁금해 온천개발권자인 권 사장에게 전화를 걸었다.

"아이고! 이게 누구십니까? 뻬이찡입니까? 한국입니까?"

정혁이 갑작스레 귀국한 사유를 들려주자 인사치례를 한 권 사장이 안 그래도 통화하고 싶었다며 입을 열었다.

"오 사장님도 잘 아시겠지만, IMF 때문에 자금줄이 꽉 막혀 죽을 지경입니다. '온천공지구지정(溫泉孔地區指定)'을 완료하려면 추가로 3억 정도는 있어야 하는데⋯⋯. 오 사장님께서 아시는 분이 있으면 소개 좀 해주세요."

"온천개발지역과 인접한 곳에 큰 땅을 갖고 있는 부광실업의 김 회장님께 전화를 해보면 어떨까요?"

"그러시죠. 그런데 저는 김 회장님을 잘 모릅니다. 오 사장님께서 다리를 한번 놓아주세요."

"좋습니다. 내일 아침에 연락을 주세요. 약속을 잡아놓겠습니다. 지난 겨울 부광실업 김 회장님을 호텔 커피숍에서 만났는데, 온천개발에 대해 이것저것 물어보는 게 관심이 많은 듯합디다. 권 사장님을 한번 만났으면 하는 눈치였어요."

"그렇습니까? 그거 잘되었네요."

"서로에게 도움될 일이 있었으면 좋겠습니다."

권 사장과 통화가 끝날 때쯤 벽시계는 오후 네 시를 가리켰다. 동생과 교대를 하기 위해 정혁은 서둘러 병원으로 갔다. 중환자실에 들어서니 모친이 누운 침상 바로 옆에 새로운 환자가 들어와 있었다. 보호자와 가볍게 눈인사를 나누고 동생에게 엄마의 상태를 들었다.

"낮에 담당교수님이 와서 엄마의 병세를 살피고 그랬어요. 일주일 정도 지나면 일반병실로 내려가도 될 것 같다고."

들던 중 반가운 소리였다. 정혁은 마다하는 동생을 등 떠밀어 집으로 들여보냈다. 하루 이틀 만에 끝날 일도 아닌데 동생마저 병이 나면 큰일이었다.

저녁나절 아세아종합기계 박 과장으로부터 연락이 왔다. 병원 앞 희망커피숍에서 기다리고 있다는 것이었다. 정혁은 상담 자료를 챙겨들고 병실을 나섰다.

"오 사장님. 모친의 병세는 어떠십니까?"

"오늘 아침에 의식이 돌아와 한숨 놓았습니다."

"그것 참 잘 되었네요. 오 사장님께서 한국에 오시니까 모친께서도 마음이 편하신가 봅니다."

"그럴지도 모르겠네요. 하하."

두 사람은 커피를 마시면서 중국에 대해 대화를 나누기 시작했다. 이야기가 무르익어가자 박 과장이 '중국투자상황'에 대해 집중적으로 물었다. 정혁은 뻬이찡에서 준비해온 자료들을 박 과장 앞에 꺼내 놓았다.

"자료가 방대하네요? 정말 고생을 많이 하셨습니다. 회사에 돌아가 회장님께 보고 드리겠습니다. 그리고 중국 고위층에 계신다는 분은 구체적으로 어떤 인물이십니까?"

"이건 외교비사에 해당하는 겁니다만, 한·중간의 외교관계를 수립하기 위해 물밑접촉을 하고 있을 때, 중국 측 대표로 오신 분으로, 중국총리만 삼십 년 가까이 보좌하고 있습니다. 정식 직책은 '중국국무원발전연구중심고급연구원'[28]입니다. 바로 중국정부기관의 최고위 경제학자라고 보면 됩니다. 한·중 수교 전 이분이 한국에 왔을 때, 정주영 전 현대그룹회장을 비롯한 한국의 대기업 총수들이 이분을 만나기 위해 줄을 서기도 했다고 들었습니다. 그리고 '문희갑 대구시장님'과도 잘 아는 사이입니다."

"그렇게 대단한 인물이십니까? 저희 회사는 중국 진출에 회사운명이 걸려 있어 보통 심각한 게 아닙니다. 저희로서는 천군만마(千軍萬馬)를 얻은 기분입니다. 앞으로도 오 사장님의 많은 도움을 부탁드리겠습니다."

"그분께서 올 여름 한국에 올 일이 있다고 하시니까 기회가 참 좋은 것 같습니다.

모친의 병환이 어느 정도 회복되면 뻬이찡으로 돌아가 찐렌씨옹(金仁雄) 중국국무원발전연구중심고급연구원의 상세한 스케줄을 박 과장님께 알려드리도록 하겠습니다. 모쪼록 일이 잘 진행되었으면 좋겠습니다."

정혁은 저녁이라도 하자는 박 과장의 뜻을 사양하고 서둘러 병원으로 돌아왔다. 병실에는 큰집 형수님들이 와 있었다. 수술 경과가

---

28) 中國國務院發展硏究中心高級硏究員. 한국의 경제수석 급에 해당함. 국무원(國務院)의 정책연구와 자문을 실시하는 국무원 직속 사업 단위의 하나.

좋아 곧 일반실에 옮길 수 있다고 하자 다들 안도하는 눈치였다.

"뇌수술은 쉬운 게 아닌데, 수술경과가 좋다니 천만다행이네요. 내가 아는 사람은 수술 후 한 달간 의식이 없어 식구들이 전전긍긍하는 것을 봤는데……."

형수들이 집으로 돌아가고, 정혁이 보조침상에서 눈을 붙이려고 하는데 옆 자리 환자가 목에 가래가 막혀 숨을 헐떡거리기 시작했다. 일어나 살펴보니, 환자 보호자는 간데없고 환자 혼자만 침상에 덩그러니 남아 있었다. 정혁은 고꾸라질 듯 담당 간호사를 찾아갔다.

"간호사님! 저희 모친 옆 환자가 숨을 헐떡이며 사경을 헤매고 있습니다. 급해요 급해!"

환자 상태를 확인한 간호사가 가래 뽑는 수동식흡입기를 목에 뚫어둔 구멍 안으로 밀어 넣고 가래를 뽑기 시작했다. 수동식흡입기 끝에 붙어 있는 공기주머니를 손으로 꽉 쥐었다 펴다를 빠르게 반복하면서 가래를 뽑았다.

목에다 구멍을 내고 가래를 뽑는 것을 처음 본 정혁은 생경한 모습에 적잖게 놀랐다. 사람 목에 구멍을 낼 수 있다는 사실에 가슴이 텅 비고, 온몸의 힘이 쭉 빠졌다. 너무나 충격적인 일이라 구멍 난 목을 제대로 볼 수조차 없었다. 병원에서는 일상적인 일일지 몰라도 보통사람이 그런 풍경을 대하면 온몸의 세포가 촘촘히 오그라들고 알 수 없는 두려움에 떨 수밖에 없을 것 같았다.

4. 매미의 허물

만남의 의외성은 바로 이런 걸 두고 하는 말인가? 옆자리 환자 때문에 밤잠을 설친 정혁은 머리도 식힐 겸 병원 복도를 서성이다 뜻밖의 사람을 만났다.

"오빠! 정혁 오빠 맞죠?"

정혁이 고개를 갸웃거리자 여자가 서운한 표정을 지었다.

"오빠! 옆집에 살던 미숙인데 정말 생각 안 나세요."

먼저 오태를 해후했을 때와 똑같은 상황이었다, 그들은 기억하는데 정혁은 캄캄한……. 자세히 보니 어릴 적 미숙의 모습이 희미하게 남아 있었다.

"너무 예뻐져서 못 알아보았나 보다."

"피이, 거짓말! 근데 병원엔 무슨 일로?"

모친이 입원한 사실을 들려주자 미숙 역시 시어머니가 심장수술을 받아 병원에 와 있다는 것이었다.

"미숙이가 고생 많겠구나."

"아니에요. 저야, 가끔 오니까. 그나저나 오빠! 북경에서 한국 미용실 인기가 그렇게 좋다면서요?"

정혁이 북경에서 유학 중이라는 걸 알고 있었나 보다. 미용실을 운영하는 미숙은 조건이 맞으면 북경에 진출할 계획을 갖고 있었다.

"그게 그리 간단히 생각할 문제는 아닌 듯한데……. 지금은 내가 일이 좀 있어서 그렇고, 일주일쯤 뒤에 찾아오면 내가 아는 데까지 알려줄 테니 그때 연락하고 와볼래?"

"알았어요, 오빠. 또 봐요."

미숙이 총총 사라졌다. 정혁은 세면장에서 낯을 닦고 병실로 들어갔다. 마침 수련의들을 대동하고 담당교수가 회진을 하고 있었다. 정혁의 모친병상에 이르자 담당교수가 말을 건넸다.

"오 선생님! 모친의 회복 속도가 빠르네요?"

"신경써주셔서 고맙습니다."

"언제 사무실로 한번 놀러 오세요. 차나 한 잔 하시게요."

담당교수의 짧은 말에도 정혁은 기분이 좋아졌다. 잘하면 조기에 뻬이찡으로 떠날 수 있겠구나, 생각하며 부광실업 김 회장에게 전화를 넣었다.

"김 회장님! 안녕하세요? 오정혁입니다."

"아이고! 오 사장님! 한국입니까? 중국입니까?"

"집에 우환(憂患)이 있어 잠시 귀국했습니다."

정혁은 모친의 상태를 대충 설명하고 본론으로 들어갔다.

"다름이 아니라 지난겨울 호텔 커피숍에서 만났을 때, 온천개발업자를 만나보고 싶다고 하신 말씀이 생각나서 전화 드렸습니다."

"권 사장님하고는 연락이 되었습니까?

"어제 통화할 일이 있어 대화 중에 김 회장님 이야기를 했더니 적당한 시간에 점심이나 하자고 해서요."

"아이고! 그거 잘 되었네요."

말 나온 김에 당일 점심 약속을 잡고 전화를 끊었다.

모친의 병간호를 하면서도 정혁은 알고 지내던 사람들과 짬짬이 비즈니스를 이어갔다. 공부와 비즈니스 모두 가족을 위한 일이었으므로 소중한 시간을 유용하게 사용하려고 노력했다. 어릴 때부터 주경야독(晝耕夜讀)하며 생활했던 습관이 정혁을 더욱 강인한 인물로 성장시키는 원동력이 되었다.

힘든 일이 생겨도 어느 누구의 도움도 없이 혼자 도맡아 해결했다. 이렇게 하는 게 정혁의 성격에도 맞고 마음도 훨씬 가벼웠다. 또한 한집안의 가장으로서 당연히 짊어지고 갈 의무라 생각하며 꿋꿋하게 살아왔다. 부모 잘 만나 빈둥빈둥 노는 친구들이 부러울 때도 있었지만 언감생심 꿈도 못 꿀 일이었다.

정혁은 어릴 때부터 마음속에 세 가지 소원을 품고 살았다. 당대의 배고픈 설움, 못 배운 설움 극복하고, 세상이 부러워하는 성공을 반드시 쟁취하리라 다짐했다. 그리고 남들이 알아주든 말든 묵묵히 계획에 따라 실행에 옮겼다. 물론 중간 중간에 돌발변수도 생기고 좌절도 있었다. 그때마다 최면을 걸어가면서 자신을 더욱 채찍질했다. 형제들의 희망이자 가족들의 대들보이었기에 자신의 희생으로 온가족이 행복해지는 일이라면 섶을 지고 불구덩이라도 뛰어 들어 갈 기세였다. 집안의 유일한 남자로서 어깨에 실린 막중한 책임감 때문에 한시도 편히 쉴 형편이 못 되었다.

때문에 식구들 생계를 유지하면서 중국유학을 원만히 마치려면 짬짬이 틈틈이 다만 얼마라도 벌어야 했다. 그래서 돈 되는 일이라면 물불 가리지 않고 뛰어다녔다. 오전 열한 시경 온천개발업자 권 사장이 모친의 병문안을 왔다.

정혁은 권 사장과 함께 약속된 부광실업 김 회장의 공장으로 찾아갔다. 정혁은 온천업자 권 사장을 부광실업 김 회장에게 소개시 켰다.

"권정열입니다."

"오시느라 고생 많으셨습니다."

"김 회장님의 존함은 오 사장님을 통해 진작부터 알고 있었습니다."

여직원이 내온 차를 마시면서 온천개발 진행상황, 온천지구 지정 문제, 온천용도별 구획확정문제, 기타 애로사항 등 다방면에 걸쳐 의견을 교환했다. 이런저런 대화 중에 온천개발업자인 권 사장이 부광실업 김 회장에게 금전문제를 꺼냈다.

"김 회장님! 돈 좀 빌려 주십시오."

"얼마나요?"

"삼억 정도면 좋겠습니다. '온천지구지정'을 조속히 끝내야 하는데, IMF 때문에 자금 구하기가 하늘에 별 따기입니다. 김 회장님께서 자금을 융통해주시면, 온천개발지역과 접해있는 김 회장님 소유

임야 오만 평도 온천개발지구로 편입시켜 개발해보겠습니다."

김 회장은 마음속으로 바라던 제안이라 쌍수를 들고 그 자리에서 선뜻 동의를 해줬다.

"언제까지 해드리면 되겠습니까?"

"빠르면 빠를수록 좋습니다."

"알겠습니다. 조만간 연락을 드리도록 하겠습니다."

이야기는 정혁이 예상했던 것보다 훨씬 쉽게 풀려나갔다. 마음속으로 걱정을 많이 했다. 솔직히 IMF관리체제 아래 담보 없이 삼억원을 빌린다는 건 결코 쉬운 일이 아니었다. 김 회장의 속셈을 모르는 바는 아니지만, 시원한 대답에 묵은 체증이 모두 씻겨 내려가는 것만 같았다. 온천개발이 순조롭게 잘 풀려야 정혁에게도 희망이 생긴다. 정혁의 땅도 '온천개발지구' 안에 상당히 포함돼 있어 온천개발 성공 여부에 신경이 곤두서 있었다.

대화가 원만하게 진행되자 분위기도 한결 화기애애하게 바뀌었다.

"얘기 끝났으면 맛있는 점심식사나 먹으러 갑시다."

김 회장이 자리에서 일어났다. 김 회장은 대구시내에서 소문난 한식집에 식사를 미리 주문해둔 상태였다. 한식집에 들어서자 한복을 곱게 차려입은 주인이 예약된 방으로 안내했다.

"김 회장님! 어서 오세요. 자리는 내실에 준비해두었습니다."

"주인 양반! 오늘은 귀한 손님들 모시고 왔으니 특별히 한 상 잘 차려와 보시오."

"여부가 있겠습니까?"

방에 들어서니 내부는 구중궁궐보다 더 화려하고 깔끔하게 장식되어 있었다. 뒤쪽으로 학(鶴)이 그려진 열두 폭 병풍(屏風)이 둘러쳐져 있고, 벽에는 북·장구·꽹과리·갓·단소·대금·소금29)·태평소30)·나팔·해금31)·방망이·부채·비녀 등이 걸려 있고, 방 한쪽에는 거문고·가야금·아쟁32)·화로·다듬잇돌 등이 나란히 놓여 있으며, 방바닥은 산뜻하게 돗자리가 깔려 있었다. 정혁이 어안이 벙벙해 방 안을 두리번거리고 있는데 점심상이 차례로 들어오기 시작했다. 점심상은 임금님 수라상이 부럽지 않게 푸짐하게 차려졌다.

쇠고기 찜·돼지고기 찜·전골·시래깃국·꿩탕·조림·떡·꿀·잣죽·된장찌개·부침·튀김·갈치·꽁치·고등어자반·굴·멍게·성게·대게·대합구이·송이산적·미역·파래·김치·젓갈·배추뿌리·다양한 쌈 등 헤아릴 수 없이 많이 나와 어느 것부터 먼저 먹어야 할지 고민될 정도였다.

부광실업 김 회장은 사업가적 안목이 아주 뛰어나 보였다. 손님의 취향을 세밀히 고려한 점심식사를 준비한 것을 보면 성공한 사업가의 품격을 느낄 수가 있었다. 점심을 먹으면서도 세 사람은 머릿속으로 각자의 주판알을 열심히 튕겼다.

온천업자인 권 사장은 온천지구 지정에 필요한 자금을 하루속히

---

29) 小笒. 대금과 같이 가로로 부는 악기로 관악기 중 가장 높은 음역의 소리를 낸다.
30) 太平簫. 목관악기로 쇄납(哨吶) 또는 호적(胡笛)이라고도 하며, 속칭 '날라리'라고도 한다.
31) 奚琴. 현악기(絃樂器)의 하나로 민간에서는 속칭 '깡깡이'라고도 부른다.
32) 牙箏. 국악기 중 사부(絲部)에 속하는 현악기(絃樂器)

확보해 성공적인 온천 개발을 꿈꾸고 있었고……, 부광실업의 김 회장은 재산가치가 많이 떨어지는 땅을 온천개발지구 내로 편입시켜 절호의 재산증식 기회로 삼아보려는 사업가적 의도가 숨어 있었다.

정혁의 입장도 별반 다를 게 없었다. 모두에게 득이 되는 장사이니 죽이 척척 맞아 들어갔다. 오랜만에 진수성찬(珍羞盛饌)을 먹은 정혁은 제대로 몸보신한 기분이었다. 한국에서나 중국에서나 언감 생심 꿈도 꾸질 못할 귀하고 다양한 음식들이었다. 그래서 먹을 수 있는 데까지 꾸역꾸역 먹어뒀다. 충분히 포만감을 느끼자 허리를 쭉 펴면서 수저를 내려놓았다.

정혁이 수저를 내려놓아도 온천개발업자 권 사장과 부광실업 김 회장의 담화는 끝날 기미가 보이지 않았다. 지루해진 정혁은 졸음도 깨울 겸 살짝 밖으로 나왔다.

정혁은 고풍스럽고 운치가 배인 한식집 안팎을 천천히 둘러보기 시작했다. 아기자기한 정원에 오래된 석조물들이 군데군데 보초를 서고, 건물은 김장김치처럼 곰삭아 옛 멋을 제대로 간직하고 있었다. 아마 양반대가(兩班大家)의 집을 힘들여 옮겨온 듯했다. 맑은 하늘 과 대비된 고옥의 자태가 한껏 고즈넉한 아름다움을 뿜냈다.

평소 한옥이 이렇게 아름답다고 느끼지 못했는데, 오늘에서야 비로소 한옥의 진가를 재발견하게 돼 정혁 스스로도 조금 놀랐다. 정혁이 구경을 마치고 돌아갈 즈음 두 사람이 방에서 나왔다.

"오 사장님! 어디 갔다 이제오십니까? 찾아도 없어서 우리는 가신 줄 알았습니다."

"맛있는 점심을 많이 먹어서 그런지 졸음이 와서 잠시 밖으로 나왔습니다."

"어쨌든 좋은 분을 소개해줘서 고맙습니다."

"서로에게 좋은 만남이 되었다니 저도 매우 기쁩니다."

"사업하는 사람들이야 조건만 맞으면 언제 어디에서라도 서로의 생각을 나눠 보는 게 비즈니스가 아니겠습니까?"

"오늘은 이만 헤어지고 다음 기회에 술이나 한잔들 합시다."

김 회장이 작별인사를 하고 먼저 떠난 뒤, 권 사장이 정혁에게 돈 많은 김 회장을 제때 만나게 해줘 급한 불은 끄게 됐다며 고마움을 표시했다.

"김 회장님 공장은 IMF 영향을 거의 받지 않는다고 하는 걸 보면, 회사사정이 아주 좋은가 봅니다."

"생산제품의 대부분을 수출하는 회사라 다른 기업하고는 상황이 많이 다를 겁니다. 김 회장님의 안경공장이 거래은행에 우량기업으로 등록돼 있는 것으로 압니다. 대구는 큰 기업들이 거의 없고 작고 영세한 기업들이 주류를 이루고 있어 우량기업으로 지정되기가 보통 어려운 게 아니라고 합니다. 정황이 이러함에도 불구하고 부광실업 김 회장이 운영자금에 크게 신경 쓰지 않는 걸 보면, 회사가 아주 탄탄하다고 봐야겠지요? 미국에서 가장 큰 유통업체에 직접 납품을 한다고 친구로부터 들었습니다. 그리고 외국에도 자주 나가는 걸로 알고 있습니다."

"오 사장님은 김 회장님을 언제부터 알고 지냈습니까?"

"그리 오래 되지는 않았습니다. 몇 년 전 친구의 소개로 서너 번 만난 적이 있습니다. 업무관계로 몇 차례 만났습니다만, 의외로 아시는 것도 많고 성격도 시원시원 했습니다. 비즈니스계의 신사라고 보면 될 겁니다. 그렇다고 제가 김 회장님에 대해 자세히 알고 있는 건 아닙니다. 김 회장님 공장에 대해 상세히 알고 싶으면 거래은행을 찾아가보시면 금방 알 수 있을 겁니다. 권 사장님도 금융계 출신이시니 그 사정을 누구보다 잘 아실 것 아닙니까?"

"혹시 거래은행을 알고 계십니까?"

"제 기억으로는 '대구은행'하고 거래한다고 들은 것 같습니다. 필요하시면 김 회장님에게 우회적으로 슬쩍 한번 여쭤보세요. 그게 가장 정확할 것입니다."

권 사장과 헤어진 정혁은 병원으로 향했다. 병원에 들어서 승강기 쪽으로 걸어가고 있는데 "정혁아! 오정혁!" 하고 뒤쪽에서 누군가가 불렀다. 누구지? 하며 돌아보니 전방에서 대대장으로 근무하고 있는 고등학교 동기생 강기갑이 뛰어왔다.

"아이야! 이게 누구야? 중국에서 유학 중이라고 들었는데, 병원에는 무슨 일이고……?"

사람을 만날 때마다 앵무새처럼 같은 말을 반복해야 했다.

"그건 그렇고 강 중령은 여기 무슨 일로……?"

"오랜만에 휴가를 얻어 고향에 왔더니 삼촌이 입원하셨다기에 들여다보려고."

"어디가 안 좋아서 입원까지……?"

"경운기를 끌고 밭에 나가 일을 하고 해거름에 집으로 돌아오다 덤프트럭하고 부딪쳤대. 팔뚝과 갈비뼈가 부러지고 온몸이 상처투성이라고 하던데, 아직 만나 뵙지 못해 자세히는 몰라. 삼촌한테 들렀다가 자네 모친의 병실로 갈게…….”

중환자실에 들어서자 동생이 반가운 소식을 전했다.

“담당교수가 오후에 회진하러 왔다 엄마 상태를 보시고 큰 고비는 다 넘겼다고 했어요. 이틀 후에 일반실로 내려갈 준비를 하라고요. 그리고 조금 전에 엄마가 눈을 뜨고 나를 알아 봤어요. 오빠.”

“그래? 네가 고생 많았다.”

“아니에요. 오빠가 멀리서 오시느라 고생했지요.”

동생과 서로 치사를 나누고 있는데, 강 중령이 들어왔다.

“옆에 계신 분은 누구신지?”

“둘째 동생이야.”

방금 동생을 통해 들은 기쁜 소식을 전하자 강 중령의 얼굴도 밝아졌다.

“그거 참 반가운 소식이네. 수술경과가 좋아 친구도 곧 중국으로 돌아가야 하겠구먼. 그나저나 공부는 언제쯤 끝나는 건가?”

“아직 이 년 정도 남았어. 학위는 받을 수 있을는지. 갈 길이 멀다네.”

“어쨌든 자네 참 대단한 사람이야. 나 같은 사람은 죽었다 깨도 엄두도 낼 수 없어. 자네 같은 친구가 있다는 게 기쁘기도 하고, 부럽기도 하다네.”

“부럽긴 뭐가 부러운가? 자네도 유학을 가면 되지…….”

“유학이라는 게 말처럼 그렇게 쉽나? 비용은 예외로 치더라도 피를 말리는 과정을 수없이 거쳐야 겨우 목표를 달성할까 말까한 어려운 일인데……. 더군다나 사십 대 초반에 가족을 모두 남겨놓고 외국으로 유학을 간다는 게 어디 보통사람들이 꿈이나 꿀 수 있는 일인가? 자네처럼 능력 있고 여건이 허락되는 사람들만이 선택 가능한 그야말로 동경의 세상이지."

"나도 형편이 좋아서 유학을 떠난 건 결코 아니야. 사실은 말 못할 사정이 수없이 많아……. 그건 그렇고 진급은 언제쯤 하나?"

"진급은 어렵지 싶어. 진급할 사람은 많고 진급할 자리는 한정돼 있어 경쟁이 아주 치열하거든……. 그래서 지금 나는 진급을 완전히 포기한 상태야. 이번에 휴가를 나온 것도 전역 후 뭘 해먹고 살까 알아보려고 여기저기를 뛰어다니고 있어."

"강 중령도 걱정이 많겠구먼!"

"아마 내년 정도면 전역을 할 것 같아."

"그래, 생각해둔 거라도 있나?

"군수업체를 알아보고 있어. 내 병과가 화학이잖아 그래서 화학 관련업종을 찾고 있어. 안 그래도 어제 경남 양산에 있는 한 업체를 다녀왔어."

"가능성은 있는 거야?"

"지금 내가 맡고 있는 업무와 관련이 있는 회사라 취업문제는 해결되지 않을까 싶어."

"그거 들던 중 반가운 소리네. 군대생활을 하다 밖에 나와 새롭게 적응하려면 힘든 일이 한두 가지가 아닐 텐데……."

"각오는 단단히 하고 있지만 무었을 어떻게 해야 할지, 분간이 잘 서지 않아. 군수업체에 취업한다고 해도 이삼 년 후에는 그곳도 나와야 하기 때문에 앞으로 살길이 걱정이야. 군에 있을 때 짬짬이 취업준비라도 해뒀으면, 이렇게 막막하지 않을 텐데……. 막상 전역을 해야 한다고 생각하니 밤잠을 제대로 잘 수가 없어……. 친구가 처음 중국에 유학을 간다고 했을 때 별로 실감을 하지 못했는데, 지금 생각해보면 친구의 안목이 탁월했어. 요즘은 하루가 다르게 바뀌니까 새로운 지식의 습득은 선택이 아니고 필수잖아!"

"특별히 시간을 내서 뭐든지 배워둬야 작은 기회라도 찾아오지 않겠어?"

"안 그래도 전역 후 군수업체에 근무하면서 학원에라도 등록해 먹고살 수 있는 자격증이라도 하나 따볼까 궁리 중이야."

"그거 좋은 생각이야! 자격증이 없으면 취업하기가 하늘의 별따기이니까. 실업자가 사방에 넘쳐나다 보니 사소한 아르바이트마저 경쟁이 심하다고 모두들 난리야. 원래 가장이라는 자리는 가족을 위해 평생 소처럼 일하다 죽어야하는 팔자인가 봐. 그래도 자네는 퇴직하면 연금이 매월 나오고 자네 와이프도 돈을 벌지 않나? 집도 직장도 없는 사람들이 부지기수(不知其數)인 세상에 무슨 걱정이 그리 많노?"

반가운 고교동기와 시간 가는 줄 모르고 담소를 나누고 있는데, 아세아종합기계 박 과장이 병문안을 왔다. 손님이 오자, 강 중령은 시골 어른께 가봐야겠다며 자리에서 일어났다.

"강 중령 다음에 또 보세."

"그래, 친구도 중국에 가서 공부 잘 하고 다음에 한국 오면 꼭 연락해라. 술이나 한잔하게……."

정혁이 강 중령을 전송하고 돌아오니 박 과장이 중환자실 앞에서 기다리고 있었다.

"박 과장님! 어제 저를 만났는데 또 할 이야기가 남았습니까?"

"아닙니다. 어제 식사대접을 못해서…… 그리고 또 몇 가지 부탁 말씀도 있고 해서 다시 왔습니다. 오 사장님. 저녁때도 다 됐는데, 함께 식사라도……."

정혁은 동생에게 병실을 맡기고 박 과장과 동행했다.

"오 사장님! 밑에 자동차를 대기시켜 놓았습니다."

"어디 멀리 가시려고요?"

"아닙니다. 반월당 옆 식당을 예약을 해뒀습니다. 병원 주위에는 먹을 만한 곳이 없을 것 같아서, 오 사장님께 여쭤보지도 않고 정했습니다."

"괜찮습니다. 아무데서나 한 끼 때우면 되는데……."

차를 타고 반월당에서 유턴해 삼덕동에 있는 '해물탕집'으로 갔다. 식당에 들어서니 종업원이 반갑게 맞이했다. 박 과장이 자주 오는 식당인 모양이었다.

"박 과장님, 별실 안방을 준비해뒀습니다."

종업원이 앞장서서 방을 안내했다. 시내중심가에도 괜찮은 집이 다 있구나하며 따라가 보니, 고급 손님들을 위한 비즈니스용 별채였다. 실내장식도 세련되고 공간도 넉넉했다. 이미 테이블 위에서는 해물탕요리가 펄펄 끓고 있었다. 박 과장이 상당히 신경서서 준비한 게 느껴졌다. 해물 가짓수도 많고 양도 푸짐했다.

"박 과장님! 여기는 어떻게 아셨습니까?"

"저희 회사에서 접대할 일이 있으면 가끔 옵니다. 회장님도 자주 오시는 곳이고요."

해산물을 그날그날 현지에서 운송해와 조리하는 탓인지 신선도와 국물맛이 뛰어났다.

"오 사장님. 입에 맞으실지 모르겠습니다."

"맛이 끝내주는데요!"

"식당 주인의 고향이 경남(慶南) 통영(統營)이라 해물탕 맛 하나만은 알아줍니다. 해물·야채·조미료를 최고급 자연산만 쓴다고 자부심이 대단하지요."

"그래 그런지 일반 해물탕집하고는 차원이 완전히 다른데요. 음식의 품격이 느껴진다고나 할까?"

"오 사장님 입맛에 맞으신다니 다행입니다. 어제, 오 사장님께서 주신 자료를 회장님께 보고 드렸더니 매우 만족스러워 하셨습니다. 그리고 한·중 수교 때 중국특사로 오신 분과 꼭 연결되었으면 하십니다. 인사가 늦었습니다. 모친의 수술경과는 어떻습니까?"

"생각보다 회복이 빨라 잘하면 열흘쯤 뒤 다시 중국으로 돌아갈 수 있을 것 같습니다."

"출국 후 언제쯤이면 중국 손님의 스케줄을 알 수 있을까요?"

"아마 일주일이면 충분할 겁니다. 아세아종합기계의 중국 투자규모는 어떻게 됩니까?"

"아직 확정된 것은 없습니다만 싼뚱썽(山東省), 찌린썽(吉林省) 정도는 투자가 될 것으로 봅니다. 중국은 땅이 워낙 크고 시장성도 무궁무진해 전 세계 기업들이 모두 군침을 흘리는 곳이니까요."

"박 과장님도 중국으로 갑니까?"

"잘 모르겠습니다. 기회가 되면 한번 가고 싶습니다. 앞으로 30년 내로 중국이 전 세계를 지배하는 시대가 도래 할 것으로 전문가들은 내다보고 있잖아요. 오 사장님께서는 중국경제의 과거와 미래를 어떻게 보십니까?"

"먼저 13억 인구가 품어내는 열기는 대단하다고 봐야하겠지요. 중국경제는 1949년을 기점으로 크게 자본주의경제와 사회주의경제로 나눌 수가 있습니다. 구중국(舊中國)이라고 불리는 공산정권 이전의 중국경제는 소수의 자본가들이 경제를 장악해 사회전반의 빈부격차가 심했고……, 상대적으로 못 가진 사람들의 유효소비가 낮아 상공업을 비롯한 생산기술력과 기초산업 등 경제전반의 발전이 이뤄지지 못했지요. 낙후라는 말로 대변됐던 중국의 봉건적인 경제체제가 1949년 신중국(新中國)건립을 기점으로 새로운 전기를 맞이하게 되었습니다. 이러한 변화는 신중국이 건립되면서 농경지를 비롯한 생산수단들을 모두 국가공유로 만들면서 사회에 새로운 희망을 불어넣을 수 있는 계기를 마련한 셈이지요. 신중국이 성립된 지 삼 년이 되던 해인 1952년의 농업·공업 생산량은 과거 구중국 시대에 기록했던 최고생산량을 크게 초과했고, 국민생활안정지표라고 할 수 있는 농업생산량이 안정된 발전을 보이게 되었습니다. 그리고 국가재정수지가 적자를 벗어나 평형상태로 돌아가면서 국가통제에 힘입은 금융시장의 안정으로 물가도 안정되는 등 사회 전반적으로 큰 변화와 발전이 이뤄졌습니다. 1953년 중국은 사회주의공업화 추진을 위해 일오(一五.)라고 명명되는 제1차5개년계획(1953~1957년)을 추진하게 됩니다. 이 기간 동안 중국은 '중공업우선발전'에 목표를 두고 구소련의 원조에 의지해 항공·자동차·선박·발전설비·중형기계·정밀기계산업 등의 부문에 기초를 닦았으며, 부수적으로 농업·수공업·상공업에 대한 전면적인 사회주의 개조운동을 전개해 나갔습니다. 1957년 사회주의 개조를 기본적으로 완성시킨 중국은 1956년에서 1965년 사이에 안싼(安山)·우한(武汉)·빠오토우(包头)에 철강기지를 건설하는 등 중대형핵심기업의 건설과 확장에 노력을 기울였으며, 1960년부터는 따칭(大庆)·썽리(胜利)·따깡(大港) 등의 대형 유전을 개발하기에 이르렀습니다. 이로써 1965년 중국은 석유 자급을 실현하게 되었지요. 또한 중국은 국가동맥인 철도건설에 박차를 가해 씨뻬이(西北)·화뚱(华东) 등지를 비롯해 쓰추안(四川)·윈난(云南)·꿰이쪼우(贵州)·후뻬이(湖北) 등의 철도사업도 추진해나갔습니다.”

"오 사장님 말씀에 의하면 문화혁명 이전에는 중국의 경제발전 속도가 비교적 빨랐던 모양이네요?”

"물론입니다. 문화혁명 기간이야말로 신중국에서 가장 암흑기라고 봐야할 겁니다. 1966년에서 1976년 사이에 있었던 문화대혁명33)은 중국이 사회주의국가를 수립한 이래 가장 큰 좌절을 안겨줬던 사건으로 기록되고 있습니다. 경제학자들의 추산에 따르면, 문화대혁명 십 년 동안 입었던 국가적 손실(국민소득부분)이 런민삐 약 500억 위엔(한화 약 7조 원)으로 추산했고, 당시 국민경제가

---

33) 文化大革命. 1966년부터 1976년까지 10년간 중국의 최고지도자 마오쩌뚱[毛澤東]에 의해 주도된 극좌사회주의운동.

붕괴 직전까지 갔었다는 분석도 있습니다. 문화대혁명의 폐해는 1976년 10월 마오쩌뚱(毛泽东)이 사망하면서 막을 내리고 중국은 다시금 발전의 길로 접어들게 되었지요. 그 실현은 1978년 12월에 열렸던 '중국공산당 제11기 3차 중앙전체대표자회의'에서 경제건설이라는 현실적 문제에 중점을 둔 '개혁개방정책'이 통과되면서 새로운 발전의 동력을 확보하게 되었습니다. 경제발전계획은 크게 3단계로 나눠지는데, 제1단계(1978년 12월~1984년 9월)는 개혁의 중점을 농촌에 두고 '가정연산청부책임제'34)를 발전시켜 농민들의 적극적인 상품생산 의욕을 고무시키기도 했지요. 동시에 외자를 도입하기 위해 연안지방에 경제특구를 지정하고 연해(沿海)에 있는 14개 항구도시를 개방하기 시작했구요. 2단계(1984년 10월~1991년 12월)는 농촌 우선의 경제발전에서 도시 우선으로 옮겨졌으며 기업 활동의 적극장려, 시장건설과 가격개혁, 거시경제 관리체제개혁 등을 추진시켜 나갔습니다. 그리고 하이난경제특구(海南经济特区)를 새로이 지정하면서 쭈짱(珠江)·창쨩(长江)·민쨩(闽江) 삼각주(三角洲)를 추가로 개방하게 되었죠. 그리고 1992년 이래 3단계(1992년 1월~현재) 경제발전정책을 시행하고 있는 중국은 과거의 구체제를 탈피한 신체제를 건립하고, 조정 위주의 정책에서 과감한 제도건립 위주로 정책을 전환하고, 부분적인 개혁에서 종합적인 개혁을 단행하며, 과거의 중점추진 방법에서 폭넓은 정책추진 등으로 광범위하고 근본적인 개혁정책과 대외개방을 추진 중에

---

34) 家庭聯産承包責任制. 중화인민공화국의 경제 개혁안의 하나. 1981년 농업부문에서 처음 실행된 이 제도로 지역책임자가 생산계획의 이익이나 손실에 대한 책임을 지는 것이 그 주된 내용이다.

있습니다.35) 특히 중국개혁개방의 총설계자인 떵싸오핑(邓小平)이 롤 모델(role model)로 삼았던 나라가 한국과 싱가포르라는 사실을 중국 고위층으로부터 들었습니다. 싱가포르는 섬으로 이루어진 도시국가라 중국의 롤 모델로 적합하지 않아, 주로 한국을 벤치마킹 대상으로 해 정책을 수립하고 집행하는 것으로 알고 있습니다. 그 예로 '한국 대기업'을 집중적으로 연구해 모방하고 있는 실정입니다. 그리고 농촌 개혁에서도 '한국의 새마을운동 성과'를 적극적으로 도입해 활용한다고 합니다."

"와! 오 사장님 말씀을 듣고 나니 중국이 한눈에 들어오는 것 같습니다. 앞으로도 많은 지도 부탁드리겠습니다."

"박 과장님도 중국을 본격적으로 공부하시면 저보다 훨씬 나을 겁니다."

"저야, 오 사장님을 따라가려면 까마득하지요. 오늘 오 사장님의 박식한 강의에 탄복했습니다. 어쩌면 그렇게 영양가 있게 요약해 귀에 쏙쏙 들어오게 말씀을 잘 하시는지……."

"도움이 되었다니 저도 기쁩니다."

"다음에는 더 좋은 곳으로 모시도록 하겠습니다."

"자꾸 그러시면 부담돼 어디 만나겠습니까? 아무튼 저녁 잘 먹었습니다."

병원에 돌아오자마자 동생이 반갑게 정혁을 맞이했다.

"오빠! 상담은 잘 끝났어요?"

정혁은 고개를 끄덕였다.

---

35) 참고 : 尹鍾植 著, 《중국 비즈니스 이유 있는 선택》 p102~104

"그러나 앞으로 풀어야 할 숙제가 많이 남아 있어."

"오빠가 손님하고 나가고 한참 뒤 아미실업의 임진배 사장이라는 분이 찾아와 명함을 남기고 갔어요."

임 사장이 어떻게 알고 병문안을 왔을까? 정혁을 고개를 갸웃거렸다.

"내일 오후에 오빠에게 전화한다고 했어요."

"그래! 수고했다. 시간이 많이 늦었으니 어서 집으로 가거라. 하루 종일 피곤했을 텐데……."

중환자실이라는 곳은 조용하다가도 갑자기 엉뚱한 비보로 병실 분위기가 숙연할 때가 참 많았다. 동생이 집으로 돌아가고 얼마 안 있어 일주일 전 입원한 환자의 아들이 외국에서 한국으로 오다 그만 서울에서 교통사고로 사망했다는 이야기가 들렸다. 어처구니 없는 비보에 정혁은 한동안 할 말을 잊고 천장만 쳐다봤다. 외항선원인 아들이 부친이 위독하다는 연락을 받고 서둘러 귀국하다 참변을 당했다는 소식을 접한 가족들은 거의 실신상태였다.

보조침대에서 쪽잠이라도 붙여 볼까하고 누워 있던 정혁도 모르는 이의 비보에 벌떡 일어났다. 한치 앞도 내다볼 수 없는 사람의 운명이 마음을 몹시 우울하게 했다. 자신이 누구인지, 왜 사는지, 제대로 의식도 하지 못한 채, 치열한 생존경쟁에 내몰려 있다가, 부친의 입원 소식에 놀라 헐레벌떡 고향으로 오던 중 부친보다 먼저 불귀의 객이 되고 말았으니 이 노릇을 어쩐단 말인가? 부처님마저 야속한 밤이었다.

더군다나 이국만리(異國萬里)에서 고전분투(孤戰奮鬪) 공부를 하는 처지인 정혁으로서는 남의 일 같지 않은 충격이었다. 참을 수 없는 고통으로 가슴이 뻐근해지고 온몸은 식은땀으로 흠뻑 젖었다. 이날 밤 내내 참변을 당한 가족들의 얼굴이 정혁의 눈앞에 어른거렸다. 정혁의 사정도 그들과 별반 다를 게 없었다. 밤새 뜬눈으로 보내고 새벽을 맞았지만 병원은 아무 일이 없었다는 듯 평상시처럼 잘도 굴러갔다. 우리들 모두 생명을 부지하고 있는 동안 윤장대36)라도 쉼 없이 돌려야 고단한 업장이 녹아내리는지도 모르겠다.

여동생이 평소보다 일찍 병원으로 왔다. 정혁은 여동생과 교대하자마자 아침을 간단히 때우고, 곧장 대구 근교에 있는 사찰을 찾았다. 조금이라도 빨리 마음을 안정시키기 위해서였다.

절간에 들어서니 밤에는 오지 않던 보슬비가 나직막한 목소리로 속삭이며 시름없이 내리기 시작했다. 바람마저 잠든 고요한 산사에는 이름 모를 산새만 그리운 가족을 찾는지 이 나무에서 저 나무로 옮겨가며 애달프게 울어댔다. 산새의 간절함을 뒤로하고 법당으로 들어가 공손히 두 손을 모으고 모친의 빠른 회복을 빌면서 부처님께 삼배를 올렸다. 밖으로 나오자 수많은 세월 몸소 받아낸 기와지붕을 타고 눈물 같은 빗방울이 한없이 흘러내렸다. 자욱한 우윳빛 안개는 천년고찰(千年古刹)을 저만큼 밀어내고 이미 여름으로 달려가고 있었다.

---

36) 보통 팔각형으로 되어 있는 윤장대(輪藏臺)는 팽이처럼 돌릴 수 있게 되어 있으며, 내부에는 불경을 넣어둔다. 이것을 돌리면 불경을 한 번 읽은 것과 같은 의미이다. 글자를 모르거나 불경을 읽을 시간이 없는 신도들을 위하여 만들어진 불구(佛具)로, 양(梁)나라의 선혜대사(善慧大士)가 처음 만들었다고 알려져 있다.

정혁이 호젓한 산사에 취해 홀로 유유자적(悠悠自適)하고 있는데, 당! 당! 당! 따다따다당! 핸드폰이 요란하게 울렸다. 아미실업 임진배 사장이었다.

"안 그래도 여동생한테 전해 들었습니다. 어제 병원에 다녀가셨다면서요?"

"예. 오 사장님께 자문 받을 일이 생겨서요."

임 사장은 둘째가 중국으로 유학을 가고 싶어 하는데 중국의 교육환경과 중국유학방향을 잡으려면 정혁의 혜안이 필요하니 시간을 내달라고 했다.

"오늘 낮에는 시간이 납니다만……."

몸이 단 임 사장이 다급하게 물었다.

"오 사장님! 지금 어디 계십니까? 제가 바로 모시러 가겠습니다."

"대구시 달성군 가창면에 있는 운흥사(雲興寺)라는 절에 와 있습니다."

임 사장과 통화를 끝내고 종무소37) 쪽으로 걸어가는데 종무소 문이 사르륵 열리더니 "처사님38)! 차 한 잔 하시고 가시지요." 주지(住持)스님이 정혁을 불러 세웠다. 정혁은 주지스님의 안내에 따라 종무소 옆 조그만 한 다실(茶室)로 들어갔다.

자연 그대로인 무색의 벽지로 깔끔하게 도배된 방이었다. 속세에서 묻은 때가 저절로 씻어내려 가는 듯 아늑한 분위기에 정혁은

---

37) 宗務所. 사찰의 사무를 보는 곳을 가리킨다.
38) 處士. 예전에, 벼슬을 하지 아니하고 초야(草野)에 묻혀 살던 선비를 가리키는 말이었다. 근래 사찰에서 관습적적으로 남자를 처사, 여자를 보살(菩薩)이라고 호칭한다.

압도되었다. 주지스님과 담소를 나누는 동안 전기포트의 찻물이 끓기 시작했다.

"처사님은 봄비가 부슬부슬 내리는 날, 귀한 걸음을 하셨네요."

"마음에 무거운 근심이 있어서요."

"소승39)이 무슨 일인지 여쭤 봐도 되겠습니까?"

"사실은 모친이 뇌출혈로 쓰러지셨습니다."

"저런! 처사님께서 마음고생이 많으시겠습니다. 보살(菩薩)님께서 병환이 위중하신가보죠?

"수술을 끝내고 회복 중에 있습니다. 어제 낮부터 의식이 조금씩 돌아오기 시작해서 잠시 바람이라도 쐴까하고 들렀습니다."

"잘 오셨습니다. 심신이 힘들 땐 절간보다 더 좋은 곳이 없으니까요. 현대인들은 모두 마음의 병 하나쯤은 갖고 사니까, 힐링(healing) 이야말로 삶의 동반자라 할 수 있겠지요."

"스님은 고요한 산사(山寺)에서 지내시니까 마음고생은 별로 없겠네요?"

"꼭 그런 것만은 아닙니다. 절간 생활도 속세(俗世)와 별반 다를 게 없습니다. 주지소임을 맡지 않으면 모를까 하루하루 신경을 써야 할 일들이 수두룩합니다. 처사님은 운흥사에 자주 오십니까?"

"자주 오지는 못합니다. 제가 국내에 있지 않아서요."

"어디 멀리 계십니까?"

"몇 년 전부터 뻬이찡에서 생활하고 있습니다. 인연이 돼 늦은 나이에 공부를 시작했습니다."

---

39) 小僧. 승려가 자기를 낮추어 이르는 일인칭 대명사.

"아이고! 대단하십니다. 외국유학이라는 게 보통 어려운 일이 아닌데……. 소승도 주지소임이 끝나면 중국에 공부하러 가볼까 합니다."

"그렇습니까? 뻬이찡에도 월암(月庵)스님이라고 한국분이 대학원에서 공부를 하면서 주말에는 파화쓰(法华寺)라는 중국사찰을 잠시 빌려 법문(法問)을 하는 곳이 있습니다. 뻬이찡에 체류 중인 한국 불자들이 많이 참석하는 데 기업인·상사주재원·특파원·유학생 등 다양합니다. 저도 지인의 소개로 알게 돼, 주말이면 가끔 법문을 들으러 갑니다."

정혁이 주지스님과 담소를 나누는 중에 종무소 업무를 맡아보던 보살님이 처사님! 손님이 찾아왔습니다, 라고 전했다.

"스님! 다음 기회에 또 찾아뵙도록 하겠습니다. 차 공양40) 잘 받고 갑니다."

"처사님! 귀국하시면 꼭 놀러오세요."

아쉬움을 뒤로 하고 스님과 헤어졌다. 따로 약속만 잡지 않았다면 종일토록 마주앉아 빗소리를 배경으로 차담(茶談)을 나누고픈 시간이었다.

---

40) 供養. 공경하는 마음으로 부모나 스승, 조상, 이웃 등에게 향(香), 등(燈), 음식처럼 필요한 것을 올리는 일을 말한다. 불가(佛家)에서 '밥을 지어 올리거나 먹는 일'도 '공양(供養)한다.'라는 말로 쓰인다.

5. 황하의 몸부림

아미실업의 임 사장이 입가에 환한 웃음을 지으며 기다리고 있었다.

"아이고, 임 사장님! 이게 얼마만입니까? 악수나 한 번 합시다. 회사는 잘 되시는지요?"

"예. 회사는 그럭저럭 굴러가고 있습니다."

"복도 많으시네요. 남들은 IMF라 죽을 쑤고 있는 데, 임 사장님 공장만 잘되는 것 같습니다."

"우리라고 아주 비켜갈 수 있나요? 약간은 영향을 받고 있습니다. 오 사장님! 날씨도 우중충한데 복어요리가 어떻습니까?"

정혁이 동의하자 임 사장이 기사에게 '들안길먹자골목'[41]에 있는

---

41) 대구시 수성구 수성유원지 근처에 자연발생적으로 조성된 대규모의 식당거리

'포항복어집'으로 가자고 했다.

'포항복어집'은 대구의 상수원인 가창저수지, 절삭공구[42]전문생산업체인 대구택을 지나 수성못 앞 '들안길먹자골목'입구에 있었다.

"임 사장님! 어서 오세요."

종업원이 알아보고 반갑게 뛰어오면서 허리를 굽혀 인사를 했다.

"어디 조용한 방 없나?"

"감히 어느 분의 명령이신데, 없는 방이라도 만들어내야죠. 안방으로 드시지요."

"자연산 복어 있나?"

"물론이죠. 오늘 아침에 들어온 싱싱한 놈으로 대령하겠습니다."

"귀한 손님 모시고 왔으니까 알아서 하게."

"여부가 있겠습니까?"

종업원이 밖으로 나가자 비로소 둘만의 공간이 되었다.

"오 사장님! 중국으로 유학 가신 지가 꽤 되셨죠?"

"이 년이 다 돼 갑니다."

"벌써 그래 되었습니까?"

"제가 임 사장님 와촌(瓦村)공장을 지어 드린 지가 언젠데요?"

"맞아! 와촌공장을 준공한 지가 햇수로 오 년이 지났으니 시간 정말 빠르네요. 오 사장님 정말 대단하십니다. 잘되던 사업을 하루아침에 접어버리고, 젊은 사람도 아니고 그렇다고 중국어를 배운 분도 아닌데, 어떻게 중국유학이라는 과감한 선택을 하셨는지……. 그저 감탄할 뿐입니다. 식구들 생활비도 그렇고 중국유학경비도

---

42) 切削工具. 금속절삭(金屬切削)에 사용하는 공구(工具)를 말한다.

어마어마할 텐데…… 더군다나 IMF라 유학을 계속하려면 어려운 일이 얼마나 많겠습니까? 아무튼 오 사장님 추진력은 알아줘야 한다니까요."

"임 사장님 말씀처럼 매사가 녹록치 않습니다. 지금이 딱 한계라 목구멍까지 꽉 찼습니다. 제가 중국으로 갈 때 환율이 900대1이였는데, 지금은 2,000대1이니 눈앞이 깜깜합니다. 앞으로 조금만 더 오르면 저도 중국유학을 포기해야할지 모르겠습니다. 남자가 칼을 뽑았으면 삶은 무라도 베야하는데, 용두사미(龍頭蛇尾)가 될까 걱정입니다."

"지금까지 버티었는데, 남은 기간도 잘 보낼 것으로 믿습니다."

"돈이라도 빌려주실 겁니까?"

"하하. 오 사장님이라면 얼마든지 빌려드리지요."

"임 사장님! 말씀만이라도 고맙습니다."

이때 밖에서 인기척이 들렸다.

"손님! 음식 들어갑니다."

방문이 조심스럽게 열리더니 상 위에 다양한 밑반찬과 싱싱한 자연산 복어가 먹음직스럽게 담긴 냄비를 내려놓았다.

"손님! 이미 밖에서 충분히 끓여 들어온 것이니 바로 드실 수 있습니다."

"오 사장님! 시장하실 테니 먼저 식사부터 합시다."

"임 사장님, 식당에 손님이 많은 것을 보니 이 집 복어요리가 유명한 모양입니다."

"대구에서 꽤 알아줍니다."

임 사장이 복어탕을 앞접시에 떠서 정혁에게 건넸다. 정혁이 복어국물을 한 숟가락 떠서 입에 넣었다.

"야아! 자연산 복어라 그런지 국물 맛이 정말 시원하네요. 비가 내려 따끈한 국물이 더욱 입맛을 돋우는 것 같습니다."

"오 사장님 입맛에 맞다니 저도 기분이 좋네요."

"임 사장님 덕분에 오늘 저의 입이 호사(豪奢)를 다합니다."

"뻬이찡에도 복어탕 집이 있습니까?"

"어디 있기는 있을 텐데……. 저는 아직 가본 적이 없습니다."

"그럼 오 사장님은 식사를 어떻게 해결하십니까?"

"마침 학교 주변에 먹을 만한 조선족식당이 하나 있어 그곳에서 해결합니다. 씨앙춘쮜(乡村居, 향촌거)라고 하는데 그런대로 먹을 만합니다."

"한곳에서 사먹으면 질리지 않나요?"

"그럴 때는 한족식당에도 가고, 아니면 일본유학생들이 운영하는 조그마한 식당에도 갑니다. 특히 입맛이 없을 때는 중국의 소수민족인 위구르족(維吾尔族, 유오이족)의 양고기꼬치(羊肉串儿, 양육천아)를 사먹곤 합니다."

"오 사장님께서는 중국생활에 완전히 적응이 된 모양이지요?"

"아닙니다. 매일매일 한국음식이 그립습니다. 그래서 중국음식이 질릴 때면 뻬이찡에서 주재원 생활을 하는 대학원 동문집에 가서 가끔 신세를 집니다."

"오 사장님! 중국의 교육제도는 어떻습니까? 들기로는 한국하고는 많이 다르다고 하던데……."

드디어 임 사장이 본론을 꺼냈다. 교육문제는 따로 생각을 정리하지 않아도 돼 정혁으로서는 대체로 편한 상담이었다.

"한국과 별반 다를 게 없습니다. 중국고등교육은 크게 일반고등교육과 성인고등교육으로 나뉩니다. 일반고등교육은 전문대학3년, 대학4년, 대학원 석사과정3년, 박사과정3년으로 구성돼 있습니다. 중국에는 다양한 대학들이 전국에 분포하고 있는데, 그중에서 '중점대학(重点大學)'이라는 제도를 도입해 운영 중에 있습니다."

"오 사장님! '중점대학'이라는 게 뭡니까?"

"쉽게 말하면, 대학생의 질을 보장하기 위해 중앙정부에서 몇몇 대학을 특별히 지정해 중점적으로 관리하는 제도입니다."

"중국에는 중점대학이 몇 개나 있나요?"

"현재 30개 대학이 지정돼 있습니다. 임 사장님 자제분은 어느 분야를 전공하려고 하는지요?

"한의학이나 경제학을 공부했으면 하고 있습니다."

"그래요? 중국의 한의대학43)은 5년제로 많은 한국 학생들이 공부를 하고 있습니다만, 학제가 한국6년제와 달라 졸업을 한다고 해도 한국에 와서 개업하기는 어렵습니다."

"그럼 경제학 쪽으로 공부를 한다면 어떤 대학들이 좋습니까?"

"조금 전에 말씀드린 바와 같이 경제학과가 개설돼 있는 중점대학 가운데 한 군데를 선택해 진학을 하면 될 겁니다. 자제분의 중국어 실력은 어느 정도 됩니까?"

"고등학교 다닐 때, 제2외국어로 중국어를 배운 적이 있습니다."

---

43) 중국에서는 중의대학(中醫大學)이라고 부른다.

"그럼 어느 정도는 중국어를 구사하겠네요?"

"아닙니다. 군대에 갔다 오면서 다 까먹었다고 합니다."

"그래도 배운 게 어디 가겠습니까? 중국에 가서 어학연수를 열심히 하면 금방 따라갈 겁니다. 중국대학에 들어가려면 HSK 6급(汉语水平考试, 한어수평시험) 정도는 받아야 됩니다."

"HSK라는 게 뭡니까?"

"미국대학에 들어가려면 토익(TOEIC)시험성적이 필요하듯 중국대학에 입학하려면 '한어수평시험'이라고 하는 HSK성적이 꼭 필요합니다."

"오 사장님! HSK 6급이라면 어느 정도의 수준을 말하는 겁니까?"

"중국대학에서 수학할 수 있다고 인정하는 최소 수준을 말합니다."

"중국어 공부를 얼마나 해야 HSK 6급 정도의 실력을 갖출 수 있을까요?

"기초가 없으면 이 년 정도는 열심히 배워야 가능할 것이고……임 사장님 자제분처럼 중국어에 대해 어느 정도 기초가 되어 있다면 일 년간 열심히 배우면 가능할 것으로 봅니다."

"대학 기숙사 시설은 어떻습니까?"

"중국의 대학 기숙사 시설은 한국의 대학 기숙사에 비해 매우 열악한 상태입니다. 그러나 외국학생들이 머무는 기숙사는 중국학생들이 사용하는 기숙사보다 시설이 좋은 편입니다."

"한국 학생들은 주로 어디에서 먹는 문제를 해결합니까?"

"직접 해먹는 학생들도 있고, 교내식당에서 사먹기도 합니다."

"교내식당은 먹을 만합니까?"

"중국대학 안에는 대체로 두 종류의 식당이 운영되고 있습니다. 대학이 직접 운영하는 값이 비교적 싼 식당이 있고, 다른 하나는 개인이 운영하는 값이 비교적 비싼 식당이 있는데 학생들의 개인취향에 따라 선택해 사먹습니다."

"기숙사 관리는 누가 합니까?"

"학교에서 직접 관리하는데, 밤 열 시가 되면 사감(舍監)이 출입문을 완전히 봉쇄합니다. 예외로 외출할 특별한 용무가 있을 때는 사감의 허락을 받아야만 기숙사를 나갈 수 있습니다."

"유학생 기숙사는 자국 대학생 기숙사만큼 엄격하게 관리하지는 않습니다. 왜냐하면 중국에는 푸따오(辅导, 학습을 도와주는 사람)라는 제도가 있는데, 유학생 대부분이 중국어를 배우기 위해 중국인 학생을 가정교사로 쓰는 경우가 많기 때문입니다."

"오 사장님! 먹는 문제로 고생하는 학생들은 없습니까?"

"먹는 문제로 고생하는 경우는 거의 보지 못했습니다. 젊어서 그런지 현지적응이 매우 빠른 편입니다. 나이 들어 중국으로 유학 온 사람 중에 현지적응에 실패하고 되돌아가는 사람을 가끔 봤습니다. 뭐든 젊을 때 시작해야지 나이 들어 도전한다는 게 얼마나 어려운 일인지 해보지 않고는 그 심정을 이해할 수 없을 겁니다."

"오 사장님께서는 그 나이에 많은 어려움을 감수하면서 묵묵히 버텨내는 걸 보면 집념이 정말 대단합니다. 저 같은 사람은 억만금을 준다고 해도 감히 엄두가 나지 않습니다. 중국의 치안은 어떻습니까?"

"뻬이찡을 예로 들어 말씀드리면, 뻬이찡은 중국인들이 평생 한 번이라도 가보길 원하는 곳이다 보니 중국 전역에서 사람들이 구름처럼 몰려들고 있습니다. 그러나 뻬이찡은 중국의 수도로서 전국인민대표대회44)나 전국인민정치협상회의45) 등 중요한 회의가 많이 열리기 때문에 치안에 특별히 신경을 쓰는 편입니다. 중국에는 '호구제(戶口制)'라는 것이 있는데, 일 년에 한두 번씩 강력한 단속을 시행해 뻬이찡에 호구가 없는 사람들은 모두 밖으로 내쫓고 있습니다."

"오 사장님! 호구제라는 게 뭡니까?"

"중국이 사회주의국가로 바뀌고 인민의 의식주를 정부에서 대부분 배급하면서 생긴 신분제도로 쉽게 말해 자신이 태어난 곳에서 살아야만 정부의 지원을 받을 수 있도록 한 '현대판신분차별제(現代版身分差別制)'라고 보면 됩니다. 다시 말해 '중국식 카스트제도'46)라고 하면 이해가 쉽겠네요. 아무튼 치안문제는 그렇게 걱정할 필요가 없습니다. 다만 소매치기가 많으니까, 현금이나 귀중품 분실은 조심해야 합니다. 특히 버스나 지하철을 탈 때 주의하면 별일은 없을 겁니다. 뻬이찡에서 한국 사람들은 돈이 많다고 소문이 나

---

44) 全國人民代表大會. 약칭 전인대(全人代). 국가의사 결정기관이며, 집행기관인 국무원(행정)·법원(사법)이 전인대에 대하여 책임을 지는 점에서 3권 분립체제에서의 국회와는 차이가 있다.
45) 全國人民政治協商會議. 중국의 최고정책자문회의이다. 전국위원회와 상무위원회로 구성되며 국정 방침에 대하여 토의하고 제안·비판하는 역할 등을 수행한다.
46) 카스트제도는 아리안족이 인도를 정복한 후 소수집단인 지배계급이 피지배계급에 동화되는 것을 방지하기 위한 목적에서 출발한 것으로 알려져 있다. 피부색 또는 직업에 따라 승려계급인 브라만, 군인·통치계급인 크샤트리아, 상인계급인 바이샤 및 천민계급인 수드라로 크게 나누어지며, 이 안에는 다시 수많은 하위 카스트가 존재한다.

있어 가끔 범죄의 대상이 되기도 합니다만, 유학생들에게는 거의 해당되지 않습니다. 그래도 자제분이 걱정되시면 화려한 한국 옷을 입지 말고 중국인민복을 한 벌 준비해뒀다가 외출할 때 입으라고, 중국으로 유학가기 전에 한번쯤 충고를 해두시면 될 겁니다. 저도 중국인민복을 한 벌 준비해두고 자주 입고 다닙니다."

"참고할 만한 거 있으면 더 말씀해 주십시오."

"중국은행과 중국우체국들의 운영 실태에 대해 자세히 알고 가면 많은 도움이 될 겁니다. 외국인이 중국은행에 달러를 예금하더라도 바로 찾아 쓸 수가 없습니다. 예금을 한 후 최소한 일주일은 지나야 찾을 수 있음을 알아두면 편리할 겁니다."

"오 사장님! 왜 자신의 돈을 바로 찾아 쓸 수가 없나요?"

"아마 외화자금이 부족한 중국정부에서 중국은행에 하루라도 더 묶어두려는 속셈이 아닐까 생각합니다. 그리고 중국우체국들의 행태인데요. 외국에서 소포가 도착해도 학교까지 배달을 해주지 않습니다. 이점이 한국과 크게 다른데요. 서비스 개념이 없는 중국이라 고객이 직접 우체국에 가서 신분증을 제시한 후 소포를 찾는다고 알고 가면 크게 당황하는 일은 없을 겁니다. 제가 중국유학 가서 가장 당황했던 일들 중의 하나입니다. 중국은 사회주의국가라 자본주의국가인 한국과 모든 면에서 다르다고 생각하면 됩니다."

"오늘 오 사장님께 큰 신세를 졌습니다. 다음 기회에 제가 꼭 보답하도록 하겠습니다. 오 사장님은 이번에 중국에 들어가시면 언제 다시 나옵니까?"

"여름방학 때 들어올 일이 있습니다만."

임 사장이 바짝 다가앉으며 관심을 보였다.

"임 사장님께서도 아시는 회사일지 모르겠습니다만, 대구성서산업단지(大邱城西産業團地) 안에 있는 '아세아종합기계'가 중국 진출을 꿈꾸고 있는데, 중국고위층 한분을 소개해줬으면 해서 중국 손님과 함께 올 예정입니다."

"어떤 분이신데요?"

"한·중수교할 때 중국특사로 오신 분인데, 중국정부기관의 거시경제학자입니다."

"여건이 허락되시면 저한테도 한 번 소개해주실 수 없겠습니까?"

"왜요! 임 사장님 공장도 중국으로 이전하시게요?"

"꼭 그런 건 아니지만 작은 놈을 중국으로 유학시키는 이유가 따로 있거든요."

"그렇군요. 그런데 그분의 자문을 받으시려면 비용이 꽤 비쌉니다."

"비용 문제는 별로 걱정하지 않으셔도 됩니다."

"잘 알겠습니다. 중국에 들어가서 알아본 후 연락드리겠습니다."

"아이고! 오 사장님 고맙습니다."

"저는 이만 일어났으면 하는데요."

정혁의 말에 임 사장이 성의 표시라며 봉투를 내밀었다.

"와촌 공장도 잘 지어주시고, 오늘 강의도 훌륭했고…… 중국 가실 때 여비에 보태십시오."

정혁이 정색을 하며 거절하자 이 정도 인정도 물리치면 세상 삭막해서 어떻게 사느냐며 굳이 찔러 넣어주었다.

임 사장이 지인의 소개로 공장을 짓겠다고 정혁의 사무실을 찾아왔을 때가 생각났다. 첫 인상이 조금은 까다로워 보였다. 박 사장한테 정혁의 사무실을 알아보고 사전에 연락도 없이 불쑥 찾아온 임 사장이었다.

"며칠 전 세신기계 경산공장에 놀러 갔다가 공장건물을 봤는데 참 잘 지었더군요. 홀딱 반할 정도로요."

"감사합니다."

"세신기계 박 사장님 말씀에 의하면, 오 사장님께서 대우그룹에도 근무하셨고, 기계수입상도 했다기에 믿음이 생겼습니다."

임 사장은 새 공장을 하나 지으려는데 토지매입, 공장신축 그리고 기계구매까지 일괄 맡아서 해달라고 했다. 그렇게 시작한 와촌공장 건설은 일사천리로 진행되었다. 오정혁은 매일 아침 사무실로 출근을 하기 전 공사현장에 들러 건물 진척상황을 일일이 챙겼다. 이런 성실함이 고객들에게 감동과 믿음을 줘 사업은 하루가 다르게 번창했다.

와촌공장 지어준 지가 해수로 벌써 오 년이 넘었다고 생각을 하니 세월이 유수 같다는 걸 재삼 느끼지 않을 수 없었다.

병원 중환자실에 도착하니 모친은 이미 일반병실로 옮겨진 상태였다. 옆 병상에서 간병 중이던 보호자가 정혁 모친의 빠른 회복을 축하하는 한편 부럽다고 했다. 일반병실로 들어서니 구미(龜尾)에 사는 누나가 와 있었다.

"손님 만난다고 나갔다고 하던데 일은 잘 끝난 거냐?"

"예 누님. 중국유학상담 좀 하고 왔습니다."

"누님 화색이 좋은데 무슨 좋은 일이라도 있어요?"

"아까 회진에서 담당교수가 앞으로 열흘 정도 치료를 하면 퇴원이 가능하다고 하더라. 그러니 동생도 그만 중국으로 돌아가도록 해. 바쁜 사람이 괜스레 여기서 시간 허비하지 말고."

정혁은 누나의 이 말에 한편 고맙기도 하고, 한편 미안하기 짝이 없었다. 1남 5녀 가운데 유일한 남동생을 공부시키기 위해 학업을 포기한 누나다. 누나는 가족을 위해 초등학교를 졸업하자마자 바로 산업전선에 뛰어들었다. 정혁은 누나의 눈빛 속에서 지난한 과거의 일들이 하나하나 떠올렸다.

정혁이 중학교 입학하는 해에 막내여동생이 태어났다. 막내가 태어나고 정혁엄마는 십년 가까이 유방암을 앓았다. 유방암을 고치기 위해 용하다는 의사는 다 만나보고, 좋다는 민간요법도 다 해보았지만 병마는 정혁엄마 곁에 찰싹 달라붙어 떨어지지 않았다. 그래서 일가친척들이며, 주위 분들에게 구걸하듯 돈을 빌렸다. 가산은 점점 기울어져 하루 세끼도 제대로 채우지 못했다. 한 집안의 안주인이 고치기 힘든 병마에 시달리다보니 가정은 바람 앞에 촛불마냥 늘 불안했다.

정혁도 마음을 바로잡지 못하고 학교에 갔다 오면 책가방을 내팽개치고 자신과의 싸움을 위해 아무도 없는 금호강으로 갔다. 물결에 반사된 달님에게 정혁은 무수한 생각들을 토해냈다. 생로병사에 대해 자정이 가깝도록 묻고 또 물었다. 그러나 시원한 대답은 끝내 들을 수가 없었다. 그래도 정혁은 이런 행동을 멈추고 싶지 않았다. 아니 멈출 수가 없었다. 그렇게 삼년을 허비하고서야 겨우 철이 들기 시작했다.

그러나 불행하게도 정혁이 하던 사업을 그만두고 늦은 나이에 박사과정을 밟기 위해 북경으로 떠나고 나서 한 달도 안 돼 둘째 여동생이 죽었다. 오랜 병마에 약물중독까지 겹쳐 일어난 인재였다. 만약 정혁이 중국으로 유학을 가지 않고 한국에 있었다면 그런 일은 없었을지도 모른다. 연로하고 못 배운 시골노인이라 약을 가려먹이는 게 미숙했던 모양이다.

　한국으로부터 정혁에게 다급하게 걸려온 국제전화는 둘째 여동생에 대한 뜻밖의 비보였다. 정혁은 여동생이 죽었다는 사실에 생시인지 꿈인지 손으로 자신의 허벅지를 꼬집어보고서도 도무지 실감이 나지 않았다. 그리고 바로 한국으로 갈 수 있는 뾰족한 방법도 없었다. 중국의 제도와 관습은 한국과 너무나 달랐다. 정혁이 한국으로 가려면 먼저 중국정부로부터 비자를 다시 받아야 하는 데 최소한 일주일이 걸렸다. 그야말로 만만디의 중국이었다. 애끓는 유학생의 심정을 그 누가 알기는 하겠는가!

　그래도 마음만은 벌써 한국에 가 있었다. 정혁이 나름대로 한국으로 갈 수 있는 방법을 찾기 위해 온갖 노력을 다 해봤지만 모두 허사였다. 중국의 사정을 일일이 한국에 알릴수가 없어 머뭇머뭇하니까 한국 집에서 눈치를 채고 나오지 말라고 극구 말렸다. 한국에 온다고 해도 여동생의 삼일장은 볼 수가 없기 때문이었다.

　앉은뱅이가 앉아서 용을 쓰듯, 온몸에서 식은땀이 삐져나오고 얼굴에는 갱년기를 맞은 여인네처럼 홍당무에 좌불안석이다. 정혁은 한국에 갈 수도 없고 그렇다고 공부도 되지 않았다. 할 수 있는 일은 고작 한국에 있는 친구들에게 집안일을 부탁한 다음, 누가

볼까봐 기숙사 방문을 꽁꽁 걸어 잠그고 못 먹는 술로 자신을 학대하는 것뿐이었다.

정혁이 모친이 있는 쪽으로 다가 앉았다. 눈을 뜰 수도 없고, 몸을 움직일 수도 없었지만, 용케도 자식이 온 줄은 아는 것 같았다. 정혁에게도 그 느낌이 온몸으로 전해졌다. 머리에서도, 얼굴에서도 가슴에서도, 손발에서도, 심지어 공기 속에서도 모친이 반가워하는 모습이 느껴졌다.

"어머님! 그토록 애지중지하시던 외동아들 정혁입니다. 아시죠! 제가 누군인지를요! 이대로 그냥 가시면 절대로 안 됩니다. 저는 어머님을 보내드릴 마음의 준비가 아직 되어있지 않습니다. 제가 염라대왕을 설득해서라도……. 결코…… 어머님! 제 목소리 듣고 계시죠? 아무 걱정 마시고 푹 주무시고 일어나세요. 제가 중국으로 유학 가는 것을 못마땅하게 여기셨다는 거 잘 알고 있습니다. 여동생의 죽음과 저의 중국유학이 어머님을 많이 힘들게 했는가 보네요."

"아니다 애비야! 나는 니 맴을 잘 안다. 내 걱정하지 말고 니가 하고픈 일 하거라! 한숨 푹 자고 내일이면 일어날 기다."라고 하는 것처럼 귀한 아들, 정혁을 보듬는다.

이렇게 정혁은 모친과 미뤄 놓았던 실타래를 하나씩 풀어놓으며 한밤을 꼬박 새었다. 아침이 되자 정혁 모친의 얼굴에는 이상하게도 검은 그림자가 조금씩 걷히고 있었다.

정혁은 며칠 더 지켜본 뒤 결정하기로 했다.

6. 첫인상

정혁의 핸드폰이 요란하게 울려 받아보니 뜻밖의 목소리가 들렸다.

"따꺼(大哥, 오빠)! 워써뻬이천찌투안떠쨩위에홍.(我是北辰集团的张月红, 저 북신그룹의 장월홍이예요)

"아이고! 이게 누구야? 샤오쨩(小张, 미스 장)47)이 웬일이야? 내 핸드폰번호는 어떻게 알았고?"

한국으로 오기 전 정혁의 뻬이찡 집으로 전화를 했는데 받지 않자 황요우푸(黄有福, 황유복) 교수님께 연락해 한국에 갔다는 걸 알고 연락처를 적어왔다는 것이었다. 샤오쨩은 한·중 경제단체 간 국제회의가 있어 '중국 대표'로 서울에 오게 되었으며 회의는 오늘로 모두 끝났다고 했다. 이왕 한국에 온 김에 며칠 머물면서

---

47) 중국에서는 자신보다 젊은 여성을 부를 때, 성씨(姓氏) 앞에 젊을 '小(소)'를 붙여 친밀감을 표시한다.

한국 관광을 할 계획이라고 했다.

"따꺼(大哥, 오빠)48)! 어머님께서 뇌출혈로 수술을 받았다고 하던데 경과가 어떠신지요?"

"다행히 수술경과가 좋아서 나도 곧 중국으로 돌아갈 거야."

"기쁜 소식이네요. 그러면 따꺼. 저한테 시간을 좀 내줄 수 있어요?"

"쌰오짱 부탁인데, 없는 시간이라도 당연히 만들어야지."

"그럼 제가 대구로 내려가도 되겠네요?"

"대구에 볼일이라도 있는 거야?"

"아니요. 따꺼가 살고계시는 대구를 알고 싶어서요."

"서울이 볼거리가 더 많을 텐데……."

쌰오짱은 이미 서울구경을 마친 상태라고 했다.

"좋아. 그런데 쌰오짱 혼자 대구는 어떻게 오지?"

"호텔 카운터에 알아보니까 서울역에서 동대구역까지 새마을호를 타면 세 시간 삼십 분이면 간다고 해서 내일 아침 여섯 시 열차로 예약도 해두었어요."

"쌰오짱은 영어를 잘하니까 대구로 내려오는 데 별문제가 없을 거야. 내일 도착시간에 맞춰 동대구역으로 마중 나갈게."

뻬이찡에서도 자주 만날 수 없던 중국 친구를 한국에서 만난다 생각하니 슬그머니 마음이 들떴다. 안 그래도 뻬이찡으로 돌아가면 중국 고위층과 연결하는 문제로 쌰오짱을 찾아가 부탁할 참이었는데 일이 잘 풀리는 것 같았다.

---

48) 중국에서 나이 어린 남녀가 나이 많은 남자를 친근하게 부를 때 사용하는 호칭이다.

정혁이 쌰오쨩을 처음 만난 곳은 일 년 전 '뻬이찡호텔국제회의장'에서였다. 참석자 가운데 한국 사람은 정혁이 유일해 중국 측 인사들에게 인기가 좋았다.

정혁이 중앙민족대학대학원에서 박사공부를 한다는 사실에 참석자 대부분이 매우 놀라워했다. 중국에서는 늦은 나이에 공부를 하는 경우가 거의 없어 더욱 그랬다. 그 이유는 나이와 입학 정원 제한으로 석·박사과정에 들어가기가 매우 힘들기 때문이다.

덕분에 정혁은 중국고위층 관료들을 많이 알게 되었다. 한·중 수교 때 중국 측 특사로 온 찐렌씨옹(金仁雄) 국무원발전연구중심 고급연구원도 바로 '뻬이찡호텔국제회의장'에서 만났다. 정혁의 중국유학 목적이 중국비즈니스에 있었기 때문에 인맥형성을 위해 중국 고위층들과 만날 수 있는 곳이라면 어디든지 열심히 쫓아다녔다. 설령 주최 측에서 초청하지 않아도 신문을 보고 무작정 찾아갔다.

쌰오쨩은 중국의 남쪽인 꽝씨썽(广西省) 난닝(南宁) 출신으로 북경에서 학사·석사과정을 마친 유능한 재원이었다. 대학을 마친 쌰오쨩은 중국정부의 직장배치 계획에 따라 국영기업체인 뻬이천그룹(北辰集团 : 한국의 현대그룹보다 열 배나 큰 회사)으로 발령을 받아 회계사로서 그룹관련 회계업무를 총괄하는 직책을 맡고 있었다.

쌰오쨩은 젊은 여성경영인으로 착실히 경험을 쌓아가면서 대외활동의 폭도 넓혔다. 이미 차세대지도자 반열에 올라선 쌰오쨩의 차후 역할에 대해 모두들 주목하고 있었다. 타고난 외모에 성격 명랑하지, 매너 좋지, 게다가 신용도 있어 정혁이 만나본 중국인들

가운데 가장 마음에 들었다.

장래가 촉망되는 중국 친구를 안다는 것 만해도 정혁에게는 큰 힘이 되었다. 차후 중국비즈니스를 추진하는데, 쌰오짱 같은 사람의 도움은 필수적이기 때문이었다. 중국은 꽌씨(关系, 인간관계)라는 관습이 사회 곳곳에 뿌리 깊게 형성돼 있어 중국인맥의 협조 없이는 큰일을 도모하는 게 거의 불가능했다.

다음날 아침 정혁은 동대구역으로 쌰오짱 마중을 나갔다. 열차가 들어오고 승객들이 쏟아져 내린 가운데 세련된 모습의 쌰오짱이 눈에 들어왔다.

"쌰오짱! 짜이쩔.(在这儿, 여기야)"

"따꺼! 하오찌우뿌찌엔닌러?(好久不见您了, 오래만이네요)"

쌰오짱이 열차 식당 칸에서 아침을 먹었다기에 커피숍으로 향했다.

"따꺼 얼굴이 많이 상하신 것 같아요."

"며칠 병원에서 지내다보니…… 얼굴이 좀 까칠하지?"

"따꺼 건강도 챙기며 간병을 하셔야지, 그러다 따꺼가 먼저 쓰러지겠어요."

정혁은 애틋하게 마음 써주는 쌰오짱이 고마웠다.

"그런데 어떻게 대구(大邱)까지 올 생각을 다 했어? 기특하게시리……."

"따꺼 본 지도 오래되었고, 따꺼 고향은 어떤 곳인지도 알고 싶기도 해서요."

"오기는 잘 왔어."

"이 기회에 한국 대구에 대해 공부를 해두면 나중에 도움 될 일이 있을 지 어떻게 알아요? 원래 다른 분이 한국에 오기로 돼 있었는데, 그분한데 갑자기 일이 생겨 제가 대타로 온 거예요."

"그랬구나. 그런데 한국의 첫인상은 어땠어, 샤오짱?"

"생각보다 멋진 곳이구나 생각했어요. 어제 한국정부에서 제공해 준 차량으로 고궁, 대학, 백화점, 재래시장 등을 둘러봤는데 생동감이 넘쳐흘렀어요."

"샤오짱, 대구에서 가보고 싶은 곳 있으면 말해봐."

"열차를 타고 오면서 생각해봤는데…… 대학, 명승지, 산업단지, 재래시장, 호수, 바다, 그런 데요."

샤오짱은 사오 일간 체류할 생각이라고 했다. 그렇다면 먼저 숙소부터 정해야 했다.

"인터불고호텔로 정하면 어떨까? 주위환경도 비교적 좋은 편이야."

"따꺼가 알아서 정해주세요."

정혁은 샤오짱을 태우고 인터불고호텔로 오는 동안 운전을 하면서 분주히 관광 스케줄을 짰다.

"샤오짱! 나흘간 관광스케줄로 첫날은 경북대학교(慶北大學校)-갓바위(斗笠石头, gotbawi)-제2석굴암으로 하고, 둘째 날은 영남대학교-운문사-울산국가산업단지-울산정자해변-경주문무대왕암(慶州文武大王岩)-불국사-석굴암-포항국가산업단지-포스텍(포항공대)으로 하고, 셋째 날은-안동하회마을(安東河回村)-안동헛제사밥식당-안동댐-안동민속박물관-안동도산

서원-영주부석사로 하고, 넷째 날은 대구약령시-북성로 삼성상회
(三星商會)의 옛터-서문시장-구미 박정희 생가(朴正熙生家)-
구미국가산업단지-수성못(壽城池)으로 짜봤는데 말이야, 샤오짱
생각은 어때?"

"제가 뭐 아나요? 무조건 쩐빵러!(真棒了, 최고예요)

샤오짱이 엄지손가락을 치켜세웠다.

7. 천년의 미소

이튿날 아침 정혁과 쌰오짱은 경북대학교로 갔다.

"따꺼! 캠퍼스가 매우 아름답네요."

"역사가 오래되었으니까."

"따꺼! 저쪽 건물은 뭡니까?"

"대학 본관이야."

"정말 멋지네요. 북경대학보다 훨씬 아름다워요. 따꺼! 제가 여기 와서 공부를 하면 어떨까요?"

"그러면 좋겠지만, 직장은 어떻게 하고?"

"회사에서 엄격한 심사를 거쳐 외국으로 유학을 보내주는 제도가 있어요. 이미 저는 그 기준을 통과했고요."

"외국에서 공부한다는 게 쉬운 일이 아닐 텐데……."

"따꺼도 중국에 와서 공부를 하고 있잖아요?"

기분에 취해 던진 소리 같아 짐짓 물어보았다.

"쌰오짱! 진짜 한국에 와서 공부를 하고 싶은 거야 아니면 그냥 해보는 소리야?"

"제가 언제 따꺼한테 농담하는 거 봤어요?"

쌰오짱이 정색을 했다.

"그게 진심이라면 사전에 철저히 준비를 해야 될 거야. 그럼 바로 한국어 공부부터 시작해야겠네."

"따꺼가 도와주실 거죠?"

"쌰오짱이 원한다면 당연히 그래야지."

쌰오짱은 한국유학을 이삼 년 후쯤으로 잡고 있었다. 그때쯤이면 정혁도 중국유학을 마치고 한국에 돌아와 있을 터였다.

"쌰오짱이 한국으로 유학을 온다면 나야 대환영이지."

"정말요?"

"물론이지."

"나중에 다른 말하기 없기에요."

정혁이 자신 있게 고개를 끄덕이자 쌰오짱이 두 팔을 벌리고 하늘을 향해 큰소리로 외쳤다.

"한국으로 유학을 오고 싶다!"

타국살이에서 가장 중요한 게 음식이다. 한국음식이 입에 맞느냐고 묻자 고무적인 말이 나왔다.

"고향의 맛과 비슷한 게 많아서 거부감이 별로 없어요. 뻬이찡에서 동료들과 한국불고기·비빔밥·김치·된장찌개·두부찌개·김밥·잡채·한국라면 등을 자주 사먹었어요."

"준비된 사람이군 쌰오쨩은."

칭찬이 민망했는지 쌰오쨩이 화제를 바꿨다.

"치엔뻬이(前輩, 선배님)! 황요우푸(黃有福) 교수께서 중국 북경에 건립을 추진 중인 (가칭)북경서울대학[49]의 진행상황은 어떻게 되어가고 있어요?"

"그동안 한국 독지가 몇 분의 도움으로 상당한 진척이 있었는데 갑자기 한국이 IMF 사태를 맞는 바람에 지금은 주춤하고 있는 상태야."

"북경서울대학 설립계획은 어떻게 추진하게 된 거예요?"

"황요우푸 교수님이 미국 하버드대학에서 초빙교수 생활을 하실 때, 주미 한국교포2세들이 급속한 미국화로 정체성 혼란과 다양한 부작용에 시달리는 걸 보고 마음이 몹시 아프셨대. 그래서 중국으로 돌아온 후, 열악한 '조선족교육여건'을 개선하기 위해 큰 결심을 하셨지. 뻬이징을 비롯해 허뻬이썽(河北省, 하북성), 쌴뚱썽(山東省, 산동성), 랴오닝썽(遼宁省, 요령성), 찌린썽(吉林省, 길림성), 네이멍꾸(內蒙古, 내몽고성), 헤이룽쨩썽(黑龍江省, 흑룡강성) 등지에서 셋방살이식 '북경한국어학교(北京韓國語學校)'를 설립운영하면서 시작된 거야."

"북경한국어학교의 운영자금은 어떻게 조달하고 있나요?"

"황요우푸 교수님이 미국 하버드대학에서 초빙교수 생활을 하면서 받았던 봉급과 세계 각국으로부터 초청받아 강의를 한 후 받은 강의료를 밑천으로 근근이 유지하고 있어."

---

49) (가칭)북경서울대학(北京首爾大學) 설립 및 운영계획서는 뒷면에 첨부함.

"그럼 학교 사정이 매우 열악하겠네요?"

"당연하지. 학교운영자금이 부족하다보니 한군데 정착해 가르치지 못하고, 매번 동가식서가숙50)하는 식이야. 가르치는 선생님들도 거의 무급 수준으로 봉사하고 말야."

"정말 대단한 분들이시네요."

"북경한국어학교가 정규과정이 아니고 보습수준의 야간학교로 운영하다보니 많은 문제점에 봉착할 뿐 아니라 학생들의 다양한 수요를 감당할 수 없어 정규대학 설립을 추진하게 되었어. 이미 중국정부로부터 승낙을 받아 북경시내에 대학부지까지 마련해 둔 상태였는데, 한국의 IMF 때문에 걱정이 이만저만 아니야. 만약 북경서울대학 설립이 무산된다면, 내가 공부를 마치고 한국으로 돌아가 북경서울대학 설립에 뜻을 같이하는 독지가를 찾아내, 한·중 우호증진의 상징인 북경서울대학의 설립을 어떻게든 성공적으로 마무리 지을 생각이야. 어쩌면 그게 내가 밑도 끝도 없이 중국에 유학 온, 내가 모르는 또 다른 이유이며 사명이겠지."

"치엔뻬이가 직접 나선다면 분명 좋은 결과가 있을 거예요."

"내가 그리 대단한 사람도 아닌데, 쌰오짱이 어떻게 알아?"

"따꺼야말로 집념의 사나이잖아요? 저도 도울 일이 있으면 열심히 도울게요."

말만 들어도 힘이 나는 쌰오짱의 멘트에 정혁을 두 주먹을 불끈 쥐었다.

---

50) 東家食西家宿. 동쪽 집에서 식사를 하고, 서쪽 집에서 잠을 청함. 즉 일정한 거처 없이 이곳저곳을 떠돌아다님을 뜻한다.

정혁과 쨔오쨩은 경북대학교의 경상대학, 법과대학, 어학교육원, 학생생활관, 중앙도서관, 대학원 건물, 생명공학관, 공대관 등을 둘러보고 갓바위를 향해 떠났다. 정혁이 경산 쪽 갓바위로 정한 것은 대구 쪽 갓바위보다 경사가 완만해 올라가기 쉽기 때문이었다.

　　승용차가 대구비행장을 지날 때 쨔오쨩이 물었다.

　　"따꺼! 대구에도 비행장이 있네요?"

　　"한국의 3대 도시인데, 비행장이 있는 게 당연하지 않아? 대구－홍콩 간 항로도 개설돼 있는데?"

　　"그래요? 대구가 교통이 참 편리하네요."

　　"고속도로, 철도, 비행장 등 국제도시로서 손색이 없는 곳이지."

　　"시내도로도 잘 정비되어 있고요."

　　"쨔오쨩의 고향인 꽝시썽(广西省) 난닝(南宁)의 도로사정은 어떤데?"

　　"난닝은 대구에 비해 많이 낙후되어 있어요."

　　"언제 기회가 되면 한번 가보고 싶구먼."

　　"제가 초청하도록 할게요. 기다리세요."

　　아닌 게 아니라 공부하느라 관광은 뒷전이었다. 쨔오쨩이 대구를 방문했으니 다음은 정혁이 쨔오쨩의 고향 난닝에 답방할 차례였다. 앞서가는 곳은 앞서가는 대로 낙후된 곳은 낙후된 대로 배울 것이 있지 않은가?

　　"따꺼! 갓바위는 어떤 곳인가요?"

　　"한국역사로 보면 통일신라시대고, 중국역사로 보면 당나라시대의 석불좌상으로 팔공산(八公山) 남쪽 봉우리 관봉(冠峰)정상에 있는데 높이가 사미터에 이르지. 흔히들 '갓바위부처님'이라고 부르는데, 거기서 불공을 드리면 한 가지 소원은 꼭 이룬다고 전해져 많은 사람들이 찾고 있는 불교성지야."

"그럼 나도 소원을 빌어봐야겠네요."

"쌰오짱의 소원은 뭔데?"

"따꺼한테 그걸 가르쳐주면 부정 타서 효험이 없습니다."

그런 말은 한국식인데 중국사람이 어떻게 아느냐고 묻자 쌰오짱이 깔깔거리며 중국에도 그런 속담이 있다고 했다.

자동차를 선본사(禪本寺) 주차장에 세워두고 갓바위로 올라가기 시작했다. 평일임에도 불구하고 사람들이 의외로 많았다. 정상까지 사십 분가량 걸리는데 아무래도 쌰오짱에게 무리일 것 같았다.

"쌰오짱 힘들면 그만 올라갈까?"

"제가 이래 봬도 체력 하나는 끝내줘요."

"그래. 앞으로 오 분정도만 더 걸으면 정상이니까 힘내자."

정혁도 힘들기는 매한가지였다. 막상 정상에 도착해보니 발 디딜 틈도 없이 사람들로 붐볐다. 무슨 소원을 안고 이 많은 사람들이 여길 올라왔을까?

"쌰오짱! 정상에 도착한 소감이 어때?"

"공기도 상쾌하고 전망도 끝내주네요. 가슴이 탁 트이고 세상이 모두 발아래 있어 신선이 된 기분입니다. 정말 올라오길 잘한 것 같아요."

"갓바위부처님께 소원 빌어야지?"

정혁의 말이 떨어지기 무섭게 쌰오짱이 복전함(福田函)에 돈을 넣고 눈을 감은 채 절을 하기 시작했다. 정혁도 한쪽에 자리를 잡고 공손히 머리를 숙였다. 오랜만에 산에 올라온 정혁의 가슴도 시원하게 뻥 뚫렸다. 발아래 펼쳐진 산야 위로 천천히 흘러가는 옅은 구름이 계곡 사이사이를 더듬고 어루만졌다. 계곡 속에 귀한 보석이라도 숨겨둔 양 비밀스런 모습에 자꾸 눈길이 끌렸지만 속세의 중생은 그 뜻을 헤아릴 길이 없었다. 올 때마다 느끼지만, 일 년 내내 세상을 내려다보고 계시는 '갓바위부처님'이야말로 가장 행복한 부처가 아닐까 싶다.

아름다운 산으로 둘러싸인 대구는 복 받은 도시임에 틀림없다. 전국에서 자연재해가 가장 적고 물산도 풍부해 사람들이 걱정 없이 편히 살 수 있다. 이런 혜택 또한 갓바위부처님의 가피는 아닐는지?

"따꺼는 소원 없어요?"

"소원은 말하는 게 아니라며? 오랫동안 절하는 것을 보니 쌰오짱의 소원은 굉장히 어려운가보지. 너무 어려우면 갓바위부처님도 들어주기 힘들 텐데……."

"글쎄요? 어쩌면 쉬울 수도 있고 그렇지 않을 수도 있습니다. 그런데 따꺼! 여기는 늘 이렇게 사람이 많나요?"

"그만큼 세상살이가 녹록치 않다는 반증이겠지. 그렇지만 갓바위부처님을 알현하고 내려가는 사람들의 표정을 찬찬히 훑어보면 모두가 만족한 듯하니 여기가 바로 낙원이요, 천국 아니겠어? 쌰오짱, 이왕 온 김에 요사채51)에 내려가 공양하고 갈까? 색다른 경험이 될 텐데……."

---

51) 寮舍寨. 승려들이 먹고 자는 곳.

"비용이 얼마나 드는데요?"

"갓바위까지 올라온 사람은 누구나 공짜로 밥을 먹을 수 있어."

"이 많은 사람들에게 다 공짜로 밥을 준다고요?"

"물론이지. 절간 음식이라 반찬은 조촐하지만 맛은 담백한 게 좋아."

"안 그래도 배고팠는데 잘됐네요."

둘은 줄서 있는 사람들 꼬리에 붙어 공양간에서 밥을 받아왔다.

"따꺼! 밥맛이 예술이에요."

"쌰오짱의 적응력은 정말 대단해!"

"산꼭대기에서 밥을 얻을 먹을 수 있다니 꿈만 같아요. 중국에서는 상상도 못할 일이에요. 이래서 한국이 천국인가 봐요."

관광하고 산 오르고 이래저래 시장할 시간이긴 했다. 밥그릇을 깨끗이 배운 쌰오짱에게 밥을 더 먹을 테냐고 묻자 기다렸다는 듯 말했다.

"정말 더 먹어도 돼요?"

"당연하지."

이날 쌰오짱은 두 번이나 공양하는 기록을 세웠다.

"여기서 주는 밥을 두 번이나 맛있게 먹고 내려가니 쌰오짱의 소원은 분명 이루어질 거야."

"저도 밥을 먹으면서 그런 생각을 했어요. 이미 소원은 반쯤은 이뤄진 것 같아요."

"무슨 소원이 그리 간단하게 이뤄지노?"

"따꺼가 그랬잖아요? 뭐든 마음먹기 달렸다고……."

"쌰오짱이 갓바위에 오더니 완전히 새 사람이 되어 하산할 모양이네."

둘의 웃음소리가 산골짜기를 타고 내려갔다.

"따꺼. 제가 뻬이찡으로 돌아가더라도 평생 잊지 못할 장소로 기억될 것 같아요."

"그렇게 감동받았다니 안내한 나도 기분이 좋은데! 쌰오짱이 한국을 제대로 공부하겠다고 마음먹었다면 이 정도의 고생은 감수해야 좋은 결과도 기대할 수 있을 거야. 일부 여행자처럼 한국에 와서 백화점에서 쇼핑만하다 돌아간다면 과연 남는 게 뭐겠어? 다른 나라 문화를 배운다는 건 비용도 많이 들고 고생도 수반됨을 누구보다 쌰오짱이 잘 알고 있잖아."

"그런 점에서 따꺼한테 많이 배우고 있습니다. 따꺼는 보통사람과 차원이 다름을 뻬이찡에 있을 때부터 알고 있었어요. 그런데 따꺼! 팔공산엔 어떤 유래가 있나요?"

"옛날 한반도에서 신라, 후백제, 고려 삼국이 패권을 다툴 때였지. 어느 날 후백제왕 견훤(甄萱)이 신라를 공격하자 고려왕 왕건(王建)이 신라의 원병요청에 직접 출병을 했다가 현 위치인 팔공산에서 후백제군에 포위를 당해 죽을 위기에 처하게 됐어. 이때 신숭겸(申崇謙)을 비롯한 여덟 명의 충성스러운 고려장수들이 왕건을 살리고 자신들은 그 자리에서 모두 전사를 했어. 구사일생으로 궁으로 돌아온 고려 태조 왕건이 그 공로를 기리기 위해 팔공산이라는 이름을 붙였다고 전해지고 있어."

갓바위를 내려온 두 사람은 군위(軍威) 제2석굴암으로 떠났다.

천하절경인 팔공산 허리를 휘감아 달리다보니 어느덧 팔공산 한티 고개에 이르렀다. 한티고개를 그냥 지나칠 수는 없는 일이었다. 먼저 차에서 내려 앞장서는 쌰오짱을 정혁이 불러 세웠다.

"쌰오짱! 쌰오떵!(稍等, 잠시 기다려)"

정혁은 매점으로 들어가 커피와 몇 가지 간식을 사왔다.

"따꺼! 여기도 전망이 참 좋네요."

"한국은 사계절이 뚜렷하고 국토의 70퍼센트가 산악지대라 어디를 가든 아름다운 경관의 빼어난 산세를 구경할 수가 있어. 쌰오짱, 이번 기회에 아예 한국에 눌러앉는 건 어때?"

"안 그래도 한국에 와서 살아볼까 생각 중이에요."

"유능한 인재가 한국으로 간다고 하면 중국 정부에서 허락은 하고?"

쌰오짱이, 다 방법이 있다며 눈을 찡긋했다.

"좀 쉬었더니 기분이 한결 개운하구만. 쌰오짱, 이제 슬슬 제2석굴암으로 출발해볼까?"

"따꺼, 여기서 먼가요?"

"아니. 십 분정도면 도착할 거야."

다시 자동차를 타고 꼬불꼬불한 산길을 내려갔다. 잠시 달리다보니 제2석굴암 표지판이 눈에 들어왔다. 자동차를 사찰 한쪽에 세워두고 경내로 들어가니 사찰특유의 적막감이 감돌았다. 먼저 대웅전으로 가서 공손히 삼배를 올리고 밖으로 나와 삼존석불(三尊石佛)이 있는 곳으로 걸어갔다.

"따꺼. 여기 있는 삼존석불의 제작연대는 어떻게 되나요?"

"갓바위와 비슷한 연대로 중국 당나라의 영향을 많이 받았다고
보면 될 거야. 이 작품은 신라, 백제, 고구려, 삼국시대 조각들이
통일신라시대로 옮겨가는 과정에서 만들어져 문화사적 가치가 높
지. 뿐만 아니라 자연 암벽을 뚫고 그 속에 불상을 배치한 본격적인
석굴사원(石窟寺院)이라는 점에서 한국불교미술사에 중요한 위치
를 차지하고 있어."

"한국은 문화재들이 잘 보존돼 있는 것 같은데, 중국은 문화혁명
때 귀중한 문화재들이 많이 파괴돼 참 안타까워요."

"문화재는 그 나라의 자존심이자 얼굴이니까 후손들이 잘 보존해
야지. 쌰오짱은 경제학도이면서도 문화 쪽에 관심이 많네?"

"당연하죠. 어느 조직이든 훌륭한 관리자가 되려면 다방면으로
공부를 해둬야 성장할 수 있으니까요. 그 옛날 변변한 장비도 없었을
텐데, 갓바위나 삼존석불 같은 정교한 불상을 조각한 것을 보면,
그 당시 사람들의 정성과 열정이 정말 대단했던 것 같아요."

"이상적인 불국토를 완성해 행복하게 살고자했던 신라인들의
염원이 고스란히 담겼다고 봐야겠지."

"따꺼 저기 봐요. 아담한 연못에 여러 색깔의 금붕어와 자라가
있어요."

"용궁에서 중국 손님을 마중하러 일부러 나왔나보지, 어쩌면 용궁
에서 어여쁜 여인의 간이 필요해 특별히 나왔을지도 모르고."

"따꺼도, 참……!"

쌰오짱이 싱거운 사람이란 듯이 정혁을 바라보고 빙긋이 웃었다.

"따꺼, 배 안 고파요? 저는 좀 출출한 것 같은데."

"그럼 여기서 저녁을 해결하고 대구로 들어갈까? 쌰오짱, 특별히 먹고 싶은 거 있으면 말해."

"한국에 온 후, 두부찌개를 아직 못 먹어봤는데…… 가능할까요?"

정혁은 쌰오짱을 데리고 사찰 입구에 있는 음식점으로 안내했다.

"주인장, 이 집에서 가장 맛있는 게 뭡니까?"

"산채비빔밥도 괜찮고, 된장찌개도 좋습니다."

"그럼, 산채비빔밥 2인분하고 두부찌개를 맛있게 끓여주세요. 아, 그리고 여기 도토리묵 진짜입니까?"

식당에서 직접 만들었다는 말에 그것도 한 접시 시켰다. 운전 때문에 반주는 생략했다.

산속이라 어둠이 서둘러 찾아왔다. 산그늘이 지고 어둠이 내려앉자 대자연의 품에 든 느낌이 밝은 낮보다 한결 더했다. 낮에 해를 따라다니던 따뜻한 공기마저 떨리는 목소리로 두 사람을 살포시 에워쌌다.

싸늘한 바람이 두 사람의 여민 옷깃 속으로 깊숙이 파고들 때쯤, 김이 모락모락 나는 저녁밥이 나왔다. 쌰오짱은 마파람52)에 게 눈 감추듯 산채비빔밥 한 그릇을 뚝딱 해치웠다.

"쌰오짱! 하오쳐마?(好吃吗, 맛있어)"

쌰오짱이 빙그레 웃으며 만족한 표정으로 말했다.

"쩐더하오쳐.(真的好吃, 죽여줘요)"

배가 많이 고팠던 모양이다. 그럼 밥을 좀 일찍 먹자고 하지. 정혁은 처분만 바라는 쌰오짱을 바라보다 주방에 대고 소리쳤다.

---

52) 뱃사람들의 은어(隱語)로, 남풍(南風)을 이르는 말.

"주인장, 여기 해물파전 하나 추가요!"

잠시 후 따끈따끈한 해물파전이 나오자 쌰오짱은 또 전투적으로 먹었다. 잘 먹는 모습이 어여뻤다. 한참을 그렇게 먹더니 미안한 표정으로 오랜만에 맛있게 먹었다며 젓가락을 내려놓았다.

"하여튼 쌰오짱 먹성은 알아줘야 해!"

정혁이 놀리자 쌰오짱 얼굴이 빨갛게 달아올랐다.

허기진 배를 채운 두 사람은 다시 팔공산한티고개를 넘어 금호강변 망우공원53) 옆에 자리한 인터불고호텔로 돌아왔다. 그리고 호텔 로비에서 따뜻한 차 한 잔으로 분주했던 하루를 마무리했다.

"따꺼! 덕분에 오늘 좋은 구경했어요."

"내일은 더 멋진 곳으로 갈 거니까 기대해도 좋아. 호수도 있고, 바다도 있고, 역사도 있고, 산업단지도 있고……."

이어서 경북대학병원으로 달려간 정혁은 하루가 다르게 회복되는 모친의 얼굴을 보면서 애절한 마음이 들었다. 시들어가던 한 떨기 꽃이 능력 있는 원예사를 만나 기사회생하는 모습을 보는 것 같아 생명의 고귀함에 그저 감사할 따름이었다. 어쩌면 정혁의 간절한 마음을 읽은 '갓바위부처님'이 모친의 회복을 도왔는지도 모르겠다.

---

53) 忘憂公園. 임진왜란 때 전국 최초로 의병을 일으켜 왜적을 무찌른 의병장이자 경상도 방어사(防禦使), 함경도 관찰사(觀察使) 등을 역임한 홍의장군(紅衣將軍) 곽재우(郭再祐)의 공을 기리기 위해 조성한 공원.

8. 용트림

다시 새날이 밝았다. 따듯한 아침햇살이 차가운 공기에 살짝 입맞춤을 할 때쯤, 서울 동생이 교대를 하기 위해 병실로 들어왔다.

"오빠! 엄마는 어때요?"

"어제보다 혈색이 더 좋아지신 것 같다."

"그래요? 엄마는 제가 돌볼 테니까, 오빠는 어서 중국 손님한테 가보세요. 운전 조심하시고요."

정혁이 호텔에 도착하니 쌰오짱은 벌써 밖에 나와 기다리고 있었다.

"쌰오짱. 피곤하지 않아?"

"아니요. 밤새 푹 잤더니 개운한데요."

"역시 강철체력이야! 쌰오짱은 여행이 그렇게 좋아?"

"그럼요! 밤새 한국의 바다를 상상했어요. 끝없이 펼쳐진 수평선만 생각하면 가슴이 막 뛰어요."

정혁은 자동차를 몰고 제2군사령부 앞을 지나 경산 쪽으로 내달렸다.

"따꺼! 도로가 시원하게 뻗었네요? 가로수도 멋지고요. 북경은 가로수가 적어 삭막하기 그지없는데……. 정말 부러워요. 근데 영남대학교는 여기서 먼가요?"

"아마 이십 분 정도 걸릴 거야."

드디어 시지(時至), 경산(慶山)사거리를 지나 영남대학교 앞에 다다랐다. 정혁은 자동차를 몰고 영남대학교로 진입해 천천히 한바퀴 돌았다.

"따꺼. 영남대학교 교정도 상당히 아름답고 규모가 크네요."

"영남대학교는 한국경제 신화의 주인공 박정희 대통령이 설립한 대학으로 많은 인재들을 길러낸 사학명문이지."

"중국의 떵샤오핑이 생전에 그렇게 존경했다는 그분 말인가요?"

"경제학도다보니 한국경제에도 해박하구먼. 쌰오짱도 잘 알고 있겠지만, 중국개혁개방정책의 총설계자인 떵샤오핑의 경제개발 모델이 바로 한국의 '박정희식 경제개발모형'이지. 부족한 개발자금도 해결하고 투자의 효율성도 극대화하기 위해 일부 부작용을 과감히 감수하면서도 국가의 백년대계만 보고 궁여지책으로 '선택적 개발과 기간산업의 대대적인 육성'을 그 사례로 보면 될 거야."

"따꺼! 제가 한국에 유학 와서 떵샤오핑과 박정희의 시대정신과 경제개발정책들을 비교·연구한다면 어떨까요?"

"역사에 길이 남을 훌륭한 논문이 될 걸!"

"논문을 쓸 때, 따꺼가 전폭적으로 도와주실 거죠?"

"유학만 온다면 도와주고말고!"

"따꺼는 이미 박사학위논문 쓰고 있겠네요. 논문 제목이 뭐예요?"

"《중국고등교육 50년사와 21세기 개혁방안의 연구(中国高等教育50年史与21世纪改革方案的研究)》라고 정했어."

샤오쨩이 눈을 반짝이며 어떤 내용이냐고 물었다.

"1949년부터 현재까지 보통고등교육, 소수민족고등교육, 성인고등교육의 발전과정과 문제점을 알아보고 21세기 중국고등교육이 나아갈 방향을 제시해보려고 하고 있어."

"논문을 완성하려면 엄청난 자료가 필요하겠네요?"

"안 그래도 자료를 구하느라 애먹고 있지. 그나저나 샤오쨩은 정말로 한국에 유학을 올 모양이지?"

샤오쨩이 수줍은 듯 고개를 숙이고 말했다.

"사실은 그래서 대구까지 따꺼를 찾아온 거예요."

"그렇게 깊은 뜻이?"

"이게 모두 따꺼의 영향이잖아요?"

샤오쨩은 북경에서 정혁을 만난 뒤부터 생각이 많이 바뀌었다고 했다. 그때부터 한국으로 유학 가는 꿈을 키웠다는 것이다. 이번 한국 출장을 계기로 한국을 제대로 알아보고 중국으로 돌아가 구체적인 유학준비를 해볼 작정이라고 했다.

누군가의 인생행로가 자신으로 인해 바뀐다는 게 정혁으로서는 좋으면서도 불안했다. 이게 또 무슨 인연인가 생각하며 영남대학교를 나와 다음 목적지인 경북 청도군 운문사(雲門寺)로 향했다. 가는 길에 경산시 용성면 구룡산 반룡사(盤龍寺)에 잠시 들렀다.

반룡사는 신라의 3대 문장가인 설총(薛聰)이, 신라태종 무열왕(武烈王) 김춘추(金春秋)의 딸인 요석공주(瑤石公主)와 원효대사(元曉大師) 사이에서 태어나 자란 곳으로, 신라왕실의 기원사찰(祈願寺刹)이자 영험한 도량이었다. 그리고 고려시대 화엄천태종(華嚴天台宗) 원응국사(圓應國師)가 이곳에 머물면서 명실공히 고승대덕(高僧大德)이 구름처럼 모이고 석학(碩学), 명사(名士)들도 줄을 이은 유서 깊은 사찰이다. 무열왕의 딸인 요석공주가 손자인 설총을 만나기 위해 넘어온 고개는 지금도 '왕재'라고 불리고 있다. 정혁의 설명에 쌰오짱이 실망한 눈빛으로 물었다.

"따꺼! 그렇게 이름난 곳인데 어째서 사찰규모가 초라하기 짝이 없는 거지요?"

"원래는 웅장한 대가람(大伽藍)이었으나, 고려 말 몽고의 난과 조선 중기 임진왜란 등으로 거의 다 소실되고, 지금은 몇 안 되는 신도들의 발원과 신심으로 겨우 명맥만 유지하는 상태라 그래."

"치엔뻬이! 외적의 침략으로 귀중한 문화자산을 허무하게 잃다니 안타깝기 그지없네요."

"그것도 그렇지만 훌륭한 문화유산을 제대로 유지관리 못한 후손들의 책임이 훨씬 더 크다고 봐야겠지. 고려시대의 대표적 석학 이인로(李仁老)가 설총 탄생지 반룡사를 방문하고 남긴 감회어린 시가 있는데 한 번 들어볼래?"

뜻밖의 제안에 쌰오짱이 아이처럼 박수를 쳤다.

산거(山居)

春去花猶在 天晴谷自陰(춘거화유재 천청곡자음)
杜鵑啼白晝 始覺卜居深(두견제백주 시각복거심)

봄은 갔으나 꽃은 오히려 피어 있고,
날은 개었는데 골짜기는 절로 그늘지는구나.
두견새 대낮에 울음을 우니,
비로소 사는 곳이 산속 깊음을 알겠도다.

두 사람은 세월의 무상함을 가슴에 담고 천년고찰 반룡사를 뒤로
한 채, 경북 청도군 금천면을 거쳐 운문면으로 들어섰다. 비단처럼
아름다운 산천이 두 사람의 방문을 열렬히 환영했다. 천사의 몸매를
닮은 듯 곡선도로로 둘러싸인 운문댐을 따라 펼쳐지는 절경에 쌰오
짱은 연신 탄성을 질러댔다.

"따꺼! 꿈처럼 아름다운 호수네요. 호수가 여인의 모습이라 더욱
마음에 들어요."

"북경에도 롱칭샤(龙庆峡)라는 호수가 있잖아?"

"롱칭샤는 양귀비(楊貴妃)의 몸매를 닮지 않았잖아요? 따꺼!
저기 좀 보세요. 원앙 두 마리가 다정히 자맥질하는 거요."

두 사람은 잠시 그 자리에서 돌부처가 되어 말을 잃었다. 어쩌면
저런 모습이 바로 사랑과 평화이리라.

운문호(雲門湖)의 절경을 뒤로하고 차량은 다시 운문사로 향했
다.

"따꺼! 운문사라는 이름은 구름이 지나다니는 하늘 대문 앞에 있는 사찰이라는 뜻인가요?"

"그렇다고도 볼 수 있지. 이곳은 계곡이 깊고, 산세도 수려해 많은 사랑을 받는 곳이지. 특히 비구니스님들을 전문적으로 교육하는 도량으로 유명해."

정혁과 쌰오쌍은 대웅전에서 예를 마치고 작압전, 미륵전54), 오백나한전55), 만세루)56), 관음전57), 강원58), 요사채와 부속암자인 청신암, 내원암, 북대암, 사리암 등을 차례로 둘러보았다.

"쌰오쌍! 경내(境內)를 둘러본 소감이 어때?"

"말이 나오지 않을 정도입니다."

"뭐가 그렇게 쌰오쌍의 마음을 사로잡았나?"

"모든 게 감동 그 자체예요. 솔향기 가득한 오솔길도 그렇고, 오랜 수령을 자랑하는 처진 소나무도 그렇고, 생동감이 넘치는 불상도 그렇고, 비구니스님의 낭랑한 독경(讀經)도 그렇고, 사람의 마음을 씻어주는 법고59)의 청정한 울림도 그렇고, 법당 창살마다 화려한 무늬도 그렇고, 여느 곳보다 차분한 분위기도 그렇고……, 그야말로 극락세계에 온 듯 마음이 편안합니다. 그저 환상적이라고 할밖에……."

---

54) 彌勒殿. 대승불교의 대표적 보살 가운데 하나로, 석가모니불에 이어 중생을 구제할 미래의 부처.
55) 五百羅漢殿. 석가모니불을 주불(主佛)로 하여 좌우에 석가모니의 제자 가운데 아라한과(阿羅漢果)를 얻은 성자(聖者)들을 봉안한다.
56) 萬歲. 법회(法會)나 법요식(法要式)을 거행할 때 사용하던 누각(樓閣).
57) 觀音殿. 사찰에서 관세음보살을 주불(主佛)로 모신 불전(佛殿).
58) 講院. 사찰 내 설치돼 있는 불경연구전문교육기관.
59) 法鼓. 불교의식(佛敎儀式)에 사용되는 북으로서 홍고(弘鼓)라고도 한다.

"샤오짱! 까딱하면 출가한다는 소리 나오겠네?"

샤오짱이 입을 삐쭉거렸다.

일정이 바빴다. '울산국가산업단지'를 거쳐 '울산정자해변'이 있는 동해로 가야했다.

"어서 출발이나 해요, 기사님!"

샤오짱이 애교스럽게 정혁의 옷을 잡아당겼다. 영남의 알프스[60]인 가지산을 넘어 울산시내로 들어갔다. 깨끗이 정비된 태화강변을 따라가다 '울산석유화학공업단지'로 들어갔다. 삼성석유화학, SK석유화학, 한화석유화학, 금호석유화학, S-OIL, 동양제철화학, 대한유화 등 한국석유화학제품의 생산근거지인 울산석유화학공업단지를 둘러본 뒤, 현대자동차공장이 있는 아산로 쪽으로 방향을 틀었다. 쭉 뻗은 도로를 따라가다 보니 왼쪽은 수출을 하기위해 대기 중인 현대자동차 야적장이 보였고, 오른쪽은 자동차전용 부두로써 선적을 대비해 대형선박이 정박 중에 있었다.

"따꺼! 여기가 한국자동차의 산실인가요?"

정혁은 자랑스럽게 고개를 끄덕였다. 현대자동차는 한국경제를 선도하는 기업으로서 국민들로부터 사랑을 받고 있을 뿐만 아니라 단일공장으로 세계최대규모를 자랑하는 곳이었다.

"규모가 장난 아니네요. 제가 뻬이찡에서 타고 다니는 자동차도 현대에서 생산된 거예요."

"타보니까, 어때?"

"다른 차에 비해 디자인도 좋고, 잔고장도 별로 없고, 그리고

---

60) 유럽의 중남부에 있는 큰 산으로 스위스, 프랑스, 이탈리아, 오스트리아에 걸쳐있다.

소음도 적어 만족스러워요. 이 차는 어디 거예요?"

"이것도 현대자동차에서 만든 거야. 내가 북경으로 유학가기 전부터 타던 건데 연식은 오래됐지만 아직까지 아무 이상 없어."

"따꺼처럼 오래 타면 자동차공장들 모두 문 닫아야하겠습니다."

둘의 웃음소리가 좁은 차 안을 한동안 맴돌았다.

이제 대형선박을 생산하는 현대중공업을 볼 차례였다. 쌰오짱은 다시금 어마어마한 규모에 놀라는 눈치였다.

"따꺼! 현대중공업 울산공장의 창설비화가 유명하다고 하던데요?"

"쌰오짱, 들었나 보네? 하여튼지 귀도 밝으셔."

"이번 '한·중세미나'에서 한국경제를 설명할 때 살짝 맛만 봤어요."

쌰오짱이 자세한 설명을 요구했다.

"나도 자세히는 몰라. 하여튼 아는 데까지만 설명할게."

현대중공업이 자리한 이곳은 원래 아무것도 없는 허허벌판이었다. 당시 창업주인 정주영(鄭周永) 회장이 공장 건설자금을 빌리기 위해 영국 은행에 들렀다. 영국의 은행가들이 선박을 생산해본 경험이 전무한 현대중공업에 부정적인 견해를 보이자, 현대그룹창업자인 정주영 회장이 경영자로서의 기지(機智)를 발휘해 위기를 극복한 이야기로 지금도 많은 사람들에게 회자(膾炙)되고 있다. 그것은 바로 500원짜리 동전이었다. 동전 뒷면에 나오는 거북선을 보여주며 세계에서 가장 먼저 철갑선을 만든 나라가 바로 대한민국이라며, 이래도 우리의 잠재력을 믿지 못하겠냐고 큰소리를 땅땅

쳤다나? 현대중공업은 무난히 자금을 확보했고 또한 짧은 기간 내에 세계 최고의 선박회사로 성장할 수 있었다.

"배짱과 재치가 느껴지는 멋진 승부였네요. 그러고 보면 한국엔 정말 인물이 많네요. 그런데 따꺼! 이제 그만 동해로 가서 해물도 먹고 바다 구경해요."

"샤오짱! 슬슬 배가 고파오는 모양이지?"

"그것보다 따꺼가 좀 쉬어야죠. 계속 핸들 잡고 있잖아요?"

정혁은 해안도로를 따라 '울산정자해변' 쪽으로 방향을 잡았다. 얼마 지나지 않아 검푸른 수평선이 눈앞에 펼쳐졌다. 내륙인 뻬이찡에서만 살다 끝없는 바다를 보자 샤오짱의 얼굴에 화색이 돌기 시작했다. 동해의 푸른 물결이 이어달리기하듯 쉼 없이 해안을 향해 달려와 하얀 물거품을 토해냈다.

"따꺼! 저기는 어디에요?"

"주전해변이라고 하는데, 까만 몽돌61)이 해변에 깔려 있어 파도가 쓸려나갈 때마다 돌 구르는 소리가 장난 아니야."

"사람들이 많이 모여 있는데, 우리도 자동차에서 내려 가보면 안 될까요?"

해변에 내려서자 샤오짱이 즐거운 비명을 질렀다.

"따꺼! 푸른 물결이 몽돌 밀어내는 소리가 정말 환타스틱해요!"

파도가 철썩하고 몽돌에 부딪쳤다 빠져나갈 때마다 챠르르챠르르 듣기 좋은 음악이 흘렀다. 눈을 감으면 수많은 타악기의 연주 같이 들렸다.

---

61) mongdol. 모가 나지 않고 둥근 돌. 다른 말로 '모오리돌'이라고도 한다.

"쌰오짱은 이 바다가 마음에 드는 모양이지?"

쌰오짱이 눈물을 글썽이며 말했다.

"너무나 아름다워 배고픈 줄도 모르겠어요."

"그럼 점심은 건너뛸까?"

"또 저러신다. 치엔뻬이는 저를 놀려먹는 게 그렇게 재밌어요?"

두 사람은 바다를 거닐면서 잠시 낭만을 즐겼다. 지금 이 몽돌을 핥고 가는 물은 어디서 왔을까? 알래스카에서 왔을 수도 남태평양에서 왔을 수도 있다. 끊임없이 움직이는 바닷물은 구분이 없다. 너와 내가 따로 없다. 모두가 하나다. 지금 내 곁을 걸어가는 저 중국 여자, 저 여자는 한국을 배우고 싶어 하고 나는 중국을 배우고 있다. 그러고 보면 저 여자나 나나 물 같은 존재 아닐까? 정혁은 그런 생각을 하며 먼 수평선에 눈을 댔다. 수평선은 누워 있어서 편안하다. 하지만 바닷물은 잠시도 쉬지 않고 끊임없이 움직인다, 썩지 않기 위해.

그만 쉬고 움직일 시간이었다.

"쌰오짱! 여기는 마땅한 식당이 없으니 서둘러 정자해변으로 가서 점심이나 먹지. 배고파 죽겠어."

차창으로 스쳐지나가는 해변의 모습에서 쌰오짱은 잠시도 눈을 떼지 못했다. 저 드넓은 바다를 가슴에 눈에 꼭꼭 눌러 담으려는 것 같았다. 얼마나 달렸을까? 쌰오짱이 입을 열었다.

"따꺼! 여기가 어디에요?"

"글쎄. 나도 잘 모르겠는데……."

"여기가 아까 그 해변보다 훨씬 아름답고 멋지네요? 해변도 길고

몽돌도 쫙 깔려 있어 바다의 보석들이 모두 모여 있는 것 같아요. 따꺼! 우리 여기서 내려 점심을 먹어요!"

"정자해변은 안 가고?"

"거기는 점심 먹고 가도 되잖아요?"

정혁은 빙그레 웃으며 전망 좋은 음식점을 찾아 들어갔다. 가는 곳마다 감탄하는 쌰오짱이 누이동생처럼 사랑스러웠다. 둘은 바다가 내려다보이는 이층 창가에 자리를 잡았다. 주문을 받으러 오자 쌰오짱이 정혁을 쳐다봤다.

"따꺼가 즐기는 음식으로 주문하세요. 저는 아무거나 잘 먹잖아요."

"그럼 해물탕과 도다리회 어때?"

"대환영이지요."

쌰오짱은 또다시 창밖의 바다에 빠져 있었다. 중국의 내륙지방에서는 평생 바다 구경 한 번 못하고 죽는 사람이 수두룩하다고 들었다. 그리고 보면 우리나라는 축복받은 민족이다. 교통수단이 좋아진 오늘날, 두세 시간이면 한반도 어디서든 바다를 만날 수 있다. 금수강산에, 삼 면이 바다에, 사시사철에, 부지런하고 끈질긴 국민성에, 무엇 하나 버릴 게 없는 민족 아니던가?

"따꺼! 한국은 가는 곳마다 어쩜 이렇게 아름다운 거죠? 이게 꿈인지, 생시인지 모르겠어요."

"쌰오짱! 그러다가 대한민국하고 결혼하겠다고 나서는 거 아니야?"

"한국이 아름답다는 소리는 들었지만, 이렇게 다양하고 멋진 곳인

줄 미처 몰랐어요."

"쨩위에홍(张月红, 장월홍)! 예전에 떵샤오핑이 여름이면 피서를
갔다는 뻬이따이허(北戴河, 북대하)62)에 가봤다고 하지 않았나?"

"그걸 아직도 기억하고 계세요? 정말 기억력이 대단하십니다.
중국의 뻬이따이허하고 한국의 정자해변을 직접 비교하는 것은
어불성설(語不成說)이지요."

"여기가 정자해변인 줄 어떻게 알았지?"

샤오쨩이 하얗게 눈을 흘겼다.

"제가 그 정도 눈치도 없는 줄 아셨어요? 그냥 속는 척한 거죠.
앞으로 저 놀릴 생각 마세요."

"이제 보니 샤오쨩의 감도 장난 아니네!"

두 사람이 이렇게 바다에 취해 정담을 나누고 있는 데, 음식이
나왔다.

"손님! 필요한 게 있으면 테이블 위에 있는 벨을 눌러주시면
됩니다. 맛있게 드세요."

종업원이 일층으로 내려가자 다시 조용해졌다.

"샤오쨩! 해물탕은 끓으면 먹고, 우선 신선한 도다리회부터 먹어
봐. 한국의 바닷가에서는 처음일 테니까."

"따꺼! 도다리회 맛이 정말 예술이에요. 푸른 바다를 버무려 놓은
듯 쫄깃쫄깃한 게 씹을 것도 없이 목구멍으로 꿀떡 넘어가고 없어요."

"샤오쨩, 술 한 잔 할래? 원래 회를 먹을 땐 소주 한두 잔을 곁들이는
게 한국 풍습이야."

---

62) 중국 허뻬이성(河北省, 하북성) 친황따오(秦皇島, 진황도) 서남쪽에 있는 휴양지.

"따꺼! 회 먹을 때 왜 소주를 한두 잔 하지요?"

"혹시 모를 배탈을 예방하는 차원이라고 보면 돼. 만에 하나 상하거나 해충에 오염된 회를 먹을 경우, 소주를 한두 잔 곁들이면 중화시키거나 해독 혹은 소독이 되니 도움이 되지 않을까?"

"그럼! 소주 한 잔 해요."

"쌰오짱! 테이블 위에 있는 벨을 눌러봐, 그러면 종업원이 올 거야."

벨을 누르자 종업원이 금세 이층으로 올라왔고 소주를 청하자 바로 가져왔다.

"치엔뻬이! 한 잔 해요."

소주를 마신 쌰오짱이 고개를 갸웃거렸다.

"도수(度數)가 그리 높지 않네요? 중국술은 대부분 도수가 높아 마시기가 힘든데 한국 소주는 도수가 높지 않아 마실 만해요. 따꺼는 중국에서 어떤 술을 즐겨 드셨어요?"

"나도 술을 즐기는 편은 아닌데 이따금 술 생각이 나면 북경에서 생산되는 찡찌우(京酒)를 마시지."

술이 한 순배 돌자, 해물탕요리가 보글보글 끓기 시작했다. 신선한 해물 냄새만으로도 정혁의 미각을 완전히 매료시켰다.

해물탕을 덜어주자 쌰오짱은 단숨에 비우고 또다시 담아갔다.

"따꺼! 국물 맛이 죽입니다. 해물탕 속에 동해가 풍덩 빠진 것 같아요. 신선이 빚어 놓은 해변이라 입맛을 더욱 자극하는가 봐요."

"쌰오짱은 원래부터 해물탕요리를 좋아하는 모양이지?"

"좋아하지만, 뻬이찡은 내륙이라 해물탕요리가 너무 비싸 사먹기 힘들어요. 외국손님 대접할 때 가끔 맛보는 정도지요. 뻬이찡에서 먹던 해물탕 맛하고 차원이 다르네요. 해물종류도 많고 재료가 신선해 그야말로 용궁에서 먹는 요리 맛입니다. 따꺼 덕분에 이런 호강을 다 누리고……. 고맙습니다."

흡족스런 식사를 마친 두 사람은 해안을 끼고 경주 '대왕암(大王岩)'쪽으로 달리기 시작했다. 화창한 날씨에 상큼한 해풍까지 불어와 길손의 마음을 흥분시키기 충분했다. 넘실대는 푸른 바다는 두 사람의 방문을 환영이라도 하듯 해안의 작은 바위섬에 하얗게 부서지며 환호를 질러댔다. 오랜 옛날 당신들의 조상들이 헤엄치며 살았던 곳이라고 말이다.

"따꺼! 바다 위에 하얗게 떠있는 저것들은 뭐지요?"

"저건 부표인데, 물고기를 양식하느라 만든 경계 표시로, 저기가 바로 바다목장이야."

"하얀 부표 사이로 오가는 것은 고깃배인 모양이죠?"

"그게 눈에 보이나? 시력이 아주 좋은 가봐…… 내 눈에는 푸른 바닥에 하얀 줄을 그어놓은 바둑판과 그 옆에 바둑알을 넣어놓은 바둑통이 하나 떠있는 것 같은데 말이야."

"저 앞에 보이는 돔형 건축물들은 뭔가요?"

"월성원자력발전소야. 한국의 동남부에 전력을 공급하고 있는 사회기반시설이지. 중국에서도 원자력발전소를 운영하고 있는 것으로 알고 있는데?"

"물론 중국에도 원자력발전소를 운영하고 있지만, 한국이 원자력 부문에서 선진국이라고 들었어요."

"한국은 석유 같은 지하자원도 없고, 수자원도 중국만큼 풍부하지 않아 자연히 원자력발전 수요가 폭발하게 되었지. 그러다보니 원자력선진국으로 거듭나는 계기가 되었을 뿐만 아니라 세계 여러 나라들로부터 기술제휴를 비롯해 다양한 방면에서 협조요청이 쇄도하고 있는 중이야."

"한국은 정말 대단한 나라예요. 지하자원도 별로 없고, 땅도 작은 분단국이 선진국대열에 들어섰다는 게 그저 놀라울 뿐입니다. 그래서 제가 한국에 와서 본격적으로 공부를 해봤으면 하는 마음도 가지게 된 것이고요."

"내가 아는 쌰오짱은 의지력이 강한 사람이라 성공적으로 한국유학을 마칠 수 있을 것으로 확신해."

"그럼 따꺼만 믿고 한국으로 유학을 오면 되겠네요?"

"시작이 반이라고, 처음이 어렵지 그 다음은 저절로 풀려나가게 되어 있어. 나도 처음에, 자리잡은 사업을 접고 중국으로 유학을 간다니까 다들 긴가민가하며 의심의 눈초리로 보았지만, 지금은 모두 부러워하고 있지."

"바로 그런 점이 치엔뻬이의 장점이고, 제가 존경하게 된 가장 큰 이유이기도 해요."

승용차는 이내 월성원자력발전소의 뒷산을 돌아 '대왕암'에 접어들었다. 탁 트인 바다 해안가로 시커먼 바위섬이 보이고, 바위섬을 보초 서듯 괭이갈매기가 맴을 돌며 날았다.

"따꺼! 저게 대왕암이에요?"

"그래. 저 앞에 보이는 바위섬이 백제와 고구려를 평정해 삼국통일을 이룬 신라 문무대왕의 수중무덤이야."

"그렇게 위대한 군주의 무덤을 왜 하필이면 수중에다 만들었을까요?"

"당(唐)나라 때 중국의 해안 상황도 매한가지였겠지만, 한국 삼국시대에도 수시로 침략하는 왜구들 때문에 양민들의 피해가 막심했지. 국정운영에서 '왜구퇴치문제'가 가장 큰 골칫거리일 정도로. 그래서 신라의 문무대왕이 죽은 다음에는 바다의 용(龍)이 되어 동해로 침입하는 왜구를 반드시 막아내겠다는 결연한 의지를 유언으로 남겼고, 그 유언에 따라 동해 입구에 있는 큰 바위섬에서 화장을 한 후 유골을 수중에 수습했지. 그때부터 이 바위를 '대왕암' 혹은 '대왕바위'라고 부르는 거야."

"나라와 백성을 생각하는 신라 문무대왕의 고귀한 정신을 배울 수 있어서 마음마저 뭉클해지네요. 왜구들의 노략질이 얼마나 심했으면, 왕이 죽어서까지 그런 선택을 했을까요?"

"왜국에서 거리가 가깝다보니 한국의 동해안은 그들의 주요 노략질 터였지. 조선왕조실록63)을 볼 것 같으면 '믿을 수 없고, 교활하고, 포악하고, 성질이 급하고, 복수심이 강하고, 생명을 가볍게 여기고, 절도와 노략질을 생업으로 한다.'라고 왜구를 표현하고 있어."

"치엔뻬이! 옛날이나 지금이나 국가가 힘이 없으면 국민들의 삶이 고달프기 그지없네요. 그렇죠?"

두 사람은 대왕암을 둘러본 뒤, 경주시 양북면을 지나 석굴암과

---

63) 조선 태조(太祖)에서 철종(哲宗)까지 472년간의 역사적 사실을 각 왕(王)별로 기록한 편년체사서(編年體史書).

불국사가 있는 토함산(吐含山)으로 향했다. 먼저 석굴암을 본 뒤 불국사로 가기로 정했다.

"따꺼! 어제 본 경북 군위의 제2석굴암과 느낌은 비슷하지만, 불상의 조각형태나 석굴내벽의 구조가 아주 특별하네요."

"그거야 두말 할 필요가 없지. 경주 석굴암은 세계 유일의 인조석굴(人造石窟)로 그 가치를 가늠할 수조차 없다고 해."

"신라인들의 문화, 예술, 종교가 삼위일체를 이룬 불후의 역작이네요. 유네스코64)에서 불국사와 더불어 세계문화유산으로 지정해 특별히 보호하는 것도 다 그런 이유겠지요?"

종교적으로나 미학적으로나 완벽을 자랑하는 석굴암을 뒤로하고, 두 사람은 불국사로 자리를 옮겼다.

"따꺼! 대웅전에 들러 삼배를 한 다음 경내를 둘러보는 게 어때요?"

"그거 좋지. 쌰오짱도 벌써 불교신자가 다 되었네?"

"치엔뻬이가 하는 걸 보고 저도 배운 거지요."

두 사람은 나란히 대웅전에 들러 삼배를 한 뒤 경내를 둘러보기 시작했다. 무설전65), 관음전, 비로전66), 극락전67), 석가탑68), 다보탑69), 청운교, 백운교, 종각 순으로 한 바퀴를 돌면서 신라인들의

---

64) UNESCO. 국제연합교육과학문화기구. 국제연합전문기구의 하나로, 교육·과학·문화·커뮤니케이션을 비롯한 광범위한 분야에서 국제이해와 협력을 증진시켜 항구적인 세계평화를 건설하는 것을 목적으로 하고 있다.

65) 無說殿. 신라문무왕 10년에 세우고 『법화경』을 강의했다고 한다. '무설(無說)'이란 진리의 설법은 언어를 빌지 않고 설법되는 것이라는 의미를 담고 있다.

66) 毘盧殿. 비로자나 화엄불국토(佛國土)의 주인인 비로자나불을 모시는 전각(殿閣).

67) 極樂殿. 불교에서 서방극락정토의 주재자인 아미타불을 모시는 사찰의 당우(堂宇).

68) 釋迦塔. 불국사 대웅전 앞뜰에 있는 서탑(西塔)으로 국보 제21호로 지정되어 있으며, 무영탑(無影塔)이라고도 한다.

69) 多寶塔. 다보여래(多寶如來)의 사리(舍利)를 모셔 세운 탑.

숨결을 느꼈다.

"쌰오쨩! 석가탑과 다보탑을 조성할 때, 애틋한 설화(說話)를 남긴 불국사영지(佛國寺影池) 이야기 좀 들려줄까?"

"좋아요. 그런데 어떤 설화지요?"

"못다 이룬 청춘남녀의 사랑이야기."

"그걸 스토리텔링70)으로 만들면 광고효과가 좋겠는데요?"

"이미 오래전 현진건이라는 작가가 '무영탑'이라는 소설로 발표했네요."

정혁은 설화를 생각나는 대로 정리해 들려주었다.

옛날 백제 사비성(泗沘城)에서 석공으로 이름을 날리던 아사달(阿斯達)은 아름다운 아내 아사녀(阿斯女)와 결혼해 행복한 나날을 보내고 있었다. 그런데 신라의 김대성((金大城)이 불국사를 창건하면서 당시 가장 뛰어난 석공이던 아사달에게 석탑을 지어줄 것을 부탁한다. 고향을 떠난 삼 년 동안 아사달은 혼신을 다해 석탑 제작에 매달린다. 그가 완성한 다보탑에 찬사가 쏟아지자 의기충천한 아사달은 석가탑 제작에 빠진다.

아사달이 너무 오래 집을 비우자 남편이 그리운 아내 아사녀는 물어물어 서라벌(徐羅伐)로 찾아간다. 하지만 남편 아사달의 얼굴 한 번 못 본 채 '불탑이 완성될 때까지 기다리라'는 스님의 엄명에 뒤로 물러난다. 그리고 탑의 그림자가 비치게 될지도 모른다는 연못가에서 혹시나 그림자를 볼 수 있을까, 밤낮으로 기다린다.

---

70) Storytelling. 스토리(story) + 텔링(telling)'의 합성어로서 상대방에게 알리고자 하는 바를 재미있고 생생한 이야기로 설득력 있게 전달하는 하는 것을 말한다.

남편을 지척에 두고도 만나지 못하던 아사녀는 어느 날 남편 아사달이 신라공주와 혼인할 거라는 풍문을 듣게 된다. 절망에 휩싸인 아사녀는 물속에 뜬 기묘한 흰 탑(塔)의 환상을 보고 연못으로 뛰어든다.

　뒤늦게 아내 아사녀가 서라벌에 왔다는 소식을 접한 아사달이 아사녀를 찾아 나서지만 이미 이승을 떠난 다음이었다. 불국사영지 옆에서 주막집을 운영하는 노파로부터 사건의 전말을 전해들은 아사달은 그 자리를 떠나지 못하고, 커다란 바위에 아사녀의 모습을 조각하기 시작한다. 괴로움과 혼란 속에서 아사달이 새긴 아사녀의 모습은 점차 자비로운 미소를 담은 부처상으로 변한다.

　아사녀가 부처의 모습으로 환생, 불상으로 완성되는 날, 아사달도 불국사영지에 몸을 던져 먼저 간 아내를 따라간다. 그날 이후 석탑의 그림자가 연못에 비치지 않았다하여 석가탑은 무영탑이라고도 불리게 되었다. 아사녀가 남편을 만나러 백제 땅에서 신라로 왔다가 끝내 만나지 못하고 애면글면 기다리던 연못은 석가탑 그림자가 비쳤다하여 '영지(影池)'라 불리게 되었고. 슬픈 전설과 함께 연못가 소나무 숲에는 아사달이 아사녀를 위해 만들었다고 전해지는 석조여래좌상(石造如來坐像)이 천년이 지난 지금도 여전히 남아있다.[71]

　"애틋하고 비극적인 사랑이 가슴을 적시네요."

　샤오짱이 눈시울을 붉혔다. 아닌 게 아니라 이야기를 들려주다 보니 정혁의 마음도 촉촉해졌다. 역사의 수레바퀴에 깔려버린 예술

---

71) 참고 : 현대불교미디어센터

가의 비극! 그래도 죽지 않고 오늘날까지 아니, 영원히 회자될 터이니 그들의 사랑은 영원을 얻었는지도 모르겠다. "짱위에훙(张月红)! 한국불교의 최고 성지인 불국사를 본 소감이 어때?"

"불교에 대해 깊은 지식은 없지만, 아름다운 단청72)으로 꾸며진 전각(殿閣), 신라인들의 손재주가 돋보이는 석가탑, 다보탑, 청운교, 백운교, 종각, 자연친화적인 공간배치 그리고 아사달과 아사녀의 비극적인 사랑까지 한국인들의 높은 문화수준을 보았어요. 이제 중국에 돌아가면, 그동안 소홀했던 동양문화에 대해서도 체계적으로 공부를 해볼 생각이에요. 치엔뻬이가 동양문화에 대해 이렇게 조예가 깊을 줄 미처 몰랐어요. 오늘 제 자신이 얼마나 부족한 사람인지 알게 되어 부끄럽기 짝이 없습니다."

"샤오짱이 어때서? 차세대지도자로서 손색없는 사람이 별안간 겸손모드로 가고 왜 그래?"

"치엔뻬이는 다방면으로 박식하잖아요? 우물 안의 개구리처럼 자기도취에 빠져 우쭐대던 제가 치엔뻬이를 만나 정신이 번쩍 들었습니다. 뒤통수를 된통 얻어맞았어요."

"그럼 앰뷸런스라도 불러야겠네?"

"저는 심각한데…… 또 농담이세요?

"내가 만나본 중국인들 중에 샤오짱이 최고야!"

"진짜요?"

"그럼. 진짜고 말고."

---

72) 丹靑. 청색·적색·황색·백색·흑색 등 다섯 가지 색을 기본으로 사용하여 건축물에 여러 가지 무늬와 그림을 그려 아름답고 장엄하게 장식하는 것을 가리킨다.

"칭찬으로 믿고 열심히 할 테니 흉보기 없기에요."

"혹시 미래에 적수(敵手)가 되어 나타나는 것은 아니겠지?"

"그거야 모를 일이죠."

두 사람은 불국사를 나와 코오롱호텔을 거쳐 한국의 '이허위엔(頤和園, 이화원)'[73]인 '경주보문관광단지(慶州普門觀光團地)'로 들어갔다.

"따꺼! 정말 아름다운 곳이네요. 한 폭의 산수화처럼 정경이 매우 수려해요. 호텔도 많고 호수도 깨끗하고요. 호수가 뻬이찡의 이허위엔을 많이 닮았구요. 인공호수도 꽤 넓은데요?"

"아마 50만 평쯤 될 거야."

"보문관광단지는 언제 조성된 거예요?"

"1971년 8월 정부에서 경주관광개발계획을 수립한 후 1974년에 착공해 1979년 4월에 공사를 마쳤지."

"규모가 상당한데 전체면적은 얼마나 되죠?"

"약 240만 평쯤 되는 걸로 알고 있어."

정혁과 쌰오짱은 맑은 공기를 마시면서 경주월드, 유람선선착장, 보문상가, 육부촌(六部村), 골프장, 선재미술관, 야외공연장 등을 차례로 둘러봤다.

"치엔뻬이! 커피 한잔 하고 가요? 저기 보이는 현대호텔이 위치가 제일 좋은 것 같은데, 저기서 잠시 쉬었다 가요."

두 사람은 호수가 내려다보이는 창가에 앉아 늦봄의 정취를 즐겼

---

73) 중국 뻬이찡(北京) 교외에 위치한 중국황실의 여름별궁이자 최대 규모의 황실정원. 자연풍경을 그대로 이용한 정원에 인공건축물이 환상적인 조화를 이룬 중국조경예술의 걸작품으로 1998년 유네스코 세계문화유산으로 지정되었다.

다. 호수 위에는 오리 모양의 유람선이 떠 있고, 호텔정원에는 꽃을 감상하는 상춘객(賞春客)들로 북적거렸다. 한가하고 여유 있는 풍경이었다.

"쌰오찌에(小姐 : 아가씨)! 향기로운 커피도 마시고 살갑게 핀 봄꽃도 실컷 구경했으니 슬슬 다음 장소로 떠나실까요?"

천년고도 신라의 숨결을 뒤로 한 채, 현대호텔을 나와 포항국가산업단지로 향했다. 경주 덕동저수지, 경주 골굴사74), 기림사75), 포항 오천읍을 거쳐 포항국가산업단지로 들어갔다.

"따꺼! 여기가 그 유명한 포스코(POSCO, 포항제철)인가요?"

"맞아. 한국경제의 심장부라고 보면 되지."

두 사람은 먼저 포항국가산업단지 내 현대제철, 동국제강, 고려열연, 삼정제강, 동주산업, 한일철강, 보림스틸 등을 천천히 둘러보고, 포스코로 향했다.

"중국에서 듣기로는 포스코 박태준(朴泰俊) 회장이 정말 대단한 사람이라고 하던데 그분에 대해 뭐 아시는 거 없어요?"

쌰오짱은 궁금한 것도 많고 그런 만큼 집요한 데가 있었다. 아무 생각 없이 건성으로 사는 사람보다 뭐 하나라도 배우려는 사람이 정혁은 좋았다. 좀 귀찮기는 해도 말이다. 잠시 생각을 정리한 뒤 입을 열었다.

박태준 회장은 박정희 대통령의 두터운 신임을 등에 업고, 1968년

---

74) 骨窟寺. 선무도(禪武道)의 총본산으로 경주에서 약 20킬로미터 떨어진 곳에 위치한 함월산불교유적지 가운데 가장 오랜 역사 간직하고 있는 인공석굴사원이다.
75) 祇林寺. 643년 천축국(天竺國)의 승려 광유(光有)가 창건하여 임정사(林井寺)라 부르던 것을 뒤에 원효(元曉)가 중창하여 머물면서 기림사로 개칭하였다.

허허벌판이었던 이곳에서 자본도, 기술도, 경험도 없이 세계 최고의 철강국가를 일구어낸 입지전적인 인물이다. 당시 '대일청구권자금76)'과 서른아홉 명의 직원으로 출발한 포스코는 착공 삼 년 이 개월 만에 한국산 첫 쇳물을 뽑아내면서 포항 영일만의 기적은 시작되었다.

포스코의 '일관생산체계(一貫生産體制)'77)가 갖춰짐에 따라 대한민국은 자동차, 조선, 전자, IT의 강국으로 부상할 수 있었다. 만약 박태준 회장 같은 사람이 없었더라면, 오늘날 부강한 한국은 상상도 할 수 없는 일이 아닐까?

철의 신화를 이룩하는데 많은 사람들의 도움이 있었겠지만, 그중에서 일본철강업계의 거목인 이나야마 요시히로(稻山嘉寬) 신일본제철 회장을 빼놓고는 말할 수 없을 것이다. 박태준 회장의 말을 빌리면, 이나야마 요시히로의 전폭적인 도움이 없었더라면, 성공적인 '포스코' 건설이 불가능했을 것이라고 회고했다.

에피소드로, 1978년 떵샤오핑(邓小平)이 이나야마 요시히로가 신일본제철 회장으로 있을 때, 일본 기미츠(君津)제철소를 방문한 적이 있었다. 이 자리에서 떵샤오핑은 이나야마 요시히로에게 '중국에도 포스코 같은 제철소를 지어 달라'고 했다. 이때 '중국에는 박태준이 없지 않느냐?'는 반문을 받았다는 일화가 널리 회자될

---

76) 對日請求權資金. 제2차 세계대전에 수반하는 일본의 배상문제로 1951년, 대일평화조약에 의해 일본은 과거 일본군이 진주한 지역뿐 만아니라 제국에 대한 배상의 의무가 부과되었다.
77) 1차 제품에서 2차, 3차 또는 최종제품에 이르기까지 자기회사 내에서 생산하는 체제.

정도로 박태준 회장의 많은 업적들은 세계 철강역사에 신화로 남았다. 한 번 세운 원칙을 끝까지 밀고 가는 곧은 성품에다 사심 없는 헌신으로 국민적 존경을 한 몸에 받은 박태준 회장이었다.

"쌰오짱. 잠시 후 포스텍에 갈 건데 박태준 회장이 교육 사업에도 엄청난 열정을 가진 분이었다는 걸 금방 느낄 수 있을 거야."

"치엔뻬이! 한국에는 제가 본받을 만한 인물들이 참 많네요?"

"한국뿐인가? 중국에도 많고, 세상 어디에도 그런 사람은 많아. 우리가 모를 뿐이지."

자동차는 형산대교, 포항 시내를 거쳐 미래 노벨상의 근거지가 될 포스텍으로 들어갔다. 포스텍에 도착한 쌰오짱은 아름다운 교정에 탄성을 질렀다.

"캠퍼스가 정말 아름답구나! 따꺼! 저기 한 번 보세요. 새털구름 사이로 태양이 넘어 가려나 봐요."

"쌰오짱이 온 걸 해님도 질투하는 모양이지?"

"왜요?"

"자기보다 예쁜 쌰오짱을 좋아하겠어?"

건물과 자연의 절묘한 조화를 이루는 가운데 석양의 긴 그림자가 교정을 살포시 감싸고 있었다. 두 사람은 미래의 한국과학자상, 중앙분수대, 노벨동산, 통나무집, 과학탐구상, 지곡연못, 78계단, 철조각공원, 시계탑 등을 차례로 둘러보았다.

"따꺼! 포스텍은 언제 설립된 거예요?"

"박태준 회장이 1986년에 국제적 수준의 고급인재를 양성함과 아울러 산·학·연 협동의 실현을 통해 사회와 인류에 봉사할 목적으로 설립한 대학이야. 이 학교의 특징은 학생 전원이 기숙사생활을 하고, 방사광가속기78)를 비롯한 교육기자재가 세계최고를 자랑하고 있을 뿐 아니라 우수한 교수진에 뛰어난 학생들이 몰려 글로벌대학으로 명성을 떨치고 있지."

"쌰오짱도 이곳에 와서 공부를 하는 게 어때?"

"저는 치엔뻬이가 다닌 대학에서 공부할 겁니다."

"어째서?"

"그건 비밀이에요. 배도 출출한데 밥 먹으로 가요."

"여기 특산물인 '포항물회79)와 과메기80)'가 어때?"

"잘 아시면서. 저는 뭐든지 좋아요."

'포항죽도시장'은 저녁인데도 불구하고 사람들로 붐볐다.

"따꺼! 먼저 시장구경부터 해요."

시끌벅적한 시장에 들어서자 여기저기에서 물건을 사라고 난리였다.

"사장님! 문어가 싱싱합니더, 한 마리 사가이소."

"아지매! 바다향 물씬 나는 미더덕 사가이소, 된장찌개에 넣어 드시면 끝내줍니다."

"총각! 우럭 회 한번 먹어봐, 오줌 빨이 틀리데이."

"아가씨! 광어 한 마리 사가지고 아버지한테 갖다줘 봐, 효녀

---

78) 放射光加速機. 빛을 발생하는 입자(粒子)를 가속하는 장치.
79) 포항 사람들이 채를 썬 배, 당근, 오이, 양파 위에 잘라 썬 흰 살생선, 실파, 김을 얹고 양념을 넣어 버무린 뒤 찬물을 부어 먹는 음식을 가리킨다.
80) 겨울철에 청어나 꽁치를 얼렸다 녹였다 반복하면서 그늘에서 말린 것으로, 경북 포항 구룡포 등 동해안 지역의 별미음식을 가리킨다.

났다고 좋아할 끼야. 말만 잘하면 공짜야 공짜!"

하루를 마감하는 민초들의 마지막 몸부림이 한창이었다. 정혁과 샤오짱은 시장골목을 구석구석 돌아다녔다. 명태·고등어·갈치·꽁치·참치·광어·우럭·오징어·문어·새우·조개·소라·전복·성게·해삼·멍게·미더덕·미역·김·다시마·청각·우뭇가사리를 파는 가게도 가보고, 시금치·깻잎·상추·쑥갓·당근·토마토·사과·배·감·오렌지·포도·무·배추·콩나물·파·마늘·도라지·더덕·씀바귀·냉이를 파는 가게도 둘러봤다. 사람 사는 맛이 나는 곳이라 그런지 두 사람의 마음은 푸근하기 그지없었다.

"따꺼! 저녁은 어디서 먹을 거죠?"

"여기서 싱싱한 해물을 사가지고 식당으로 가면 그곳에서 양념비와 밥값만 받고 맛있게 요리해주거든……."

"정말 그렇게 해도 돼요?"

"물론이지. 샤오짱이 좋아하는 것으로 골라봐."

"점심은 해물탕과 도다리 회를 먹었으니까 저녁은 과메기, 우럭물회 그리고 전복죽으로 하는 게 어때요?"

"좋지……. 그럼 과메기, 전복, 우럭 사러가자."

과메기, 우럭, 전복을 파는 가게 앞에 도착하자 가게주인이 반갑게 인사를 했다.

"사장님! 찾는 게 있습니꺼?"

"과메기, 우럭 그리고 전복은 어떻게 파나요?"

"저울로 달아서 팝니더."

"두 사람이 먹을 만큼 담아주세요."

"다른 것은 더 필요한 게 없심니꺼?"

"멍게, 성게, 해삼, 미더덕을 골고루 섞어서 삼 인분 담아주세요."

방금 산 해산물을 받아들고 단골식당으로 갔다.

"아이고! 이게 누군교, 대구손님 아이가? 중국 갔다고 들었는데 언제 왔는교?"

"며칠 됐습니다."

"옆에 분은 누군교?"

"제가 북경에서 알던 사람입니다."

"귀한 분하고 오셨네. 내 퍼뜩 요리해올 테니 중국 손님과 이애기하소."

식당주인은 부리나케 주방으로 가자 쌰오짱이 단골집이냐고 물었다.

"뻬이찡으로 유학을 가기 전에는 한 달에 한두 번쯤 왔던 식당이야. 비즈니스보다는 바람도 쐬고 건강도 챙길 겸 왔었지."

오랜만에 나타난 정혁이 반가운지 진수성찬이 차려졌다. 너무 오버한 거 아니냐고 묻자 주인아줌마께서 눈을 꿈적이며 말했다.

"안 그래도 귀한 손님이 더 귀한 손님을 달고 왔는데 당연하지!"

두 사람은 체면 불구하고 닥치는 대로 입으로 가져갔다. 시장이 반찬이라고 과메기, 우럭물회, 전복죽 모두 꿀맛 같았다. 얼마나 먹었든지 일어서기조차 힘들었다.

"따꺼! 맛있게 잘 먹었어요."

"나도 쌰오짱 덕분에 동해의 귀한 것들을 다 먹어보고……, 위장이

8. 용트림 119

경련을 일으킬까 걱정이구먼."

쌰오짱은 실컷 먹고도 아쉬웠는지 여전히 썬 고구마, 바다고동, 미더덕 등을 집어먹고 있었다. 쌰오짱의 복스러운 먹성에 정혁은 감탄했다. 붙임성이며 적응력도 타의 추종을 불허할 정도로 대단한 여자였다. 시계를 보니 밤 아홉 시. 시간이 많이 흘렀다.

"쌰오짱! 시간이 꽤 됐는데, 그만 대구로 출발할까?"

"벌써요?"

"벌써가 뭐야? 아홉 신데."

"아차! 치엔뻬이가 병원에 가야하는 걸 깜빡했네요."

쌰오짱이 앞장서서 식당 문을 나섰다.

"대구 손님! 중국에는 언제 갑니꺼?"

"며칠 후에 가려고 합니다."

"그럼 언제 다시 오는교?"

"아마 칠 월경에 들어올 겁니다."

"한국에 오면 또 들리소."

승용차에 올라타자 쌰오짱이 하품을 늘어지게 했다. 많이 피곤한 모양이었다.

"피곤한 게 아니라 저녁을 너무 많이 먹어 숨이 찹니다."

"쌰오짱 먹성은 항우장사81)라도 감히 따라오지 못할 거야."

"제가 먹기는 좀 많이 먹는 편이지요?"

"조금이라니? 그렇게 먹고도 날씬한 걸 보면 정말 신기해. 서시82)

---

81) 項羽壯士. 항우(項羽)와 같이 힘이 아주 센 사람. 웬만한 일에는 끄덕도 하지 않는 꿋꿋한 사람을 가리킨다.
82) 西施 중국 춘추시대 월국(越國)의 미녀. 중국의 4대 미녀 중 한명으로 손꼽히며

도 울고 갈 몸매잖아? 쌰오짱은 아무래도 전생에 복을 많이 지었나봐."

"그래요? 그럼 앞으로도 계속 많이 먹어야 되겠네요. 그런데 꼭 그렇게 놀려야 직성이 풀리세요?"

"먹는 게 복스러워서 하는 소린데 왜 또 발끈해서 그러시나?"

"저도 다이어트하고 싶단 말이에요!"

"저런! 그랬어? 쌰오짱이 다이어트하면 세상에 맛있는 음식이 남아돌려나?"

되도 않은 입씨름을 하며 안강, 영천, 금호, 하양, 청천을 거쳐 숙소인 인터불고호텔로 돌아왔다.

"쌰오짱! 내일은 안동과 영주 갈 거니까 아침 여덟 시에 호텔 정문에서 만나자."

"알았어요, 따꺼! 찐티엔타이씬쿨러(今天太辛苦了, 오늘 너무 고생했어요), 씨에씨에닌러(謝謝您了, 고마워요)."

"나머워쫄러(那么我走了, 그럼 나는 간다)."

정혁이 병원에 도착하니 막내 동생은 집으로 돌아가고, 둘째 동생만 모친의 병상 옆에 엎드려 졸고 있었다. 정혁이 모친을 살펴보려 다가서자, 둘째 동생이 인기척을 느꼈는지 부스스 눈을 떴다.

"오빠. 늦었네요. 피곤하시겠어요."

"아니야. 동생이 많이 피곤한 모양이네. 어서 집에 들어가 제대로 쉬도록 해."

"그럼 내일 아침 일찍 나올게요."

부차(夫差)에게 접근해 오나라를 멸망케 했다.

병실에 남은 정혁도 내일 일정을 감안해 보조침상에서 눈을 붙였다. 불편한 잠자리임에도 피곤한 탓인지 금방 잠에 곯아떨어졌다. 다음날 아침이 밝자 둘째 동생 대신 막내 동생이 병원으로 나왔다.

"오빠! 밤새 고생 많았어요."

"고생은……. 나도 여기서 푹 잤어."

동생이 챙겨온 아침밥을 들고 정혁은 일층 간이식당매점으로 내려갔다. 식당에서 시래깃국을 사서 가져온 밥과 함께 먹었다. 빡빡한 일정으로 지칠 만도 한데 어찌 된 일인지 별로 피곤한 줄 몰랐다. 모친의 병세가 나날이 좋아져 마음이 가볍고, 중국에서 온 친구와 함께 새삼스레 한국공부를 다시 하는 게 즐거운 까닭이다. 엎어진 김에 쉬어 간다고, 외국인과 함께 하는 내 나라 복습이 이토록 유익하고 보람 있을 줄 몰랐다. 정혁은 휘파람을 불며 쌰오짱을 향해 차를 몰았다.

9. 지상낙원

승용차가 호텔정문에 도착하자 쌰오짱이 이쪽을 향해 빠르게 걸어왔다.

"치엔뻬이! 썬티하오마?(身体好吗, 몸은 괜찮아요)"

"헌하오.(很好, 아주 좋아)"

"오늘도 잘 부탁드립니다."

쌰오짱이 상큼한 얼굴로 차에 올라탔다.

"따꺼! 한국 날씨 정말 좋네요. 맑은 하늘에 공기도 상쾌하니 매일매일 날아갈 것만 같아요. 제가 한국으로 온 뒤, 기초화장을 제대로 하지 못하는데도 습도가 적당해 얼굴이 촉촉하고 당기지도 않네요. 뻬이찡 같았으면 벌써 얼굴에 각질[83]이 일어나고 부석부석

---

83) 角質. 표피부분을 이루는 경단백질(硬蛋白質)을 가리킨다. 케라틴(Keratin) 성분으로, 동물의 몸을 보호하는 비늘, 털, 뿔, 부리, 손톱 따위에 많이 포함되어

했을 텐데……."

"한국 기후가 쌰오쨩에게 잘 맞는 모양이네."

"이틀간 한국을 둘러보다보니 한국 사람이 다 된 느낌인데요."

끊임없이 한국에 호의를 표시하는 쌰오쨩이었다.

"일찍이 인도의 라빈드라나트 타고르[84]가 한국을 '동방예의지국(東方禮義之國)'라고 말한 게 빈말은 아니었구나 싶어요."

대화하면서 호텔을 빠져나와 화랑교를 건넜다. 잠시 후 승용차를 동대구인터체인지로 돌린 뒤, 경부고속도로 서울방향으로 가다 중앙고속도로로 진입해 본격적으로 달리기 시작했다. 쭉 뻗은 도로에 사방이 탁 터져 시야가 훤했다. 들판에는 농부들이 하루해가 짧기라도 한 듯 분주히 손을 놀리고 있었다.

"따꺼! 저기 좀 보세요? 하늘에 하얀 철새들이 무리를 지으며 날고 있는 게 평화롭기 그지없네요."

어디서 날아왔는지 한 무리의 철새들이 편대를 이루며 날다 인적이 드문 곳을 찾아 사뿐히 내려앉았다. 높은 하늘을 날면서도 먹을 것은 눈에 잘 띄는 모양이었다.

봄을 맞아 밖으로 나온 개구리나 벌레들을 잡아먹기 위해 찾아온 게 분명했다. 자연풍광을 즐기면서 달리다보니 어느덧 '서안동인터체인지'를 알리는 이정표가 눈에 들어왔다.

"치엔뻬이! 벌써 다 왔어요?"

있다.

84) Rabindranath Tagore. 인도시인. 초기작품은 유미적(唯美的)이었으나 갈수록 현실적이고 종교적인 색채가 강해졌다. 교육 및 독립운동에도 힘을 쏟았으며, 시집 《기탄잘리(Gitanjali)》로 1913년 노벨문학상을 받았다.

"조금만 더 가면 '안동하회마을'이 나올 거야."

자동차는 톨게이트를 지나 예천 방향으로 가다 '안동하회마을표지판'을 보고 좌회전을 틀어 곧장 하회(河回)마을로 들어갔다. 관광안내소에서 간단한 설명을 들은 뒤, 안내책자를 받아들고 본격적으로 하회마을을 구경하기 시작했다. 벌써부터 관광객들로 북적거렸다. 모두들 들떠 있는 모습이었다. 외국손님들도 상당했다. 일본과 중국의 단체관광객도 있고, 더러는 서양에서 온 관광객도 눈에 띄었다. 사람들이 하회마을을 구경하는 건지, 하회마을이 사람들을 구경하는지 구분이 안 될 정도였다.

"따꺼! 경치 좋은 곳에 똬리 틀 듯 앉은 마을이 마치 무릉도원[85] 같아요. 이곳에 터를 잡고 희로애락 맛보며 한생 살았을 선인들의 모습이 눈에 선합니다. 마을을 에워싸고 굽이쳐 흐르는 강물이 마치 수호신 같네요. 기와집과 초가집이 섞여 주택이 다채롭고, 저기 정각(亭閣)도 보이고, 마을 앞에는 먹고 살 만큼의 전답이 펼쳐져 있으니 무슨 걱정이 있었겠어요? 한국의 전통마을을 보니 소박하고 겸손하면서도 질서가 있는 게 착한 백성의 숨결이 느껴져요. 치엔뻬이! 제가 복이 많기는 많은가 봐요. 이렇게 귀한 구경을 다하고. 하여튼 한국이란 곳은 배우면 배울수록 사람의 마음을 끄는 독특한 매력이 있단 말이에요."

쌰오짱의 극찬에 정혁은 미소만 지었다.

"따꺼! 하회마을은 언제부터 있었어요?"

---

85) 도연명(陶淵明)의 도원원기(桃花源記)에 나오는 말로, '이상향(理想鄕)', '별천지(別天地)'를 비유적으로 이르는 말.

호기심 여왕 쌰오짱답게 바로 질문이 들어왔다.

안동 하회마을은 조선시대 때 풍산(豊山) 류씨(柳氏)가 대대로 살아오던 전형적인 집성촌(集姓村)으로 서애(西厓) 유성룡(柳成龍)이 영의정이라는 벼슬을 내려놓고 고향으로 돌아오면서 세간의 주목을 받게 되었다. 풍산 류씨가 씨족마을을 형성하기 전에는 대체로 허씨(許氏), 안씨(安氏) 등이 씨족(氏族)을 이루며 살았을 것으로 추정하고 있다. 향언(鄕言)에 따르면, 하회(河回)는 허씨 터전에 안씨 문전(門前), 류씨 배판(排判)이란 말이 있다. 이는 허씨가 터를 잡았고, 안씨들이 살다가 지금은 류씨가 문호(門戶)를 열고 살아가고 있다는 것이다. 허씨와 안씨들이 마을의 기초공사를 했다면, 그곳에다 찬란한 문화를 꽃피운 씨족은 바로, 풍산 류씨라는 뜻이다.

"치엔뻬이! 서애 유성룡은 어떤 인물입니까?"

유성룡은 실학(實學)의 대가이자 명재상(名宰相)으로 25세 때 문과에 급제해 예조(禮曹)·병조판서(兵曹判書)를 역임했다. 1592년에는 영의정에 올랐지만 계파간의 갈등으로 파직되는 불운을 겪었다. 정치가 또는 군사전략가로 생애의 대부분을 보냈으며, 그의 학문은 체(體)와 용(用)을 중시한 현실적인 인물이었다. 낙향한 뒤에는 고향의 옥연서당에서 임진왜란86)을 기록한《징비록(懲毖錄)》과《서애집(西厓集)》《신종록(愼終錄)》 등을 저술했다. 서애 유성룡의 가장 큰 업적은 당시 임진왜란이 발발해 나라가 풍전등화

---

86) 壬辰倭亂. 1592년(선조 25)부터 1598년까지 2차에 걸친 왜군(倭軍)의 침략으로 일어난 전쟁을 가리킨다.

같은 상황에서 선견지명적인 인재등용, 자주적인 국방태세로 백성들의 에너지를 한곳으로 모아 국난을 슬기롭게 헤쳐나간 것이다.

"그렇게 위대한 분이 발전시킨 마을이라 격이 느껴지는군요?"

꼼꼼히 설명하는 정혁에게 잠시 호흡을 고르라는 듯 끼어들어 한마디 하는 쌰오짱의 센스가 돋보였다.

하회마을은 낙동강 중류로 끝없이 펼쳐진 백사장과 울창한 노송이 어우러져 절경을 이루고 있었다. 물이 태극형(太極形)으로 돌아 흐른다 하며 지명을 물 하(河), 돌 회(回)자를 써서 '하회(河回)'라 부른다. 산자수명(山紫水明)하여 경치가 빼어나고, 갖가지 민속과 더불어 학문적인 바탕 위에 꽃피워진 정신문화가 고스란히 남아 있는 전통마을이었다. 풍산 류씨가 살고 있는 중심부와 성씨(姓氏)가 다른 사람들이 살고 있는 변두리로 양분돼 독특한 문화가 병존했다.

안내책자에 따라 양진당87), 충효당88), 북촌댁, 남촌댁, 원지정사89), 빈연정사90), 류시주가옥, 옥연정사91), 겸암정사, 주일재, 하동고택92) 등을 차례로 둘러보며 발도장을 찍었다.

---

87) 養眞堂. 조선 명종(明宗) 때 황해도 관찰사(觀察使)를 지낸 류중영(柳仲郢)과 그의 맏아들 류운룡(柳雲龍)이 살던 집.
88) 忠孝堂. 서애 류성룡의 종택으로, 후손과 문하생들이 류성룡의 유덕을 기리는 위하여 지은 집.
89) 遠志精舍. 원대한 뜻이라는 말 그대로 세상의 온갖 욕망을 멀리하며 유학자로서 곧은 기상과 올바른 품성을 갖고 살겠다는 뜻을 담고 있다.
90) 賓淵精舍. 겸암 류운룡이 서재로 사용하던 정사(精舍)이다.
91) 玉淵精舍. 서애 류성룡이 평소 가깝게 지내던 탄홍의 도움을 받아 지은 것으로, 학문을 연구하고 제자를 양성하던 곳이다.
92) 河東古宅. 용궁현감(龍宮縣監)을 지낸 유교목(柳敎睦) 선생이 세웠다. 조선 헌종 2년(1836)에 지었고, 하회마을 동쪽에 있다하여 '하동고택(河東古宅)'이라고

마을을 남북으로 나눠 북쪽은 북촌댁(北村宅)을 중심으로 발전했고, 남쪽은 남촌댁(南村宅)을 중심으로 마을이 형성돼 있었다. 마을 중심부에는 큰 기와집들이 즐비했고, 초가집들도 그 원형이 잘 보존된 상태였다. 마을에는 '하회별신굿탈놀이'와 '하회선유(河回船遊)줄불놀이' 등의 행사가 전승되고 있을 뿐 아니라 많은 문화재도 남아 있었다.

하회탈[93) · 병산탈[94)과 징비록[95)은 국보로, 양진당 · 충효당 등은 보물로 지정되었다. 충효당 유물과 유품은 현대식 전시관인 '영모각'에 전시되어 일반에 공개하고 있었다.

"치엔뻬이! 여기야말로 한국 정서가 고스란히 녹아있는 산교육장이네요? 삶의 지혜와 해학(諧謔)이 철철 넘쳐나는 향토색 짙은 마을이에요. 마음 같아선 이곳에서 며칠간 머물면서 한국전통을 제대로 느껴봤으면 싶은데…… 화려한 한복 차려입고 혼례도 해보고 싶고, 의관을 정제한 유생으로 과거시험도 쳐보고 싶고, 양반가문의 일상도 경험해보고 싶고, 상놈들의 애환도 느껴보고 싶은데, 촉박한 시간 때문에 아쉽네요. 훗날 꼭 다시와 체험해야겠어요."

어디를 데려가든 빠져들고 감탄하는 샤오짱이었다. 이런 사람은 안내하는 사람도 신나게 만든다.

"따꺼! 미련 때문에 그냥은 못 가겠고, 아쉬운 대로 기념품가게에서 '하회마을특산품'이라도 몇 점 사가야겠어요. 중국 친구들에게

부른다.
93) 경북 안동시 풍천면 하회리에서 보존 전승되어 온 목제가면(木製假面).
94) 경북 안동시 풍산면 병산리에서 보존 전승되어 온 목제가면(木製假面).
95) 懲毖錄. 조선 중기의 문신 유성룡이 임진왜란 동안에 경험한 사실을 기록한 책.

폼 잡으며 선물하게요."

오정혁은 쌰오짱이 자유롭게 선물을 고르도록 기념품가게에 안내하고 밖으로 나왔다. 양지쪽에 고양이 수십 마리가 해바라기를 하고 있었다. 길고양이가 아니라 누군가 거두는 고양이 같았다. 그것들을 관심 있게 지켜보자니 누군가 다가와 말을 걸었다. 이곳에서 안동 하회탈을 만드는 장인이었다.

"길고양이가 굶주리며 떠돌기에 밥을 주었더니 소문이 났는지 하나둘 식구가 늘어 지금은 열댓 마리쯤 됩니다."

하회탈 장인이 껄껄 웃었다. 웃는 그의 모습이 이매탈 같았다.

쌰오짱이 선물을 들고 나와 둘은 안동헛제사밥을 먹으러 안동댐 쪽으로 향했다.

"이번에야말로 한국 전통음식의 진수를 맛보게 될 거야. 그런데 옆에 앉은 피아오량꾸냥(漂亮姑娘, 예쁜 아가씨) 입에 안 맞을까봐 걱정이야."

정혁은 쌰오짱이 묻기 전에 미리 설명했다.

'안동헛제삿밥'은 실제로 제사를 지내지 않으면서 제사음식을 만들어 이웃과 나눠먹던 풍습으로 '제삿상 음식'이다. 주로 나물과 탕채를 간장에 비벼 산적96) · 탕 · 고기 · 지짐 · 포 · 식혜 · 대추 · 밤 · 배 · 곳감 · 과일 등과 함께 먹었던 데서 독특한 '헛제사밥'이 탄생한 것이다. 안동은 한국유교의 본산으로 선비문화가 잘 발달되었고, 제사음식도 덩달아 전승 발전해 오늘날의 '별미거리'로 한국인

---

96) 散炙. 돔배기(상어고기), 쇠고기 따위를 길쭉길쭉하게 썰어 갖은 양념을 하여 구운 음식.

들에게 크게 사랑을 받고 있는 음식 중의 하나가 되었다.

"재미있는 음식 같아요. 그건 그렇고 한국의 제사상(祭祀床)은 어떻게 차려지나요?"

"지방마다 가정마다 다소 차이는 있지만, 대체로 첫 번째 줄에는 시접(匙楪)97), 술잔, 밥(메)과 끓인 국(羹, 갱)을 신위(神位)98)의 순서대로 놓고, 둘째 줄에는 생선은 동쪽방향에, 고기는 서쪽방향에 놓되(魚東肉西, 어동육서), 생선의 머리는 동쪽으로 향하게 하고, 생선의 꼬리는 서쪽으로 향하도록 놓고(頭東尾西, 두동미서), 셋째 줄에는 생선·두부·고기탕 등의 탕류를 주로 놓고, 넷째 줄에는 좌측 끝에는 포육99)을 두고, 우측 끝에는 식혜100)를 놓고(左脯右醯, 좌포우혜), 다섯째 줄에는 왼쪽부터 대추·밤·배·곶감 순으로 놓되(棗栗梨柿, 조율이시), 과일의 색깔에 따라 붉은 과일은 동쪽에, 흰 과일은 서쪽에 차려놓고(紅東白西, 홍동백서) 제사를 지내고 있지……. 유의할 점은 복숭아처럼 털 있는 과일과 씨 없는 과일은 쓰지 않고, 삼치·갈치·꽁치 등 '치' 자가 들어가는 생선도 올리지 않아. 고춧가루와 마늘 따위의 자극성 있는 양념도 쓰지 않고, 편에는 흰 고물만 쓰지. 붉은 팥은 귀신을 쫓는다는 의미가 있어 그런 거야. 제사상에 오시는 분이 돌아가신 조상님 귀신인데 상 차려놓고 귀신을 쫓으면 안 되잖아."

---

97) 제상(祭床)에 수저를 담아 놓는 놋그릇. 대접과 비슷하며, 꼭지 달린 납작한 뚜껑이 있다.
98) 죽은 사람의 영혼이 의지할 자리. 즉 죽은 사람의 사진이나 지방(紙榜) 따위를 가리킨다.
99) 脯肉. 얇게 저미어서 양념을 하여 말린 고기.
100) 밥을 엿기름으로 삭혀서 단맛이 나도록 만든 음료.

"제사상의 음식 하나하나에도 한국인의 정서가 깊이 배어 있는 것 같아요."

"그거야 당연한 거 아니겠어. 세상 어디에서든 환경이 문화를 만들고, 문화가 다시 전통을 만들며 사회는 발전하지."

둘이 진지하게 대화를 나누는 사이 헛제사밥이 한상 차려져 나왔다.

"정말 맛있겠다!"

쌰오짱이 침을 꼴깍 삼켰다.

"따꺼. 그야말로 신이 내린 음식이에요. 죽여줍니다!"

"쌰오짱한테 맛없는 음식이 어디 있겠어? 뭐든 잘 먹는 걸 보니 세상 어디를 가든 사는 데는 지장 없겠는걸! 어쨌든 생소한 한국음식을 맛있게 먹어줘서 고마워."

쌰오짱은 연신 호호 웃으면서 단숨에 밥상을 깨끗이 비웠다.

"그럼 이젠 안동식혜도 먹어봐야겠지? 그래야 제대로 '헛제사밥'을 먹어봤다고 중국 친구들에게 자랑할 거 아닌가?"

두 사람은 한국의 별미 '안동헛제사밥'을 제대로 먹고 그림 같은 안동댐으로 올라갔다. 이 댐은 낙동강 하류지역의 연례적인 홍수피해를 줄이고, 농업용수·공업용수·생활용수를 확보하기 위해 1971년 4월에 착공에 들어가 1976년 10월에 준공한 인공호수로 한국 동남부의 생명줄이나 다름없다.

"치엔뻬이! 생각했던 것보다 호수가 상당히 크고 아름다워요."

옅은 안개가 호수의 지면을 낮게 감싸고 동쪽에서 서쪽으로 천천히 움직이면서 신비로움을 한껏 뽐내고 있었다. 호수 건너편에는 신선인 듯한 노인이 한가로이 그물을 치며 앞으로 나아가는 게 눈에 띄었다. 짱위에홍이 행복한 표정으로 두 손을 벌리고 하늘을 향해 기지개를 켜자, 박무의 알갱이들이 그녀에게 살며시 내려앉기 시작했다. 때맞추어 정다운 햇살은 하늘의 문을 활짝 열어 제치고 호수 위에 반사되면서 두 사람의 미래를 예약하고 있었다.

한동안 안동호의 비경에 취해 있던 두 사람은 아쉬움을 뒤로 한 채, '안동민속박물관'을 향했다.

안동민속박물관 일 층에는 선사문화와 불교문화를 전시한 도입부로, 마을의 수호신을 모신 동제당(洞祭堂), 아들을 낳게 해달라고 소원을 비는 기자(祈子), 산모의 순산을 비는 산속(産俗), 고대한국인들의 복식(服飾), 안동 특유의 식문화, 안동지역의 수공업·농기구·안동포 짜기 등이 전시되어 있었다. 이 층은 口자와가(口字瓦家), 일종의 사설교육기관인 서당(書堂), 남자의 성인의식절차인 관례, 사대부가정에서 비상용으로 준비했던 한약도구, 전통사회의 혼례, 선비들의 필수품인 붓·벼루·먹·종이, 문방사우(文房四友), 안방과 마주하는 상방(上房), 안주인의 전용공간인 안방, 집안의 가장이 거처하는 사랑방, 사람이 태어나 61세가 되던 해에 치루는 회갑잔치, 효를 예의 기본으로 생각한 상례(喪禮), 주검을 운반하는 상여, 조상의 신주(神主)를 모시는 사당(祠堂), 조상에 대한 감사와 보은을 나타내는 제례, 선현에 제사하고 인재를 양성하는 서원, 묏자리를 가리키는 음택(陰宅), 민초들의 종교인 무속을 대대로 지켜온 민간신앙, 안동지역에서 정월대보름에 행해졌던 동채싸움(일명, 차전놀이), 인교(사람다리)를 만들어 왕비를 건네게 한 놋다리밟기, 지배계층인 양반과 선비를 풍자적으로 조롱하고, 서민들의 고달픈 생활을 담고 있는 하회별신굿탈놀이, 서당학동들이 중심이 된 기마싸움, 부녀자들이 진달래꽃으로 전을 부쳐 먹던 화전(花煎)놀이 등의 전통문화를 소개하고 있었다.

그리고 야외박물관에는 사극 촬영장으로 활용되는 드라마 촬영장, 진상할 음식을 보관하던 석빙고, 손님접대를 위한 선성현객사, 금하재 아래 긴 암벽을 다듬어 새긴 월영대, 본채와 헛간채로 구성된 돌담집, 베틀의 도투마리101)를 닮은 초가도투마리집102), 남편과 사별하고 홀로 불구인 시부모를 봉양한 이천서씨열녀비, 다양한 와가(瓦家)와 '까치구멍집'103) 등이 방문객을 기다렸다.

"따꺼! 안동민속박물관 안에 한국인들의 삶이 고스란히 담겨져 있어, 짧은 시간에 한국을 이해하기로는 으뜸인 장소네요. 전시물의 사소한 부분에도 세심히 배려한 흔적들이 특히 돋보이고요."

"어쨌든 도움이 되었다니 나도 기쁘기 그지없구먼."

"한국에서도 변두리에 속하는 안동에서 전통계승과 유지에 이렇게 심혈을 기울이다니 놀라워요. 중국은 많은 전통과 문화가 전국적으로 산재하고 있지만, 계승유지에는 다소 소홀한 게 현실이거든요."

"쌰오쨩! 오늘 둘러볼 곳이 아직 두 군데나 남아 있어. 시간을 아껴야만 오늘 일정을 제대로 소화할 수 있다구."

---

101) 베를 짜기 위해 날실을 감아 놓은 틀. 베틀앞다리 너머의 채머리 위에 얹어 두고 날실을 풀어 가면서 베를 짠다.
102) 한가운데 부엌 칸이 있고 양쪽으로 방이 한 칸씩 나있는 모습이 마치 베틀의 도투마리처럼 생겨먹은 데서 붙여진 이름.
103) 지붕용마루의 양쪽 합각에 둥근 구멍이 있는 집. 공기의 유통을 위하여 낸 둥근 구멍이 까치둥지를 닮았다고 해서 붙여진 이름.

"그럼 서둘러 다음 장소로 가요."

다음은 안동민속박물관에서 그리 멀지 않은 도산서원(陶山書院)이었다.

"치엔뻬이! 도산서원은 어떤 곳이에요?"

"한국인들의 정신적 고향이요, 정체성의 뿌리라고 보면 될 거야. 도산서원은 두 영역으로 구성되어 있는데, 서원 전체영역의 앞부분은 퇴계(退溪) 이황(李滉)이 제자를 가르치며 학문을 연마한 도산서당 영역이 있고, 뒷부분은 이황이 죽은 후에 그의 제자들이 스승의 학덕을 기리기 위해 세운 도산서원 영역으로 구성되어 있어."

"따꺼! 이황이라는 분도 당연히 훌륭한 인물이었겠죠?"

"글쎄 어떻게 설명해야 쉽게 이해를 할 수 있을까?"

이황은 조선 중기의 문신이자, 성리학(性理學)의 대가로 경북 안동에서 태어났다. 1534년 문과에 급제해 '승문원부정자(承文院副正字)'가 되면서 벼슬에 발을 들여놓게 되었다.

계파싸움인 을사사화[104]가 일어나자 병약함을 구실로 모든 관직을 사퇴하고, 1546년 고향인 낙동강 상류 토계의 동암에서 산운야학(山雲野鶴)을 벗 삼아 독서에 전념하는 구도생활에 들어갔다. 이때 토계(兎溪)를 퇴계(退溪)라 개칭하고, 자신의 아호(雅號)로 삼았다. 그러다가 1560년 비로소 도산서당을 짓고 칠 년간 서당에 기거하면서 독서·수양·저술에 전념하는 한편, 많은 제자들도 함께 훈도하였다. 그 뒤 출사와 퇴임을 반복하다가 68세 때 대제학[105]·지경

---

104) 乙巳士禍. 1545년(명종 즉위) 윤원형(尹元衡) 일파 소윤(小尹)이 윤임(尹任) 일파 대윤(大尹)을 숙청하면서 사림이 크게 화(禍)를 입은 사건.

연106)을 끝으로 모든 관직에서 물러나 고향으로 돌아왔다. 이황이 죽은 지 사 년 만에 고향사람들이 도산서당 뒤에 서원을 짓기 시작해 이듬해 준공하여 도산서원의 사액107)을 받았다. 1609년에는 문묘 (文廟)에 종사108)되었고, 그 뒤 그를 주사(主祀)하거나 종사(從祀) 하는 서원도 전국적으로 사십여 개에 이르렀다.

그의 위패가 있는 도산서원은 제5공화국 때 대통령 지시로 크게 보수·증축돼 한국 유림(儒林)의 정신적 고향으로서 부끄럽지 않도록 성역화가 이뤄진 셈이다. 임진왜란 후 퇴계 이황의 문집이 일본으로 반출돼, 도쿠가와가 집정한 에도(江戶)시대에 그의 저술 11종 46권 45책이 일본각판으로 복간되었다. 일본근세유학의 개조인 후지와라(藤原惺窩) 이래로 이 나라 유학사상의 주류인 기몬학파 (崎門學派) 및 구마모토학파(熊本學派)에게 깊은 영향을 끼쳤을 뿐 아니라 이황은 이 두 학파로부터 대대세세로 신명처럼 존숭을 받아왔다.

1926년 중국의 북경 상덕여자대학에서는 대학의 증축·확장기금에 충당하기 위해 '성학십도'109)를 목판으로 복각해 병풍을 만들어 널리 반포하기도 했다. 이때, 중국 개화기의 대표적인 사상가

---

105) 大提學. 홍문관(弘文館)·예문관(藝文館)의 정2품 벼슬.
106) 知經筵. 조선 시대에 둔 경연청(經筵廳: 임금의 강습기관)의 정이품 벼슬.
107) 賜額. 임금이 사당(祠堂), 서원(書院), 누문(樓門) 따위에 이름을 지어서 새긴 편액(扁額)을 내리던 일.
108) 從祀. 학덕이 있는 사람의 신주(神主)를 문묘나 사당, 서원 등에 모시는 일.
109) 聖學十圖. 조선 중기의 학자 이황이 1568년(선조 1) 12월 왕에게 올린 상소문. 선조로 하여금 성왕이 되게 하여 온 백성들에게 선정을 베풀도록 간절히 바라는 우국충정에서 저술.

량치차오(梁啓超, 양계초)는 찬양하는 시를 써서 그 제1연에서 "아득하셔라 이부자(李夫子)님이시여."라며 거리낌 없이 그를 성인이라 호칭하였다. 그리고 1980년 도산서원 원장을 역임한 공자(孔子)의 77대 종손인 쿵떠청(孔德成, 공덕성) 박사는 상덕사(尙德祠)에 알묘(謁廟)한 후 '추로지향(鄒魯之鄕)'이라는 휘호를 남겼는데, '퇴계선생이 추(鄒)나라 맹자, 노(魯)나라 공자와 같이 대학자이고, 성인이다.'라는 의미를 담고 있었다. 타이완(臺灣)에서도 국립사범대학 안에 '퇴계학연구회'가 부설되었고, 근래에는 미국의 워싱턴·뉴욕·하와이에 '이퇴계연구회'가 조직되었으며, 독일의 함부르크 및 본에도 '퇴계학연구회'가 생겼다. 1986년에는 단국대학교에서 퇴계기념중앙도서관이 준공되어 그 안에 '퇴계학연구소'를 부설하였다. 또한 '국제퇴계학회'가 창설되어 1976년 이래로 거의 해마다 한국·일본·타이완·미국·독일·홍콩 등지에서 국제학술대회를 개최하여 세계 각국의 이 방면의 석학들이 회동해 주제논문을 발표하며 진지한 토론을 거듭해 오고 있다.

한마디로 요약하면, 이황의 학문은 일대를 풍미했을 뿐만 아니라, 한국의 역사를 통해 영남을 배경으로 한 주리적(主理的)인 퇴계학파를 형성해 왔다. 그리고 도쿠가와(德川家康) 이래로 일본유학의 기몬학파 및 구마모토학파에게 결정적인 영향을 끼쳤다. 또한, 개화기 중국의 정신적 지도자들에게서도 크게 존숭을 받아, 한국뿐 아니라 동양 3국의 도의철학(道義哲學)의 건설자요, 실천자였다고 볼 수 있는 위대한 인물이다.

"퇴계 이황은 역시나 대단한 분이군요. 그런데 이황 선생이야 그렇다 치고 책을 읽듯 암기하는 따꺼도 보통은 아니신데요?"

도산서원에 도착한 두 사람은 안내소에서 팸플릿을 받아들고, 먼저 전시관이 있는 '옥진각'으로 들어갔다.

《송재시집》[110] 《매화시》[111] 《도산급문제현록과 초교본》[112] 《퇴계선생문집과 고본》 《이퇴계서초》[113] 《성학십도》 《퇴계선생언행록》[114] 《혼천의》[115] 등의 유물을 살펴봤다.

이곳에 진열된 유품들은 모두 퇴계 이황이 사용하던 일용품인 문방구와 실내비품으로 하나같이 소박하고 검소해, 외면적인 꾸밈과 사치를 경계하고 오직 청빈한 도학자(道學者)다운 학자의 면면을 엿볼 수 있었다.

전시관을 나와 퇴계 이황이 학문을 연구하고 제자를 교육시킨 도산서당, 서당앞마당의 연못인 정우당, 동쪽 산기슭에 있는 화단 절우사, 정우당연못 동쪽 산기슭에서 솟아나는 조그마한 샘물인 몽천, 유생들이 거처하며 공부하던 농운정사, 각종 행사 때 강당으로 사용했던 전교당, 서원의 유생들이 거처하며 공부했던 동·서재, 서원의 장서고인 광명실, 서원의 출판소로 각종 목판을 보관하고

---

110) 松齋詩集. 숙부 송재공(松齋公) 이우(李堣) 시문집.
111) 梅花詩. 퇴계 이황이 1542년(중종 37)부터 1570년(선조 3)까지 28년 동안 매화에 관하여 지은 시를 모아 엮은 것이다.
112) 鈔校本. 이황과 그의 문인들에 대한 사적(事蹟)을 모아 엮은 책으로, 5권 4책의 목판본이다.
113) 李退溪書抄. 이황의 학문은 일본에도 많은 영향을 끼쳐 퇴계학파가 형성되었다. 일본의 스구리 교쿠수이(村土玉水)가 선생의 서한(書翰)을 뽑아 엮음
114) 退溪先生言行錄. 조목, 권두경 등이 차기(箚記)해 둔 이황의 평소 언행의 기록을 분류 편찬한 것으로 1613년 도산서원에서 간행한 목판본 6권 3책이다.
115) 渾天儀. 천체의 운행과 그 위치를 측정하기 위해 사용하던 기구. 구면(球面)에는 성좌(星座)의 위치가 그려져 있다.

있던 곳인 장판각, 퇴계 이황의 위패를 모셔 놓은 사당인 상덕사 등을 차례로 둘러봤다.

"샤오짱! 너무 오랫동안 보는 것 아니야? 어느 정도 봤으면 다음 장소로 이동하지."

"치엔뻬이! 다리에 힘이 풀려 걸을 수가 없어요."

"큰일이네. 어디가 불편한 거야?"

"그게 아니고요? 한국이라는 나라는 알아갈수록 그 끝을 가늠하기가 정말 어렵네요. 충격 그 자체입니다. 저의 몸이 완전히 굳어버렸어요. 한국문화의 깊이가 이렇게까지 심오할 줄 생각도 못했거든요. 저쪽 나무 밑에서 잠시 마음을 안정시킨 후, 다음 장소로 이동하면 안 될까요?"

"학문에 대한 욕심이 너무 많은 게 문제야. 샤오짱 그것도 병이라구."

정혁의 말을 칭찬으로 들었는지 샤오짱이 배시시 웃으며 생수를 마셨다.

"모든 것을 단번에 다 알 수는 없지 않겠어? 이번 답사는 한국을 이해하는 데 초점을 맞추고 즐기는 기분으로 하자구. 그러면 마음의 부담도 훨씬 줄어들지 않을까?"

"옙! 앞으로는 치엔뻬이 말씀대로 욕심을 앞세우지 않겠습니다!"

"하여튼 대단한 열정이야."

정혁과 샤오짱은 오늘의 마지막 방문지인 영주 부석사(浮石寺)로 향했다. 시간도 아끼고 시골길의 정취도 느낄 겸, 봉화를 거쳐 부석사로 가는 방향을 선택했다. 도로는 한산하다 못해 산짐승이라도 나올 듯 산천이 팽팽한 긴장감에 휩싸여 있었다. 가로수 위에 집을 짓고 살던 까치 두 마리가 갑자기 나타난 불청객을 보고 놀랐는지 이 나무에서 저 나무로 옮겨가며 요란하게 울어댔다.

"따꺼! 여기에 오니까 고향에 온 것처럼 어린 시절이 생각이 나네요."

"쌰오짱의 고향도 심심산천이었던 모양이지?"

"맞아요. 꽝시썽(廣西省) 난닝(南寧)에서 버스로 두 시간이나 들어가는 산촌으로 맑은 물이 흐르고 사시사철 먹을 것이 풍부한 곳이었어요. 서른 가구가 옹기종기 모여 자연을 벗하며 살던 때가 그리워요. 시골에 살 때는 인심도 참 좋았는데, 대도시로 나오니 너무 각박해서 가슴이 답답할 때가 종종 있어요. 제가 북경으로 온 뒤로는 아직 가보지를 못했어요. 나중에 시간이 나면 한 번 가보려고 하는 데……. 따꺼도 같이 가보실래요?"

"쌰오짱이 초청한다면 당연히 가봐야지. 그러고 보면 사람이 출세하는 게 꼭 좋은 건 아닌가봐. 얻은 만큼 잃으니 말이야. 어떻게 사는 게 잘사는 건지 나도 잘 모르겠다."

이런저런 이야기로 달리다보니 자동차는 어느새 부석사 입구에 닿았다. 소백산 정기를 머금은 부석사는 사람을 압도하는 분위기가 있었다. 봉황산(鳳凰山)이라는 지명만 듣고도 충분히 예상할 수 있듯이 산세가 웅장하고 수려해 신선이 살기에 부족함이 없어 보였다. 그래서 의상(義湘)대사 같은 큰 인물이 여기에 둥지를 틀고, 화엄사상(華嚴思想)을 널리 설파해 불국토를 이룩하고자 했나 보다.

"치엔뻬이! 의상에 대해 얘기해 줘야지요? 달달달 달달달 또 외울 거잖아요? 치엔뻬이의 그런 모습 얼마나 멋있는지 몰라요."

의상대사는 신라시대의 고승으로 한국 화엄종(華嚴宗)의 개조(開祖)이다. 19세 때 경주 황복사116)에서 출가한 뒤 중국으로 가기 위해 원효(元曉)117)와 함께 요동으로 갔으나 고구려 순라군에 잡혀 정탐자로 오인을 받고 수십 일 동안 잡혀 있다가 돌아온 적도 있다. 그런 일을 겪고 십 년 뒤인 661년(문무왕 1) 귀국하는 당나라 사신의 배를 타고 중국으로 들어갔다. 처음 양주에 도착하자 주장(州將) 유지인이 의상을 초청해 관아(官衙)에 머물게 하고 융숭한 대접까지 했다. 그리고 얼마 뒤 종남산 지상사(至相寺)에 가서 지엄(智儼)을 청하였다고 전해진다.

지엄은 전날 밤 꿈에 해동(海東)에 큰 나무 한 그루가 나서 가지와 잎이 번성하더니 중국에 와서 덮었는데, 그 위에 봉118)의 집이 있어 올라가자 한 개의 마니보주119)의 밝은 빛이 멀리까지 비치는 꿈을 꾸었다고 하면서 의상(義湘)을 특별한 예를 갖춰 제자로 맞이했다. 그곳에서 《화엄경(華嚴經)》의 미묘한 뜻을 은밀한 부분까지 탐구하였다. 당(唐)나라에 머물면서 지엄(智儼)으로부터 화엄을

---

116) 皇福寺. 신라시대의 사찰. 제54대 경명왕(景明王)을 이 절 북쪽에 장사지냈다고 한다.
117) 신라의 고승으로 일심(一心)과 화쟁(和諍) 사상을 중심으로 불교의 대중화에 힘썼으며, 수많은 저술을 남겨 불교 사상의 발전에 크게 기여했다.
118) 鳳. 수컷은 봉(鳳), 암컷은 황(凰)이라고 하는데, 성인의 탄생에 맞추어 세상에 나타나는 새로 알려져 있다. 뭇 새의 왕으로서 귀하게 여기는 영조(靈鳥)이다. 그래서 중국은 천자(天子)를 미화하는 상서로운 상징으로 여겼다.
119) 摩尼寶珠. 용(龍)의 뇌(腦)에서 나왔다고 하는 보배구슬을 통틀어 일컫는다. 불행과 재난을 없애주고, 더러운 물을 깨끗이 하고, 물을 변하게 하는 따위의 덕이 있다.

공부한 것은 38세에서 44세에 이르는 중요한 시기였다.

의상이 터득한 화엄사상은 넓고도 깊이 있는 것으로 그가 남긴 '화엄일승법계도120)'를 통해 충분히 입증된다. 신라로 돌아온 그해 낙산사(洛山寺) 관음굴에서 관세음보살에게 기도를 드렸으며, 이 때의 발원문인 '백화도량발원문'은 그의 관음신앙을 알게 해주는 261자의 간결한 명문이다. 그 뒤 부석사를 세우기까지 전국 산천을 두루 편력하였는데, 이는 화엄사상을 펼 터전을 마련하고자 함이었다.

의상은 귀국한 뒤 제자들을 가르치는 일에도 매우 열중했다. 674년 경주의 황복사(皇福寺)에서 표훈·진정 등의 제자들에게 《화엄일승법계도(華嚴一乘法界圖)》를 가르쳤다는 것으로 보아 부석사가 이룩되기 전부터 훌륭한 제자들이 많았음을 알 수 있다. 의상 이전부터 이미 한국에 화엄사상이 전개되었지만, 화엄사상이 크게 유포되기 시작한 것은 의상으로부터 비롯되었고 볼 수 있다. 의상은 화엄대교(華嚴大教)를 전하기 위해 중악 팔공산의 미리사(美里寺), 남악 지리산의 화엄사 등 여러 절을 창건하였다.

또한 의상의 교화활동 중 가장 큰 업적은 많은 제자들을 양성한 것으로 그에게는 삼천 명의 제자가 있었다고 전해진다. 그중에서 당시 아성(亞聖)으로 불린 오진·지통·표훈·진정·진장·도융·양원·상원·능인·의적 등 열 명의 제자를 배출했다.

의상은 부석사에서 사십 일간의 법회를 열고 일승십지(一乘十地)

---

120) 華嚴一乘法界圖. 신라시대의 승려 의상이 화엄사상의 요지를 간결한 시로 축약한 글을 가리킨다.

에 대해 문답을 했을 뿐 아니라 소백산 추동에서 《화엄경(華嚴經)》을 구십 일 간에 걸쳐 강의하기도 했다. 《추동기》《도신장》《법융기》《진수기》 등은 모두가 의상의 제자들이 의상의 강의를 기록한 문헌들이다. 의상은 668년(문무왕 8)에 세수 78세로 태연자약(泰然自若)하게 입적121)하였다고 전해진다.

"치엔뻬이의 설명을 들어보니 의상의 화엄사상에 대한 열망과 원대한 꿈을 느낄 수가 있네요. 당시, 교통도 불편하고 기후도 다른 먼 곳까지 찾아가 불도를 배운 구도자의 진면목이 그려져요. 그리고 전국 각지에 화엄종사찰을 창건해 많은 제자를 양성했을 뿐만 아니라 희귀한 저서까지 남겨 현대를 살아가는 한 사람으로서 존경하는 마음이 절로 듭니다. 따꺼! 그런데 부석사가 언제 창건되었는지는 말하지 않았어요."

부석사는 676년(신라문무왕 16) 2월에 의상이 왕명으로 창건한 화엄종122)의 중심사찰이다. 《삼국유사》123)에 수록된 '부석사 창건설화'124)를 보면, 당나라로 불교를 배우기 위해 신라를 떠난 의상은 상선을 타고 등주 해안에 도착하였는데, 그곳에서 어느 신도의 집에 며칠간 머무르게 되었다. 그 집의 딸인 선묘가 의상을 사모해 결혼을 청하였으나, 의상은 오히려 선묘를 감화시켜 보리심125)을

---

121) 죽음을 뜻하는 불교용어로써 열반이라고도 하는데 이생의 고통을 벗어나서 열반의 증과를 얻음을 말한다.
122) 중국 당나라 때에 성립된 불교의 한 종파. '화엄경(華嚴經)'을 근본경전으로 하며, 천태종(天台宗)과 함께 중국 불교의 쌍벽을 이룬다. 불타의 깨달음의 경지에서 전 우주를 절대적으로 긍정하는 통일적 입장에 서 있다.
123) 三國遺事. 고려 충렬왕(忠烈王) 때의 보각국사(普覺國師) 일연(一然)이 신라·고구려·백제 3국의 유사(遺事)를 모아서 지은 역사서.
124) 참고 : 한국민족문화대백과사전.

발하게 했다. 선묘는 그때 "영원히 스님 제자가 되어 스님의 공부 ·교화·불사를 성취하는 데 도움이 되어드리겠다."는 원(願)을 세웠 다. 의상은 종남산에 있는 지엄을 찾아가 화엄학을 공부하고 귀국하 는 길에 다시 선묘의 집을 찾아 그 동안 베풀어준 편의에 감사를 표하고 뱃길이 바빠 곧바로 배에 올랐다. 선묘가 의상에게 선물할 법복(法服)·집기 등을 넣은 상자를 들고 급히 선창으로 달려갔으 나 배는 이미 떠나고 있었다.

　선묘는 저만큼 멀어진 배를 향해 기물상자를 던져 의상에게 전하 고 몸을 바다에 던져 의상이 탄 배를 보호하는 용(龍)이 된다. 용으로 변한 선묘는 의상이 신라에 도착한 뒤에도 줄곧 따라다니며 보호한다. 의상이 화엄의 대교(大敎)를 펼 수 있는 땅을 찾아 영주 봉황산에 이르렀을 때 도둑의 무리 오백 명이 그 땅에 살고 있었다. 용이 된 선묘는 다시 커다란 바위로 변해 공중에 떠서 도둑의 무리를 위협함으로써 그들을 모두 몰아내고 절을 창건할 수 있도록 한다. 의상은 용이 바위로 변해 절을 지을 수 있도록 했다고 해서 사찰이름 을 부석사로 지었다. 지금도 부석사 무량수전(無量壽殿) 뒤에는 부석(浮石)이라는 바위가 있는데, 이것이 바로 선묘용(善妙龍)이 변한 바위라고 전한다.

　부석사를 창건한 의상은 이 절에서 사십 일간 법회를 열고 화엄의 일승십지(一乘十地)에 대해 설법을 함으로써 이 땅에 화엄종을 정식으로 펼치게 된다. 특히, 의상의 존호를 부석존자(浮石尊者)라

---

125) 위로는 보리(菩提: 깨달음의 지혜)를 구하고, 아래로는 중생을 교화하려는 마음.

칭하고, 의상의 화엄종을 부석종이라고 부르게 된 것도 모두 이 절과 연관이 있다.126)

선비화127)는 의상이 사용하던 지팡이를 꽂아 놓았더니 살아난 것으로《택리지》128)에 의하면, 의상이 죽을 때, 내가 여기를 떠난 뒤 이 지팡이에서 반드시 가지와 잎이 날 것이다. 이 나무가 말라죽지 않으면 내가 죽지 않으리라, 하였다는 기록이 전해지고 있다.

"따꺼! 선묘의 애틋한 사랑이 매우 감동적이네요. 제가 선묘가 된 듯 감정이입이 돼 마음이 많이 아프네요."

"쌰오짱! 짝사랑하는 사람이라도 있는 모양이지?"

"그럼요. 맞사랑을 못하면 짝사랑이라도 해야지요. 안 그래요?"

"누가 우리 쌰오짱 마음을 그리 아프게 할까?"

"글쎄요? 아마 마음이 고약한 사람일 거예요."

"미모와 재능을 갖춘 쌰오짱의 마음을 훔쳐갔으니 누군지 몰라도 복 터진 놈인데 그걸 모르나 보네?"

정혁과 쌰오짱은 천년고찰의 역사를 음미하며 부석사를 돌아보았다.

아미타여래가 모셔진 무량수전129), 소박하고 간결한 느낌을 주는 조사당, 손에 쥐를 든 나한상(羅漢像)을 모시고 있는 단하각, 법당으로 사용 중인 원각전, 주지실과 종무소로 사용 중인 안양루, 선묘의

---

126) 참고 : 부석사, 영주시, 한국민족문화대백과사전.
127) 禪扉花. 부석사의 조사당 추녀 밑에 있는 콩과 낙엽관목인 골담초.
128) 擇里志. 조선 후기의 실학자 이중환(李重煥)이 1751년((英祖 27년)에 저술한 인문지리서이다. 어떤 지리적 요건을 갖춘 곳이 살기에 좋은 곳인지를 실학적 입장에서 저술하였다.
129) 無量壽殿. 국보 제18호. 부석사의 주불전(主佛殿)으로 무량수불(無量壽佛)인 아미타여래(阿彌陀如來)를 본존(本尊)으로 봉안하였다.

영정이 걸려 있는 선묘각, 부처님 제자들이 모셔진 응진전, 석조여래좌상이 있는 자인당, 스님들이 거처하는 좌우요사, 사명대사(四溟大師)의 수도처로 유명한 취현암, 통일신라시대 건립된 것으로 추측되는 삼층석탑 등을 천천히 둘러봤다.

부석사 경내를 한 바퀴 돌고나자 진한 노을이 한 쌍의 봉황이되어 능선에 걸터앉았다. 다시 저무는 하루, 정혁과 쌰오짱은 저녁을 먹기 위해 사찰 아래로 걸어 내려갔다. 저녁식사는 청국장130)으로 주문했다.

홀에는 많은 사람들이 식사를 하고 있었다. 식사 중에 무슨 이야기가 그리 재미있는지 여기저기서 웃음보가 터져 나왔다. 잠시 후, 두 사람 앞에도 먹음직한 밥상이 차려졌다. 보기보다 밥상이 상당히 푸짐했다. 도토리묵도 한 접시 덤으로 따라 왔다. 밥상을 보자 쌰오짱 눈빛이 달라졌다. 정혁이, 어서 먹읍시다, 중국아가씨! 라고 말하기도 전에 쌰오짱은 수저를 들고 먹기 시작했다. 산채나물에 밥을 넣고 비빈 후 청국장과 함께 맛있게 먹었다.

"따꺼! 청국장맛이 제대로인데요? 북경에서 먹는 것보다 훨씬 구수해요."

"쌰오짱! 밥 한 공기 더 먹을 거야?"

"여기는 밥의 양이 도시보다 많은 것 같은데요."

"먹보가 사양을 다하다니 별일이군."

"저도 여자이거든요."

식사를 마친 뒤, 잠시 쉬었다가 자동차를 몰고 영주로 향했다.

---

130) 푹 삶은 콩을 뜨거운 곳에서 납두균(納豆菌)이 생기도록 띄워 만든 한국 된장.

피곤했는지 쌰오짱은 소리도 없이 졸고 있었다. 영주에 도착한 정혁은 곧장 중앙고속도로 영주인터체인지 쪽으로 진입해 대구방향으로 달리기 시작했다. 하루일과를 마친 농부처럼 정혁의 마음도 뿌듯하고 가벼웠다.

자동차는 어둠이 내려앉은 도로 위에서 마지막 힘을 내고 있었다. 한참 신나게 달리다 옆 좌석에서 정신없이 졸고 있는 쌰오짱을 배려해 속도를 조금 줄이고 라디오볼륨도 낮추었다. 논스톱으로 달리다보니 금방 동대구톨게이트에 도착했다. 동대구인터체인지에서 숙소인 인터불고호텔까지는 불과 십 분도 채 걸리지 않았다. 호텔정문 앞에 차를 멈추자 그때서야 쌰오짱이 두 손으로 깍지를 끼고 기지개를 켰다.

"치엔뻬이! 벌써 도착한 거예요?"

쌰오짱이 미안한 표정을 지었다.

"산나물을 많이 먹어 식곤증이 온 모양이에요. 하루가 정말 빨리 가네요. 대구에서 벌써 사흘째 밤을 맞는 걸 보면……. 따꺼! 오늘도 수고하셨어요."

정혁이 병원주차장에 자동차를 세워놓고 병실로 들어가니 막내 동생이 반가워했다.

"오늘은 그리 늦지 않았네요?"

"어제보다 시간이 더 걸릴 줄 알았는데, 의외로 일찍 일정을 마치고 돌아오게 되었네. 신호가 없는 고속도로를 달려 시간이 많이 단축된 것 같아."

막내 동생과 대화를 나누면서 모친의 병세를 살펴보기 위해 앞으

로 다가서니 모친이 알은체를 했다. 많이 좋아진 모습에 정혁의
입이 절로 벙글어졌다.

동생을 보내고 병실에 남은 정혁은 서둘러 양치질을 하고 모친
병상 옆 보조침대에 피곤한 몸을 뉘었다. 불이 환한 병실임에도
그대로 잠에 빨려 들어갔다. 정신없이 자다 눈을 뜨니 벌써 여명이
밝아오고 있었다. 오늘 일정을 다시 한 번 챙겨놓고 막내 동생이
오기를 기다렸다. 막내 동생도 많이 피곤했는지 평소보다 조금
늦게 병원으로 나왔다.

정혁은 동생이 싸온 도시락을 들고 역시나 일층 간이매점으로
내려가 국을 한 그릇 시켜 후다닥 아침을 때웠다. 하루하루가 어떻게
지나는지도 모르게 지나고 있었다. 쌰오짱에게 올인하는 며칠, 이것
은 인생을 채우는 일인가? 도둑맞는 것인가? 정혁은 고개를 세차게
흔들었다. 아무튼 좋다. 어머니가 나를 알아보고 웃지 않는가?

10. 호롱불

호텔 앞으로 차를 몰고 들어가자, 쌰오짱이 호텔 문을 열고 고꾸라
질 듯 뛰어와 인사했다.

"치엔뻬이! 썬티 뿌레이마(身体不累吗? 몸은 피곤하지 않나요)"

"메이원티.(没问题, 괜찮아)"

"따꺼! 커피 한잔 하세요."

쌰오짱이 블랙커피를 내밀었다.

"커피향이 매우 좋은데?"

"치엔뻬이를 위해 특별히 주문해서 갖고 온 거랍니다."

"그렇게까지 할 필요는 없는데……."

"따꺼 입맛 고급이잖아요?"

"그런가……?"

나흘째 일정의 시작은 대구약령시장(大邱藥令市場)이었다. 승용차 안에서 우리가 가는 곳에 대한 정보를 알려줘야 했다.

한반도의 척추에 해당하는 태백산맥을 배경으로 한 대구약령시는 조선시대부터 전국에서 이름난 국내 제일의 약재시장이었다. 1650년 효종연간(孝宗年間)에 생긴 것으로 보이며, 임진왜란 전후 사회경제적 변화와 화폐의 발달로 인해 생겨난 것으로 보인다. 그 후 구한말과 일제시대를 거치는 동안 제도의 변경과 다소 기복은 있었지만, 대체로 봄가을에 열흘 정도 열렸다.

대구약령시가 전성기 때는 국내는 물론 일본·중국·몽고·동남아·중동 및 서유럽에까지 널리 알려져 그곳에서 상인들이 약재를 사러 왔다고 전해진다. 대구약령시가 오래도록 큰 시장으로 번창한 까닭은 대구가 경상좌(慶尙左)·우도(右道) 감영소재지(監營所在地)일 뿐 아니라 좌(左)·우도(右道)의 교통요충지로, 특히 낙동강·금호강에 접해 있어 지역 안의 약재(藥材) 등 각종 상품을 육운(陸運)·수운(水運)으로 수송하기에 가장 편리해서였다. 그러던 대구약령시가 서양의학에 밀려 지금은 많이 쇠퇴해 사십여 개의 한의원과 다수의 한약방이 있는 약전골목으로 변해 옛 잔영(殘影)을 간직하고 있다.

근래 들어 한약에 대한 일반인들의 관심이 높아지면서 약전 골목은 옛 명성을 차츰 회복하고 있으며, 대구를 찾는 외국인들이 가장 흥미를 갖는 장소가 되었다. 한의학을 접해보지 않은 미국·유럽 관광객들은 물론 일본·중국 등 아시아 관광객들도 약령시한의약박물관 등 약전골목을 걸으며 대구의 향취에 흠뻑 젖기도 한다. 최근에는 약령시회관이 건립돼 새롭게 활기를 띠고 있다. 약령시회관은 삼층 건물로, 일층은 한약재도매시장, 이층은 약령시전시관, 삼층에는 전통문화공간이 각각 꾸며져 있다.

한약재시장은 매월 1일부터 오 일에 한 번씩 서며, 전국의 한약재가 모두 이곳으로 들어온다. 결론적으로 350여 년의 역사와 전통을 가진 '대구약전골목'은 명실상부 대한민국 한방문화의 요람이자, 대구를 대표하는 자랑거리인 셈이다.

"따끄! 한약재시장답게 골목 곳곳에서 달콤 쌉쌀한 한약냄새가 코를 기쁘게 하네요?"

"헤이 중국아가씨! 먼저 대구약령시 한의약박물관으로 가볼까요?"

삼층 한방역사실(韓方歷史室)부터 돌아보기로 했다.

한방역사실에는 역사와 문화구역, 한의약 전시문화구역, 1910년대 약전골목구역으로 나눠져 있었다. 역사와 문화구역에는 대구약령시의 역사전, 문화적 의의, 대구약령시의 연표, 대구약령시의 기원, 세월에 따른 약령시의 변천, 사진으로 보는 대구약령시 변천사, 약령시의 인물들, 대구읍성연대기, 대구읍성과 객사파괴, 약령시 이전 등 대구약령시의 유래와 역사적 발전과정, 약령시의 주요 인물들을 한눈에 볼 수 있도록 돼 있었다. 옛 사진들과 함께 조선시대의 약령시와 대구읍성을 모형도로 만들어 현실감이 넘쳐났다.

한의약 전시문화구역에는 약재의 채취, 약초이야기, 약이 되는 식물(잎, 뿌리, 열매, 꽃, 껍질), 약재손질과 보관, 약의 처방과 복용, 삼국시대부터 고려시대까지 한의약서, 조선시대 한의약서, 약이 되는 동물, 약이 되는 광물 및 희귀약재, 모양이 비슷한 약초들, 독초 감별하기, 토종약초, 수입약초 감별하기 등이 보기 좋게 전시되어 있었다. 식물, 동물, 광물, 희귀약재와 약초를 캘 때 사용하는 도구나 한약을 만드는 도구인 약연[131], 약탕기, 한의원에서 사용하던 침구(鍼灸)들도 방문객들의 호기심을 자극했다.

특히《동의보감(인쇄판)》[132],《한약집성방》등의 옛 의서들이 전시돼 문화국민의 자긍심을 느끼게 했다. 1910년대 약전골목구역에는 약령시 사람들, 약령시 개시 조선 8도인(道人)의 축제, 매매를 돕는 한약객주와 거간, 약방의 치료 등 백 년 전 약전골목을 재현해 놓은 공간이었다. 한약재의 매매를 도와주는 객줏집과 도매상들이 쉬어가는 주막, 한약재들이 가득한 한약방, 약초꾼의 집 등을 볼 수 있어 시간여행을 하는 착각이 들었다.

이층 한방체험실에는 한방체험구역, 실천하는 한방건강구역, 한방원리와 몸속탐험구역으로 나눠져 있었다.

한방체험구역은 한방족욕체험, 한방비누만들기, 향첩싸기체험실, 한복체험실 등이 설치되어 방문객의 흥미를 자아냈다. 실천하는 한방건강구역에서는 나만의 보약만들기(귀비탕, 인삼양위탕, 십전대보탕, 쌍화탕, 보중익기탕, 경옥고), 내 몸 살리기 대작전, 스스로 하는 건강체크, 한방건강체조 등 생활 속에 적용 가능한 한방건강요법들을 배우고 체험하는 공간이 꾸며져 있었다.

그리고 한방원리와 몸속탐험구역은 민족의약의 기원과 특성,

---

131) 藥碾. 약재를 가루로 빻거나 즙을 내는 의료기구.
132) 醉玄庵. 1610년(光海君 2) 허준(許浚)이 지은 의서(醫書).

음양오행의 원리, 오방색133)과 음양오행134), 동서양의 인체, 허준 (許浚)의 오행이야기, 생명의 중심 오장육부, 얼굴색·눈·입술로 보이는 몸속 건강, 생명이 흐르는 길, 경락·경혈, 경락의 치료와 경혈학, 침구학과 약침, 사상체질135), 편작136), 육불치137)에 관한 일화 등 다소 딱딱하고 접근하기 어려운 한의약의 개념을 다양한 체험으로 쉽게 접해볼 수 있도록 배려했다.

"따꺼! 약령시장의 이모저모와 각종 자료들이 실감나게 전시되어 대구약령시의 역사적 의의와 굴곡을 짧은 시간 내 이해할 수가 있어 아주 좋았어요. 역시 역사가 깊은 도시라 그런지 모든 면에서 배울 점이 많은 것 같네요."

"샤오짱 탐구력이 아주 뛰어난 모양이야. 중요한 부문을 일일이 메모하며, 공부하는 자세야말로 샤오짱의 가장 큰 매력이야."

"진짜요? 그럼 앞으로 더 열심히 적어야겠네요."

"처음 대하는 한국문화를 어쩜 그렇게 스펀지처럼 보는 족족 빨아들여 자신의 것으로 만드는지 신기하기 짝이 없구먼."

"치엔뻬이! 한 가지 여쭤볼게 있는데요. 대구시가 역사도 오래되

---

133) 五方色. 음양의 두 기운이 다섯 가지 원소를 생산하였는데, 화(火), 수(水), 목(木), 금(金), 토(土)의 오행이다. 오행이 운행(運行)함에 있어서, 서로 조화를 이루는 일과 서로 충돌하는 일이 생기는데 그것이 상생상극(常生相剋)이다.
134) 陰陽五行. 한국적 우주관의 근원을 이루며 우리 민족의 사상적 원형에 바탕을 이룬다. 음양오행사상은 음(陰)과 양(陽)의 소멸·성장·변화를 나타낸다.
135) 四象體質. 이제마(李濟馬)가 《동의수세보원(東醫壽世保元)》에 기록한 내용으로, 인간의 체질을 태양인(太陽人), 태음인(太陰人), 소양인(少陽人), 소음인(少陰人)의 네 가지로 분류한 것을 말한다.
136) 編鵲. 전국시대의 명의(名醫). 발해정인(渤海鄭人)으로 성은 진(秦), 이름은 월인(越人)임. 죽은 사람도 능히 살린다고 했다.
137) 六不治. 치료하기 어려운 6가지 병을 가리킴.

고 전통이 살아 숨 쉬는 유서 깊은 도시지만, 대구약령시가 복잡한 도심 속에 위치해 재개발도 어렵고 도로 폭이 협소해 장기적인 대구 발전에 상당한 부담으로 작용할 것 같은데 어떻게 생각하세요?"

"혹시 쌰오짱에게 반짝 떠오른 아이디어가 있는 거 아냐? 있으면 털어놔봐."

"제 생각엔 대한민국의 국제적 위상과 미래 먹거리 창출을 위해 대구의 중심관문인 동대구역 주위에다 한방, 양방, 의료, 쇼핑, 관광, 휴식 등이 가능한 수익 창조형 대규모단지를 조성하면 어떨까 싶어서요."

"대단해. 훌륭한 아이디어야! 역시 미래 CEO(최고경영자)답게 관찰력이 아주 뛰어나구먼. 문제는 대구의 지도자들인 시장, 구청장/군수, 국회의원, 시의원, 공무원, 경제인, 교육자들의 국제적 안목과 창조적인 상상력 그리고 구체적 실천방안을 어떻게 합리적 조직적으로 현실화하느냐에 달려 있다고 봐야하겠지. 도시가 급속히 팽창하다보니 대구의 중심관문인 동대구역 주위에 대구발전에 엄청난 저해요소로 작용하는 것들이 있지. 일단 2군사령부를 도시외곽으로 이전한 다음, 제반여건이 매우 열악한 대구약령시를 이곳에다 확장 이전하여 전통을 살리면서도 미래지향적인 한방, 양방, 의료, 쇼핑, 관광, 휴식 등이 가능한 대규모단지를 조성한다면 젊은이들에게 많은 일자리를 제공해줄 수 있을 뿐만 아니라 대한민국의 브랜드 가치도 한층 높일 수 있지 않을까하는 생각을 나도 하고 있었어."

"따꺼! 다음으로 목적지는 어디에요?"

"쌰오짱이 그렇게도 가보고 싶어 했던 바로 그곳!"

"아! 삼성그룹 발상지군요?"

쌰오짱이 앉은 채로 팔짝팔짝 뛰며 박수를 쳤다. 참 별난 여자다. 하고 많은 곳 중에 하필이면 제일 가보고 싶은 곳이 삼성그룹 발상지라니?

"막상 간다고 하니 기분이 어떠하신지요? 아가씨!"

"세계적인 기업의 창업터전을 제가 직접 본다고 생각하니……가슴이 벌렁거리면서 정말 흥분돼요."

정혁은 삼성상회가 있던 자리를 향해 차를 몰았다. 대구시 중구 인교동 61번지에 삼성그룹의 모태가 되었던 옛 삼성상회[138]가 있다.

"빨리 가요. 빨리빨리!"

쌰오짱의 재촉에 정혁은 북성로 공구(工具)골목 쪽으로 자동차를 몰고 천천히 들어가기 시작했다.

"치엔뻬이! 골목 양쪽이 모두 각종 공구를 파는 가게들이네요?"

"지금은 많이 쇠락했지만, 옛날에는 대구의 모든 돈과 쌀이 모이는 부(富)의 거리로서 대구 최고의 번화가였지. 1905년 일제의 수탈목적으로 경부선과 대구역이 생겼고, 이듬해 대구읍성(大邱邑城)이 허물어진 뒤 북쪽에 난 신작로가 바로 북성로(北城路)였어. 일제강점기 때는 수탈한 물자가 모이고 빠져나가는 곳으로, 해방 후에는 사교와 문화의 거리로 시민의 사랑을 한 몸에 받았고, 1970년대에는 공구골목이 들어서 절정을 이뤘지. 80년대까지만 해도 구미국가산

---

138) 三星商會. 대한민국이 자랑하는 초일류 세계적 기업인 삼성그룹을 일으킨 발원지로 1938년 28세의 청년 이병철(李秉喆)이 여기에서 삼성상회를 열어 별표 국수를 만들어 내던 곳이다.

업단지 섬유업체들도 북성로에 의존했지. 사채시장 규모가 제도권 금융을 훨씬 능가할 정도였어.

"허걱! 정말 대단한 곳이었네요."

"귀한 손님이 오시는 줄 아는지, 오늘따라 좁은 골목에 차량과 사람이 엄청나게 많구먼. 쌰오짱 환영인파인가봐!"

"따꺼! 농담할 기분 아니에요. 삼성발상지 아직 멀었나요?"

"글쎄요. 아무래도 길을 잘못 든 거 같은데?"

쌰오짱의 얼굴이 붉어졌다. 정혁은 바로 꼬리를 내렸다.

"쌰오짱. 저기 봐. 저 앞에 보이는 곳이 바로 삼성그룹의 창업터전이야."

두 사람은 자동차를 한쪽에 세워놓고 삼성상회의 옛터 주위를 천천히 둘러보기 시작했다. 오토바이골목 쪽으로 가보기도 하고, 수창초등학교 쪽으로 가보기도 하면서 한 시대를 풍미했던 위대한 기업가의 흔적을 찾아보았다.

"쌰오짱! 저쪽 건물 보이지? 저기는 원래 대구상회로 내가 이십 대 후반 저 건물 이층에서 기계수입상을 한 적이 있어."

"어머, 정말요? 그럼 따꺼가 삼성발상지 바로 옆에서 사업을 시작하신 거네요?"

쌰오짱이 진심으로 부러운 듯한 시선을 보내며 정혁과 대구상회 건물을 교대로 바라보았다.

"그 당시 힘들었던 시간들이 주마등처럼 스쳐가는구먼. 이곳은 내게도 감회가 새로운 곳이야."

"이곳에 와보니 치엔뻬이의 야망을 읽을 수가 있네요. 남들은 엄두도 못 낼 중국유학을 과감히 결정한 것도 보통사람과 차원이 달라서 아니겠어요? 역시 제가 짐작했던 그대로예요. 그런데 삼성그룹 창업주 이병철은 어떤 인물이었나요?"

이병철 회장은 경남 의령 출신으로 중동중학을 졸업한 후, 1930년 일본으로 건너가 와세다대학 전문부 정경학과에 입학했으나 심각한 각기병[139]으로 1934년 귀국, 학업을 중단한다. 1936년 사업에 뜻을 두고 아버지로부터 삼백 석 추수의 토지를 분배받아 첫 사업으로 정현용·박정원 등과 동업으로 마산에서 협동정미소를 세워 운영한다. 같은 해 유월 일본인이 경영하는 히노데자동차회사(日出自動車會社)를 인수하기도 하고, 토지에도 투자를 해 이백만 평의 대지주로 성장을 하였지만 안타깝게도 실패해, 협동정미소와 히노데자동차회사를 매각해 부채를 청산하게 이른다.

1938년 3월 자본금 삼만 원으로 삼성그룹의 모체인 삼성상회를 설립해 운영하다 1941년 주식회사로 개편한 뒤, 청과류와 어물 등을 중국에까지 수출하는 기업가적 능력을 발휘한다. 1942년 조선양조를 인수해 운영하다 1947년 서울로 올라간다. 이듬해 삼성물산공사(三星物産公司)를 창설해 무역업에 손을 댄다. 1950년에는 일본경제시찰단원으로 일본 업계를 시찰하는 행운을 얻음과 동시에 6·25전쟁 때에는 부산에서 삼성물산을 설립해 운영한다.

1953년부터 상업 자본에서 탈피해 제일제당을 필두로 1954년엔 제일모직을 설립해 제조업에서 크게 성공을 거두는 수완을 보인다.

---

139) 脚氣病. 비타민 B1의 결핍에 의해서 생기는 질환. 쌀을 주식으로 하는 지방의 주민에게 많이 발생한다. 주요증상은 다발성신경염에 의한 말초신경증상, 심근섬유의 변성에 따른 심장의 비대나 확장 등의 순환기증상이다.

이후에도 사업영역을 계속 확대했을 뿐만 아니라 1961년에는 한국경제인협회(전국경제인연합회의 전신) 초대회장으로 선출된다. 그 뒤 동방생명·신세계백화점·안국화재보험·전주제지·성균관대학교 등을 인수 경영하였고, 중앙개발·고려병원·한국비료·삼성전자·제일합섬·삼성중공업·동양방송·중앙일보 등을 창설, 운영한다. 삼성문화재단·삼성사회복지재단 등을 설립해 이사장에 취임하는 등 많은 회사를 설립·인수 또는 합병해 글로벌기업으로서 자리를 굳히게 된다.

또한, 전국경제인연합회의 전신인 한국경제인협회를 창설해 초대회장에 취임함과 동시에 울산공업단지를 조성하는 데 일익을 담당한다. 고미술품에 심취해 많은 소장품을 수집 소장해오다 호암미술관(湖巖美術館)을 건립하고, 국악과 서예에도 큰 관심을 가졌다. 1982년 보스턴대학교에서 명예경영학박사학위를 받은 것을 시작으로 금탑산업훈장을 비롯해 세계최고경영인상까지 수상하는 영예를 안기도 했다. 저서로는 《우리가 잘사는 길》《호암자전(湖巖自傳)》 등을 남겼다.

"그렇담 치엔뻬이! 삼성그룹 창업주 이병철 님의 업적을 한마디로 평가를 내린다면 뭐라고 할 수 있을까요?"

"글쎄! 그거 참 어려운 질문인데…… 흐음, 한 시대를 멋지게 살며 세상천지에 자신을 각인시킨 위대한 선각자라고나 할까? 달리 표현할 방법이 없네. 쌰오짱 생각은 어때?"

"저야 뭐 그저 머리가 숙여질 따름이죠. 시간을 뛰어넘어 위대한 경영자 한 분을 한국 대구에서 만나게 돼 경제학도로서 큰 영광이었

습니다. 삼성그룹의 발상지를 둘러보고 저도 더욱 노력해 죽을
때 부끄럽지 않은 사람이 되었으면 하는 바람을 가져 보았어요."

"쌰오짱은 열정도 대단하고, 심성이 착해 언젠가 인류역사에 길이
남을 업적을 이룰 거라고 믿어."

"피이!"

"어쩌면 멀지 않은 장래 현실로 나타나게 될지도 모르지."

"그럼 치엔뻬이 말을 믿고 한번 시작해볼까요?"

"물론이지. 바닷가 파도처럼 끝없이 도전한다면 세상에 못 이룰
게 뭐가 있겠어. 항상 긍정적으로 생각하는 그 정신이야말로 쌰오짱
의 가장 큰 장점이잖아. 그래서 내가 좋아하기도 하고……."

이렇게 두 사람은 인류역사에 큰 업적을 남긴 삼성그룹 이병철
회장의 흔적들을 더듬어 보고, 다음 행선지인 대구서문시장140)으
로 떠났다. 달성공원 네거리를 거쳐 계명대학교 동산의료원141)
정문 앞에서 우회전을 하자 서문시장이 나타났다.

"따꺼! 정말 어마어마하네요? 뻬이찡의 홍챠오시장(红桥市場,
홍교시장) 하고는 비교도 안 되게 크고 물건도 다양해요."

"하루 유동인구가 십만 명이 넘는다고 해. 그러니 자연 볼거리,
먹을거리가 풍부할밖에. 언제나 활기가 넘치고 사람냄새가 물씬
풍기는 곳이지."

"치엔뻬이! 서문시장 역사는?"

"그 말이 왜 안 나오나 했다."

---

140) 대구광역시 중구에 있는 대구에서 가장 규모가 큰 재래시장이다.
141) 東山醫療院. 대구 최초의 서양의학병원인 제중원(濟衆院)을 전신으로 하여
    미국선교사 플레처가 건립하였다.

서문시장은 조선중기 때부터 형성되었는데 옛 이름은 대구장이었다. 대구장은 조선시대 평양장, 강경장[142]과 함께 전국 3대 장터 중 하나였다. 원래 대구읍성 북문 밖에 자리 잡은 소규모시장이었으나 임진왜란과 정유재란[143]을 겪으면서 물자조달 필요성에 따라 시장이 크게 발달하게 되었다.

특히, 1601년(선조 34) 경상감영(慶尙監營)이 대구에 설치되면서부터 대구는 비약적인 발전을 하게 되었다. 1669년(현종 10) 낙동강을 경계로 좌(左)·우도(右道)로 나눠져 있던 경상도를 하나의 행정권으로 통합돼 대구의 경제적 위치도 크게 달라졌다. 이때부터 대구장은 거래량이 급속히 늘어 북문 밖에서 현재의 동산파출소 자리로 시장을 옮기게 되었다.

당시 2일·7일이 장날이었던 도매업 중심의 대구장과 4일·9일에 개장된 대구신장(동문시장)은 도내 각지의 오일장을 연결해주는 중심지로 급부상하게 되었다. 1770년 대구에는 아홉 개의 오일장이 있었는데, 인근 이십 리에 있던 칠곡읍내장과 함께 대구읍내장(서문시장)을 중심으로 커다란 상권이 형성되었다.

1920년 대구시가지가 확장되면서 서남쪽에 있던 천황당지(天皇堂池)를 매립해 다시 시장을 옮긴 것이 오늘날의 서문시장이 된 셈이다. 1922년에는 공설시장 개설 허가를 받았을 뿐 아니라 대구읍

---

142) 江景場. 충남 논산시강경읍 대홍리에서 5일 간격으로 열리는 재래시장. 조선시대 강경장은 금강(錦江) 수운(水運)을 기초로 하여 주변지역에서 산출되는 생산물의 집하, 배급기능을 담당하는 시장이었다.
143) 丁酉再亂. 임진왜란 중 화의교섭(和議交涉)의 결렬로 1597년(선조 30)에 일어난 두 번째의 왜란.

성 서쪽에 있다고 해서 서문시장이라 불리게 되었다.

서문시장이 품고 있는 또 다른 역사적 일화는 대구에서 3.1운동이 시작된 곳이 바로 이곳 서문시장이라는 것이다. 1919년 3월 8일, 서문시장에서 장날을 택해 독립투사 이만집144), 김태련145) 등을 필두로 수많은 선생과 학생들이 서문시장을 찾은 군중들을 향해 독립선언문을 낭독하고 대한독립만세, 조선독립만세를 소리높이 외쳤다고 한다. 정확한 발원지는 대구시 중구 동산동 옛 동산파출소가 있던 곳이라고 전한다.

현재 서문시장의 대지면적은 27,000여 평방미터, 건물총면적은 64,900평방미터로 1지구상가 · 2지구상가 · 4지구상가 · 5지구상가 · 동산상가 · 건해산물상가 등 6개 지구로 구성돼 있다. 약 4천여 개의 점포가 들어서 성업 중이며 상인의 수가 이만 명이나 된다. 주거래 품목은 주단146) · 포목 등 섬유관련제품으로 전국에서 가장 유명한 원단시장(原緞市場)이다. 그 밖에 한복 · 액세서리 · 이불 · 의류 · 그릇 · 청과 · 건어물 · 해산물 등 다양한 상품이 거래돼 지역경제에 큰 버팀목 역할을 하고 있다.

"따거. 시장 하나도 역사와 전통이 있어야 살아나나 보네요."

"그렇고말고. 어떤 곳이든 제대로 이름값을 하려면 세월의 부침과 사람들의 손때가 묻어야 그 생명력을 계속 유지 발전할 수 있는

---

144) 李萬集. 대구(大邱)출신의 독립운동가로, 1919년 3월 8일 대구 서문(西門)장날을 이용하여 김태련 · 김영서 등과 함께 독립만세운동을 주도하였다.

145) 金兌鍊. 독립운동가. 이갑성 · 이만집 · 백남채 등과 협의, 독립선언서를 인쇄했을 뿐만 아니라 3월 8일 대구 서문시장에서 만세시위를 주도하다 체포돼 2년 6개월간 복역을 했다.

146) 紬緞. 명주와 비단 따위를 통틀어 이르는 말.

법이니까. 옛말에 기록은 역사를 만들고 전통은 문화를 만든다고
했는데 아마 서문시장을 두고 한 말이 아니었나 싶어. 수많은 사람이
몰리는 장소이다 보니 인생의 희로애락으로 들썩거려 매우 사실적
이면서도 역동적이잖아? 나는 이래서 시장이 좋더라."

정혁과 쌰오짱은 동산상가, 아진상가, 4지구상가, 1지구상가,
2지구상가, 5지구상가, 건어물상가 순으로 둘러보기 시작했다.

동산상가는 주방기물, 스텐, 도자기, 플라스틱, 불기, 상, 제기,
요리기구, 남성복, 숙녀복, 란제리, 양말, 모피가방, 블라우스, 캐주
얼, 수예, 공예, 완구, 카펫, 타월, 유명브랜드 일체, 아동복, 운동복,
모피류 등을 팔았다.

아진상가에는 수입의류, 단추, 와이셔츠, 자수, 진열구, 의류안감,
의류부자재, 레이스액세서리, 옷 수선, 양품의류, 양복, 퀼트(누
비)147), 홈패션, 식당, 모사, 조화, 잡화, 장식비즈, 돗자리, 신발,
벨트, 지퍼수리, 가방부속, 양말, 철물, 원단, 의상실, 아동복, 재단실,
약국, 완구, 커튼, 매듭, 모자, 메리야스 등을 파는 가게들이 즐비했다.

4지구상가에는 양복지, 양장지, 주단, 포목, 수예, 이불, 공예,
액세서리, 숙녀복, 메리야스, 란제리, 양말, 유아용품, 남성복, 수영
복, 남녀캐주얼, 티셔츠, 유명브랜드, 모기장 등이 진열되어 있었다.

1지구상가에는 면직, 주단, 모직, 인견, 날염지, 커튼지, 마포,
이불, 양복지, 포목, 고급한복지, 혼수이불, 아동한복, 개량한복,
공단, 침구류 등을 팔았다.

---

147) 누비 또는 퀼트(quilt)는 이불이나 쿠션 등에 누비질을 하여 무늬를 두드러지게
　　만든 것을 말한다. 천과 천 사이에 깃털, 양모, 솜 같은 부드러운 심을 채워
　　넣어 만든다.

2지구상가에는 수산물 일절, 활어회, 회식당, 혼수폐백, 각종 떡, 반찬, 한식, 젓갈류, 어패류, 분식, 곡물, 민물고기, 돗자리, 병풍, 상(床), 신발, 죽제품, 실, 침구, 커튼, 타월, 내의류, 한복, 홈패션, 식품, 란제리, 레이스, 메리야스, 생지, 양말, 이불, 스웨터, 모기장, 운동복, 커튼지, 이불지, 날염지 일체, 방적, 승복지, 안감지, 청지, 코르덴148), 누비원단, 면벨벳, 태피터149), 잡화 등을 취급했다.

5지구상가에는 그릇, 도자기, 스텐, 멜라민, 플라스틱, 요리기구, 상(床), 제기, 백지비닐, 돗자리, 원단, 청과, 토시, 몸빼, 버선, 술, 제수용 과자, 철물, 숙녀복, 남성복, 아동복, 백일복, 돌복, 츄리닝, 단체복 등을 팔았다.

건어물상가는 건어물 일절, 멸치, 김, 미역, 명태, 오징어, 다시마, 건새우, 진미, 대구포, 황태살, 가오리, 홍합, 견과류, 건포도, 각종 마른안주, 비닐, 정육 등이 손님을 기다리고 있었다.

"따꺼. 직접 둘러보니 더욱 부러워요. 시설과 주위환경이 현대식으로 깔끔하게 정비돼 거의 백화점수준이잖아요? 품질도 우수하고 가격도 저렴해 사고 싶은 물건이 너무 많아 걱정입니다. 먼저 한복집에 가서 예쁜 한복과 장신구를 사고 싶은데 괜찮죠?"

"그럼 4지구상가 안의 한복집으로 가야겠네."

정혁과 쌰오짱은 서둘러 한복집으로 건너갔다. 단아하게 한복을 입은 여인이 반겼다.

"어서 오세요, 손님! 한복 사시게요?"

---

148) 누빈 것처럼 골이 지게 짠 우단(羽緞)과 비슷한 직물.
149) 광택이 있는 얇은 평직견직물.

"예쁜 한복 한 벌하고 장신구를 봤으면 합니다."

"어느 분이 입으실 겁니까? 혹시, 옆에 계신 아가씨가 입으실 건가요?"

"예. 맞습니다."

"한국분이 아니신 것 같은데……."

"중국에서 온 귀한 손님입니다."

"마음에 드시는 게 있는지 편하게 골라보세요."

샤오짱과 이것저것 한복을 구경하고 만져보는데 유심히 지켜보던 직원이 다가왔다.

"손님은 몸매가 늘씬하고 얼굴이 우윳빛이라 저고리는 옅은 베이지색 바탕에 색동무늬가 배어나오면서 군데군데 매화꽃이 있는 것이 좋겠고, 치마는 연분홍바탕에 하얀 아카시아 꽃이 디자인된 것으로 하면 무난할 것 같은데요?"

"샤오짱! 저쪽에 걸려 있는 한복이 어때?"

"정말 아름답네요. 입어 봐도 될까요?"

직원이 쌩끗 웃으며 친절하게 말했다.

"물론이지요, 손님! 잘 어울리나 제가 봐드릴게요."

샤오짱은 직원의 안내로 탈의실에 들어가서 한복으로 갈아입고 나왔다.

"이게 누구신가? 방금 하늘에서 내려온 천사인가 아니면, 양귀비 (楊貴妃)150)가 부활하셨나? 정말 잘 어울린다 샤오짱! 쩐피아오

---

150) 당(唐)나라 현종(玄宗)의 비(妃). 절세미인에 총명하여 현종의 마음을 사로잡아 황후 이상의 권세를 누렸다.

량!(真漂亮, 환상적이야)"

"따꺼! 쩐더마?(真的吗, 그렇게 멋지나요)"

"쩐더.(真的, 그렇고말고)"

"그럼, 따꺼가 골라준 이걸로 사겠습니다."

한복 한 벌과 비녀·노리개·꽃신·아얌151)·뒤꽂이를 하나씩 구입한 뒤 한복집을 나왔다.

"쌰오짱! 점심 먹어야지?"

"아까 보니까 칼국수·만두·호떡을 파는 곳이 있던데, 그곳으로 가면 안 될까요?"

"안 되긴? 돼요돼요돼요!"

1지구상가 중앙통로에 있던 국수집으로 찾아갔다. 여자들의 마음이 원래 그런지 마음에 든 한복을 구입한 쌰오짱이 신이 나서 큰소리로 외쳤다.

"아주머니! 여기 칼국수 둘이요!"

주인은 쌰오짱이 중국인인 줄 전혀 눈치 못 채는 듯했다.

"제법인걸!"

정혁의 칭찬에 쌰오짱이 어깨를 으쓱했다. 주문하고 얼마 있지 않아 김이 모락모락 나는 칼국수가 나왔다. 역시나 쌰오짱은 뜨거운 칼국수 후후 불어가며 단숨에 비웠다. 정혁은 반도 못 먹었는데 말이다. 원래 먹성이 유별나긴 하지만, 중국인의 주식이 밀가루 음식이라 더욱 속도가 빨랐는지도 모르겠다.

---

151) 조선시대 부녀자들이 겨울나들이를 할 때 쓰던 방한모의 하나이며, 양반층에서는 방한용으로, 일반 평민층에서는 장식용으로 사용하였다.

"치엔뻬이! 오래 만에 국수를 먹으니 입에 착착 달라붙네요."

"그렇게 맛있었어?"

"그럼요. 시장바닥에서 사먹으니까 더 맛있네요. 마치 제가 현지인 같기도 하고."

"뻬이찡 야시장에서 파는 국수도 맛있잖아?"

"뻬이찡 야시장에서 파는 국수보다 대구서문시장에서 파는 국수가 훨씬 감칠맛이 나요."

"그럼 한 그릇 더 할래?"

"아니요. 양이 많아 실컷 먹었어요. 우리 호떡·만두·블랙커피도 사서 차 안에서 먹어요. 정말 먹음직스럽게 보였어요."

"좋았어!"

식사를 마친 두 사람은 간식을 사들고 승용차에 올랐다. 칠곡·왜관을 거쳐 박정희 대통령 생가가 있는 구미로 들어갔다. 박정희 대통령 생가에 도착하니 여기도 방문객들이 엄청났다.

박정희 대통령이 1917년부터 1937년 대구사범학교를 졸업할 때까지 살았던 곳으로 1900년경에 지어진 15평 규모의 초가집이었다. 방 두 칸·부엌·디딜방앗간·마구간 등으로 매우 단출했다. 생가에는 박정희 대통령이 당시에 사용했던 책상과 책꽂이 그리고 호롱불이 그대로 놓여 있었다.

"치엔뻬이! 박정희 대통령에 대한 국민들의 관심이 대단한가 봐요?"

"물론이지. 역대 대통령 여론조사에서 매번 일등 할 정도로 국민적 신망이 대단히 높은 분이야."

"따꺼! 그럼 그만한 이유가 있겠네요."

쌰오짱이 빤히 쳐다봤다. 어서 줄줄이 풀어내보라는 눈빛이었다.

"그건 한마디로 요약하기 힘들고 크게 열 가지 정도는 될 거야."

박정희 대통령의 업적으로 첫째는, 경제개발계획에 따라 포항철강산업단지, 구미전자산업단지, 창원기계산업단지, 울산중공업화학단지, 여수화학단지, 거제도조선공업단지 등 전국적으로 지역특성에 맞는 산업단지를 조성해, 단기간에 농업국가에서 공업국가로 발돋움한 것이고, 둘째는 경부고속도로, 경인고속도로 등의 건설로 전국을 그물망처럼 교통체계를 확립한 것. 셋째는 근면·자조·협동의 기치를 내세운 새마을운동으로 국민정신 개조에 성공한 것. 넷째는 카이스트(KAIST, 한국과학기술원), 포스텍(POSTECH, 포항공대), 과학고등학교, 기술계고등학교, 키스트(KIST, 한국과학기술연구원) 등을 설립해 기술입국을 다지면서 인재를 집중 육성한 점. 다섯째는 전통문화를 대단히 중히 여겼다는 점. 여섯째는 식량에 대한 자급자족을 실현한 점. 일곱째는 자주국방을 쟁취했다는 것. 여덟째는 전 국민에게 교육의 기회를 확대한 것. 아홉째는 헐벗은 산야에 산림녹화를 이룩한 점. 열 번째는 국가와 국민을 위해 사심 없이 혼신의 힘을 다했다는 것을 꼽을 수 있다. 박정희 대통령을 빼놓고는 한국경제를 논할 수 없을 뿐만 아니라, 9천년 한민족 역사 이래 어느 누구도 해결하지 못한 절대적 빈곤에서 국민들을 해방시킨 한국경제의 아버지라는 점이다.

세계가 부러워하며 한국을 배우겠다고 하는 것도 박정희 대통령의 뛰어난 지도력과 청빈한 생활이라고 볼 수 있다. 그리고 국민과 함께 허리띠를 졸라매고 보릿고개, 오일쇼크, 제철업·중공업·조선업·자동차업·전자/전기업·화학/원유정제업 진출, 고속도로 건설 등 굵직굵직한 일들을 과감하게 헤쳐 나온 점이야말로 역사에 길이 남을 업적이 아닐 수 없다.

"치엔뻬이! 새마을운동은 어떻게 시작되었나요?"

"박정희 대통령이 새마을운동을 구상하게 된 계기는 우연하게 찾아왔어. 자나 깨나 국정을 고민하고 매사를 눈썰미 있게 보는 박 대통령이었기에 가능한 일이었겠지만……."

1969년 8월 4일 수해를 시찰하기 위해 대통령전용열차를 타고 '경북 청도군 신도리'를 지나던 박정희 대통령은 남녀노소 할 것 없이 총동원돼 제방복구와 마을 안길을 보수하는 모습을 차창 너머로 보고 열차를 정차시켰다. 이 마을은 1960년대 당시 한국의 여느 농촌마을 풍경과 확연히 달랐기 때문이다. 나무 하나 없이 헐벗은 다른 마을과 달리 뒷산엔 수풀이 우거지고, 가옥들은 개량된 지붕이 얹혀 있고, 마을 안길이 시원스레 닦인 모습을 보고 마을사람들에게 그 연유를 묻자, "기왕에 수해로 쓰러진 마을을 복구할 바에야 좀 더 잘 가꿔 살기 좋은 마을을 만들어보자고 주민총회에서 결의한 뒤 주민들이 자주적으로 협동해 이룩한 결과입니다."라고 했다. 이에, 박정희 대통령은 농민들의 자조, 협동정신을 일깨워야겠다는 생각을 갖게 되었다는 일화가 전해진다.

새마을운동은 1970년 4월 22일 한해대책을 숙의하기 위해 소집된 지방장관회의에서 박정희 대통령은 수재민복구대책과 아울러 넓은 의미의 농촌재건운동에 착수하기위해 자조·자립정신을 바탕으로 한 '마을 가꾸기 사업'을 제창하고 이것을 '새마을 가꾸기 운동'이라고 부르기 시작했다. 새마을운동 초기에는 단순히 농가의 소득배가운동이었지만, 이것을 통해 많은 성과를 거두면서 도시·직장·공장에까지 확산되어 근면·자조·협동을 생활화하는 의식개혁운동으로 발전하게 되었다.

1971년 전국 33,267개 행정 리·동(行政里洞)에 시멘트 335포대씩을 무상 지원해 각 마을마다 하고 싶은 사업을 자율적으로 결정하도록 하도록 했다. 결과는 두 가지 형태로 나타났다. 첫째는 정부가 무상공급한 시멘트로 부락민들이 자체노력과 자체자금을 투입해 마을에 필요한 숙원사업을 해낸 경우이고, 둘째는 무상으로 공급받은 시멘트로 뚜렷한 사업을 하지 못한 경우도 있었다. 정부는 반응이 좋은 16,600개 부락을 선정해 또다시 시멘트 500포대와 철근 1톤씩을 무상공급해 자발적인 협동정신을 불러일으켰다. 이와 같이 경쟁적·선별적 방식으로 점화된 새마을사업은 정부의 절대적인 지원으로 전국적으로 확대되었다.

이것은 단순한 농촌개발 사업이 아니라 공장·도시·직장 등 한국사회 전체에 근대화운동으로 확대·발전하게 되었다. 이 과정에서 새마을운동은 그 정신적 기조로서 근면·자조·협동을 설정하고, 추진방법으로 우수한 지도자의 헌신적 봉사를 전제로 정부에 의한 적극적인 지원이라는 방식을 택하게 되었다. 새마을운동의 성과는 수리시설 확충·농경지 확장 등을 통한 식량자급 기틀을 마련하였고, 소득증대사업으로 영농의 과학화, 농가부업의 육성, 농산물가격보장, 새마을공장·새마을금고 육성, 농수산물유통구

조개선, 생산품품질개선과 생산성향상, 근로자후생복지제도 및 시설확충 등에서 획기적인 발전을 가져왔다. 무엇보다 농촌사회에 팽배해 있던 봉건적·폐쇄적·숙명론적인 체념을 단기간에 타파시킨 점이 특별한 성과라 할 수 있다.

박정희 대통령은 경북 선산군 구미면 상모리 금오산 자락에서 빈농인 아버지 박성빈(朴成彬)과 어머니 백남의(白南義)의 5남 2녀 중 막내로 태어났다. 1937년 대구사범학교를 졸업하고, 3년간 초등학교 교사로 근무하다, 만주 장춘군관학교를 거쳐 1944년 일본 육군사관학교를 졸업했다. 8·15광복 이전까지는 주로 관동군152) 에 배속되어 중위로 복무했다.

광복 이후 귀국해 국군창설에 참여했으며 1946년 육군사관학교 제2기로 졸업해 대위로 임관되었다. 광복 직후 남로당153)에 가입해 활동하였는데, 1948년 10월 국방군 내 좌익계열의 군인들이 일으킨 여수·순천사건154)에 연루돼 군법회의에서 무기징역을 선고받기도 한다. 만주군(滿洲軍) 선배들의 구명운동과 군부 내 남로당원(南勞黨員) 명단을 알려준 대가로 실형을 면하고 강제 예편된다.

그 후 육군본부에서 무급문관으로 근무하다 1950년 6·25전쟁이 발발하자, 소령으로 군에 복귀하였고 1953년에는 준장까지 올라간다. 이어서 1954년 제2군단 포병사령관, 1955년 제5사단 사단장,

---

152) 關東軍. 일본의 중국침략첨병으로 제2차세계대전말까지 만주에 주둔했던 일본 육군부대의 총칭.
153) 南勞黨. 1946년 11월 서울에서 결성된 공산주의 정당.
154) 1948년 10월 19일 전남 여수에 주둔하고 있던 국방경비대 제14연대소속의 일부군인들이 일으킨 사건.

1957년 제6군단 부군단장과 제7사단 사단장을 거쳐 1958년 3월 소장으로 진급한 뒤 제1군 참모장에 임명된다. 1959년 제6관구사령관, 1960년 군수기지사령관, 제1관구사령관, 육군본부작전참모부장을 거쳐 제2군부사령관으로 전보된다.

1961년 5월 16일 제2군부사령관으로 재임 중에 5·16군사혁명을 주도하여 그해 7월 국가재건최고회의 의장이 되면서 정권을 장악한 후 2년 7개월간 군정을 실시한다. 이때 구질서의 전면적인 개혁이라는 목표 아래 모든 정당·사회단체의 해체와 용공분자 및 폭력배 검거에 착수한다. 또한 '농어촌고리채정리령(農漁村高利債整理令)'을 발표해 부정축재자를 조사하였을 뿐 아니라 국민운동본부를 설치해 생활간소화·가족계획·문맹퇴치사업 등을 벌인다. 외교 면에서는 친선방문외교·초청외교 등 적극적인 외교자세를 취한다. 획기적인 경제조치의 하나로 단행된 통화개혁은 여건 미비로 실패로 돌아간다.

민주공화당총재에 추대된 박정희는 1963년 대통령선거에서 야당 단일후보인 윤보선(尹潽善)을 근소한 표차로 누르고 당선됨으로서 제3공화국의 통치권자가 된다. 대통령취임사를 통해 박정희는 "정치적 자주와 경제적 자립, 사회적 융화·안정을 목표로 대혁신운동을 추진함에 있어 먼저 개개인의 정신적 혁명을 전개해야 한다."고 강조했다. 제3공화국 정부가 가장 역점을 두고 추진한 사업은 경제발전과 한·일국교정상화였다. 한·일국교정상화는 경제발전에 필요한 자본 확보와 미국의 압력 등 복합적인 이유로 추진하게 되었다.

박정희 대통령은 집권하자마자 대일협상에 강한 의욕을 보였으며, 군정기간인 1961년 10월에 일본 동경에서 제1차 한·일회의가 열리기도 했다. 이와 함께 실무교섭도 활발히 진행되었다. 박정희 대통령은 국가원수로서는 최초로 일본 수상과 회담하는 등 한·일 문제타결에 적극적으로 나섰다. 이 같은 대일자세는 '친일외교', '흑막외교'라는 비난을 받기도 했다. 특히 한국어민의 생명선이라 할 수 있는 어업 및 평화선 문제와 이른바 '김·오히라메모(金·大平 memo)'[155]로 결정된 6억 달러의 대일청구권자금은 여론의 강력한 반대를 받았다.

한·일 문제를 둘러싼 여야와 정부·국민간의 공방은 '6·3사태' 등 한때 정국의 위기까지 불러일으켰다. 하지만, 박정희 대통령은 반대의견을 물리치고 일을 성사시켜 결국 1965년 6월 2일 한일협정을 정식으로 조인하게 된다. 한·일국교정상화에 따른 일본으로부터의 자금도입과 기타 차관 등을 통해 제3공화국 후반부터는 급속한 경제성장이 이루어진다. 이에 박정희 대통령은 고성장, 수출드라이브, 산업기지건설 등을 통해 국정에 자신감을 가짐과 동시에 점차 독재성향을 띠어가기 시작한다.

한일회담타결·월남파병 등으로 미국으로부터도 신임을 얻은 박정희 대통령은 강한 권력욕을 드러내게 되는데, 그 결과는 1968년 3선 개헌으로 나타난다. 1972년 10월엔 헌법효력의 일부정지, 국회해산, 정당 활동금지 등의 담화를 발표하고 전국에 계엄령을 선포하

---

155) 한국의 김종필 중앙정보부장과 오히라 마사요시 일본외상간의 대일청구권문제에 관한 '비밀합의각서'.

기도 한다. 정부는 통일주체국민회의(統一主體國民會議)를 통해 대통령을 선출하는 '유신헌법156)'을 제정, 국민투표를 거쳐 확정한 후, 이 헌법에 따라 제8대 대통령으로 박정희를 선출하게 되는데 이로써 제4공화국이 출발한다. 유신 초기에는 새마을운동의 전국민적 전개로 농어촌 근대화에 박차를 가하였으며, 제5차 경제개발계획의 성공적 완성으로 국민들의 절대적 빈곤을 해결하는 데 상당한 기여를 한다. 그러나 상대적 빈곤의 심화와 장기집권에 따른 부작용, 국민들의 반유신민주화운동 등으로 그에 대한 지지도가 약화되자 긴급조치157)를 발동해 정권유지에 힘을 기울인다.

이런 가운데 내치(內治)의 어려움을 통일문제로 돌파하고자 자주 · 평화 · 민족대단결을 민족통일의 3대 원칙으로 규정한 1972년 7 · 4남북공동성명과 1973년 6 · 23선언이라고 불리는 평화통일외교정책(할슈타인원칙의 폐기)158)을 제시하였지만, 획기적인 내용임에도 불구하고 실질적인 면에서는 북한의 비협조와 당시의 국제정세로 성과를 거두지 못한다. 1974년 8월 15일엔 영부인 육영수 (陸英修) 여사가 북한의 지령을 받은 조총련계 문세광으로부터 저격을 당하는 불운을 겪는다. 이러한 정권의 위기는 결국 '부마민주항쟁(釜馬民主抗爭)'을 불러일으킨다.

결국 박정희 대통령은 1979년 10월 26일 궁정동(宮井洞) 만찬석

---

156) 維新憲法. 1972년 10월 17일에 선포된 유신체제하에서 동년 11월 21일 국민투표로 확정된 헌법.
157) 緊急措置. 제4공화국 헌법(유신헌법)에 규정되어 있던, 헌법적 효력을 가진 특별조치.
158) 1955년 말에 표명된 할슈타인원칙은 대동독강경책으로 동독과 외교관계를 맺는 국가와는 외교관계를 맺지 않는다는 옛 서독의 외교원칙을 말한다.

상에서 측근 가운데 한 사람인 중앙정보부장 김재규가 쏜 총탄을 맞고 쓰러져 역사의 뒤안길로 물러나게 된다.[159] 그는《우리민족이 나아갈 길》《민족의 저력》《민족중흥의 길》《국가와 혁명과 나》《지도자의 길》《연설문집》 등의 저서와 여러 편의 시를 남기기도 했다.

정혁은 기나긴 얘기를 관심 있게 들어준 쌰오쨩에게 1974년 육영수 여사가 문세광에 의해 암살된 뒤, 아내에 대한 그리움을 토로한 박정희 대통령의 시 「님이 고이 잠든 곳에」를 들려주었다.

님이 고이 잠든 곳에
망초만 우거졌네
백일홍이 방긋 웃고
매미소리 우지진데
그대는 내가 온 줄 아는지 모르는지
무궁화도 백일홍도
제철이면 찾아오고
무심한 매미들도
여름이면 또 오는데
인생은 어찌하여
한 번 가면 못 오는고
님이 잠든 무덤에는
망초만 우거지고
무궁화 백일홍도 제철 찾아 또 왔는데

---

159) 참고 : 한국민족문화대백과사전, 두산백과사전(斗山百科事典), 시사상식사전.

님은 어찌 한 번 가면
다시 올 줄 모르는고
해와 달이 뜨고 지니
세월은 흘러가고
강물이 흘러가니
인생도 오고 가네
모든 것이 다 가는데
사랑만은 두고 가네.

"따꺼! 박정희 대통령의 말로가 너무 비극적이라 가슴 아파요."

"쨩위에홍. 그게 인생이요 역사인데, 그 누가 힘이 있어 도도히 흘러가는 물줄기를 막을 수 있겠어?"

"아까 생가에 적혀 있던 박정희 대통령의 아내에 대한 애잔한 마음을 보고 정말 숙연해졌어요."

"쌰오쨩은 보기보다 감성이 상당히 풍부한 모양이야. 문학을 공부하면 크게 성공하겠는 걸?"

"제가 이래 뵈도 어릴 때는 열렬한 문학도였답니다."

"쌰오쨩! 어려서 문학소녀 아닌 여자도 있던가?"

정혁과 쌰오쨩은 이렇게 담소를 나누며 박정희 대통령 생가를 나와 한국전자산업의 중심지인 구미국가산업단지로 이동했다. 자동차 안에서 정혁은 구미국가산업단지에 대해 설명했다.

6·25전쟁으로 피폐하기 짝이 없던 한국경제였다. 5·16군사혁명 이후의 개혁적 사회분위기 속에서 정부는 강력한 경제개발계획

을 수립하고 추진했다. 외자유치를 통해 경제개발을 지속적으로 추진하는 데 한계를 느낀 정부는 수출지원에 중점을 두는 경제정책을 수립하고 시행하게 된다. 이러한 배경 속에 전자산업을 주축으로 한 전문단지개발과 함께 1970년대 초 당시 국가주력산업이었던 대구지역의 섬유산업과 연계된 수출전략산업육성이 한국경제발전의 핵심과제로 두드러지게 된다. 때문에 전자산업과 섬유산업을 위한 산업단지 조성은 필연적이었다.

이에 따라 대구지역을 중심으로 한 풍부한 인적자원과 낙동강으로부터 양질의 수자원을 확보할 수 있다는 측면에서 구미지역은 산업단지의 최적지였다. 때문에 오늘날 세계전자산업의 메카이자 대한민국 화학섬유산업의 중심지로 성장하게 되었다. 대표적인 기업으로 삼성전자, 엘지전자, 제일모직, 코오롱, 효성 등을 들 수 있다.

구미 제1산업단지에 입주한 업체는 크게 섬유관련업체와 전자관련업체로 양분된다. 섬유관련업체로는 코오롱, 제일모직, 한국합섬, 태광산업 등이 있다. 전자관련업체로는 엘에스전선, 엘지필립스디스플레이, 엘지필립스엘씨디, 합동전자, 한국전기초자, 오성전자, 오리온피디피, 오리온오엘이디, 동부대우전자 등이 있고 기타 업체로 계림요업이 있다.

구미 제2산업단지에 입주한 업체는 델코, 도레이새한, 매그나칩반도체, LG실트론, 삼성전자 등이 있다. 구미 제3산업단지에 입주한 업체로는 한국합섬, 금강화섬, 티케이케미칼합섬, 효성, 삼정엔지니어링, 동양정밀 등이 있다.

"치엔뻬이! 저기에 엘지전자(LG電子)의 로고160)가 보이네요?"

"엘지전자 좋아해? 왜 그렇게 반색을 하지?"

"사실은 제가 사용하는 노트북컴퓨터와 에어컨이 엘지제품이거든요. 성능도 뛰어나고 디자인도 좋아서 맘에 들어요. 여기 와서 직접 엘지로고를 보니 친구처럼 반갑네요."

"엘지야 세계적인 기업이니까 제품이나 디자인 면에서 타사제품하고 확연히 구별이 되겠지."

"따꺼! 엘지그룹의 창업자에 대해서도 아세요?"

샤오쨩은 진짜 못 말리는 여자였다. 정혁이 빙그레 웃으며 고개를 끄덕였다. 하도 떠들어 생수로 목을 축이고 입을 열었다. 정혁을 피곤하게 하는 여자지만 그녀 때문에 자신도 공부를 하니 나쁠 건 없었다.

엘지그룹은 엘지화학과 엘지전자를 주축으로 형성된 기업집단으로, 그룹의 기틀은 1947년 락희화학(樂喜化學)이 설립되면서 마련됐다. 사실은 이보다 앞서 1931년 7월 구인회·구철회 형제가 경남 진주에서 자본금 3,800원으로 구인상회(具仁商會)를 세운 것이 효시(嚆矢)였다. 따라서 그룹의 성장과정을 1931년부터 현재까지 7개 단계로 구분해 기록하고 있다.

1931년부터 1946년까지는 구인상회의 상업 활동이 전개된 시기이고, 1947년부터 1950년까지는 락희화학에서 크림161)을 생산하

---

160) LOGO. 둘 이상의 문자를 짜 맞추어 특별하게 디자인(design)하거나 레터링(lettering)을 한 것.
161) cream. 우유에서 얻는 지방질. 노란 빛깔의 유액상(乳液狀)으로 생겼으며 버터, 아이스크림 따위의 원료나 조리에 쓴다.

던 시기이다. 1951년부터 1960년까지는 락희산업 설립으로 무역업을 시작하고 금성사(金星社) 설립으로 전자공업을 시작한다. 특히 이 시기에 한국 최초로 치약을 생산한다. 1961년부터 1966년까지는 화학 및 전자산업의 확립기인데, 전선·케이블·전화교환기·텔레비전세트·라디오 등을 이 시기에 생산했다. 1967년부터 1973년까지의 6년간은 산업구조의 다변화가 이루어져 호남정유, 금성통신, 럭키개발 등이 설립되었다. 이 기간에 창업주인 구인회는 사망하고 장남 구자경이 그룹을 승계하였으며, 석유·통신기기·보험·증권업에도 진출한다. 1974년부터 1979년까지는 엘지그룹의 고도성장기로 금성정밀, 럭키석유화학, 럭키엔지니어링, 금성반도체, 금성기전 등의 회사를 설립하여 그룹의 주력업종인 화학·전기·전자·통신부문의 고도성장을 이룩한다. 마지막으로 1980년 이후 현재까지는 그룹의 국제화가 추진되고 있는 기간이라고 보면 된다. 즉 유전자공학·생화학·반도체·컴퓨터·광통신분야에 대한 연구개발투자를 확충하고, 그룹의 2대 주력업종인 화학부문과 전기전자·통신부문에 투자를 집중하고 있다. 1988년 당시 그룹에는 34개의 국내 자매회사와 29개의 현지법인, 82개의 해외사무소가 있었으며, 11만여 명에 이르는 종업원이 근무를 했다.

LG그룹은 국가수출 면에서 크게 기여하였을 뿐 아니라 국제적인 기업으로서 그 성과를 높여나갔다. 향후 컴퓨터·로봇·반도체·광통신, 전자의료기기·유전공학·정밀화학·엔지니어링 등 첨단 산업분야의 투자확대와 현지 생산체제 확립, 국제금융시장 진출이 그룹의 청사진으로 제시되고 있다. 1995년 기업이미지통합전략의 일환으로 현재 명칭인 LG로 그룹의 명칭을 바꾸었다. 1998년부터 엘지그룹은 구조조정을 추진하면서 독립기업협력체로 각각의 계열사들이 책임경영을 추진하고 있다.

독립기업협력체는 종전의 상호의존적 결합 형태에서 엘지의 브랜드와 경영이념만을 공유하는 형태였다. 이를 위해 엘지는 화학, 전자, 금융 및 서비스 등 서너 개 주력업종 중심으로 기업의 역량을 집중하는 구조재편을 추진했다. 엘지그룹은 이를 위한 구체적 작업으로 엘지전자와 엘지반도체의 초박막트랜지스터액정표시장치162)사업을 분리해 별도법인으로 분산시킨 한편 분사(分社)도 활발히 진행했다. 엘지산전은 주유기와 세차기, 차량정비기기, 자동창고, 물류설비 등 4개 사업부문을 임직원에 의한 매수방식163)으로 분사를 마쳤다. 또 엘지패션의 코트사업 부문도 분리·독립시켰으며, 엘지전자는 국내서비스 부문을 엘지전자서비스로, 총무부문의 일부를 휴먼풀이라는 회사로 분리하게 되었다.

정혁과 쌰오쨩은 구미산업단지를 둘러보고 대구로 향했다. 남구미인터체인지에서 북대구인터체인지를 지나 저녁을 먹기 위해 신천대로를 타고 수성못(壽城池)으로 갔다.

"쌰오쨩! 저녁으로 뭘 드시면 좋을까? 뭐 떠오르는 거 없어?"

"불고기164)에 쌈165)이 나오는 곳이면 좋겠는데요."

---

162) TFT-LCD. 액정(液晶)을 이용해 문자와 숫자, 그래픽, 영상을 표시하는 장치의 하나이다.
163) EBO : employee buy-out. 기업의 구조조정 또는 부도상황에서 종업원이 기업을 인수하는 것을 뜻한다.
164) 쇠고기 등을 얇게 저며서 양념에 재었다가 불에 굽는 한국요리.
165) 밥이나 고기, 반찬 따위를 상추, 배추, 쑥갓, 깻잎, 취, 호박잎 따위에 싸서

"한국에 와서 아직 불고기를 먹지 못했던 모양이지?"

"왜요? 한국 대표음식인 불고기를 못 먹어봤다면 말이 안 되지요. 서울에선 먹어봤는데 대구는 또 어떤 맛일까 궁금해서요."

"그럼 수성못이 잘 보이는 집으로 가야겠네."

정혁은 자동차를 몰고 수성호텔 앞 불고기전문식당으로 들어갔다.

종업원은 수성못이 훤히 내려다보이는 이층 창문 옆으로 안내했다. 그때 해는 서산으로 넘어가고 어둠의 그림자가 두 사람의 마지막 밤을 위해 소리 없이 다가오고 있었다.

"총각! 여기에서 뭐가 제일 맛있나요?"

"손님 취향에 따라 다르시겠지만 안심은 지방이 적고 맛이 있고요, 등심은 육질이 연하여 맛이 있습니다. 갈비는 약간 질긴 편이나 맛이 좋고요, 목심은 지방이 적고 질긴 편이고요, 채끝은 육질이 연하며 지방이 적고요, 우둔은 육질의 결이 곱고 연하며 지방이 적습니다. 설도는 지방이 적고 질긴 편이고요, 양지는 육질이 연하고 지방이 많고요, 사태는 지방이 적고 질긴 편입니다."

"총각은 불고기박사구먼, 어떻게 그렇게 설명을 잘하지?"

"여기는 불고기전문집이라 차별화된 전략으로 부위별 고기를 자세히 설명하여 고객이 직접 선택하는 방식을 취하고 있습니다."

"좋아요. 그럼 우린 등심 삼 인분과 막걸리 한 병 주시오."

종업원이 일층으로 내려가자 쌰오짱이 혼잣말처럼 중얼거렸다.

"호수에 비친 가로등 불빛이 춤을 추는 것 같네. 그런데 왜 자꾸 눈물이 나려고 하지?"

먹는 음식.

샤오짱의 눈길은 호수를 향한 채 움직일 줄 몰랐다. 정혁도 그녀의 눈길을 따라 한동안 호수를 바라보았다. 샤오짱 말마따나 호수 물비늘에 비친 가로등이 너울너울 춤을 추었다.

"영주 부석사에 있던 당나라 선묘용 아가씨가 짱위에홍을 따라 중국에 가려고 수성못으로 이사를 왔는지도 모르지……."

"맞아요 따꺼. 물결이 일렁거리니까 정말 물속에서 흑룡(黑龍)의 비늘이 움직이는 것 같아요."

"샤오짱 눈에도 그게 보이나 보네? 나도 아까부터 그거에 빠져 있었는데."

"근데요 따꺼! 여기가 대구에서 유명한 유원지인가 봐요? 깔끔하고 보기 좋게 잘 꾸며져 있어요."

"유명하다고 말해도 큰 무리는 없을 거야. 저 산 기슭에 하얀 건물이 하나 보이지?"

샤오짱이 고개를 끄덕였다.

"저게 바로 수성호텔인데, 박정희 대통령이 재임 시절 대구에 오면 늘 저곳에서 정무도 보고 숙박도 했대. 그래서 오늘 내가 샤오짱을 특별히 여기로 안내한 거야. 역사적인 장소 앞에서 마지막 만찬을 즐기는 게 좋을 듯해서. 청빈했던 박정희 대통령은 한국 서민들이 애용하던 '막걸리166)'를 즐겨 마시곤 했어. 그래서 그때를 생각하며 나도 막걸리 한 병을 주문한 거고……."

샤오짱이 아하! 하며 만족스런 미소를 지었다.

---

166) turbid rice-wine. 찹쌀·멥쌀·보리·밀가루 등을 쪄서 누룩과 물을 섞어 발효시킨 한국고유의 술.

"이렇게 유서 깊은 곳에서 좋아하는 치엔뻬이와 함께 저녁을 먹게 돼 정말 행복해요. 언제 이 신세를 다 갚게 되는지……?"

"신세는 무슨. 나와 함께 공부한 거나 잊어버리지 않게 잘 복습해 둬. 그래야 내가 보람 있지."

때맞춰 음식이 나왔다.

"따꺼! 고기는 제가 구울게요."

"쌰오짱! 막걸리 한 잔 할 거야?"

"그럼요. 당연히 마셔야죠. 새마을운동의 창시자 박정희 대통령이 마시던 막걸린데 독약이라도 마셔야죠."

쌰오짱이 킥킥 웃었다.

"언제 막걸리 먹어본 적 있어?"

"아직요."

"그럼 잘됐네. 어서 한 잔 받아."

"잠깐만요! 따꺼부터 제가 따라드릴게요."

쌰오짱이 재빠르게 병을 빼앗았다.

"이제 보니 한국의 예법도 알고…… 제법이네."

쌰오짱이 입을 삐죽이더니 막걸리 잔을 쭈욱 들이켰다.

"맛이 어때?"

"정확한 표현일지는 몰라도 맛이 약간 달착지근하면서 코를 톡 쏘는 느낌이 좋은 데요?"

"중국아가씨가 대구 와서 술꾼이 다됐네그려."

"치엔뻬이! 막걸리가 몸에 좋으니까 전직 대통령이 즐겼겠지요? 아무리 서민들이 즐기는 술이라도 몸에 나쁘면 마실 리가 없잖아요.

안 그래요?"

"역시 쌰오짱은 예리해. 막걸리에는 몸에 좋은 필수아미노산이 십여 종이나 포함되어 있고, 유산균이 풍부해 적당량을 마시면 혈액순환을 촉진시키고 신진대사를 원활히 하는 건강식품이라고 알려져 있어. 그래 그런지 다이어트와 변비개선효과, 간 기능강화 및 시력개선효과, 항산화효과, 고혈압유발효소저지효과, 항암효과 등이 근래 학계에서 보고되고 있어."

"역시! 그런데 따꺼, '막걸리'라는 이름이 재미있어요. 목에 걸리지 않고 막 넘어가서 막걸리인 건 아니에요?"

"쌰오짱 말도 그럴싸한데 사실은 막 거른 술이라는 의미야. 한국에서 역사가 오래된 고유한 술의 하나지. 맑은 술을 떠내지 않고 그대로 걸러 짠 술로 빛깔이 흐리고 맛이 텁텁한 게 특징이야. 이렇게 술 빛깔이 흐리고 탁하다는 뜻에서 '탁배기'·'탁주(濁酒)', 마구 거른 술이라 하여 '막걸리', 집집마다 담그는 술이라고 하여 '가주(家酒)', 술 빛깔이 우유처럼 희다고 하여 '백주(白酒)', 식량대용 또는 갈증해소로 농부들이 애용하는 술이라 하여 '농주(農酒)', 제사지낼 때 제사상에 올린다고 하여 '제주(祭酒)', 백성들이 가장 많이 즐겨 마시는 술이라 하여 '향주(鄕酒)', 나라를 대표하는 술이라고 하여 '국주(國酒)' 등 여러 가지 이름으로 불리고 있어. 그리고 곡주(穀酒)의 맑고 탁함은 숙성된 원액을 여과방법에 따라 구별되는데, 막걸리는 탁하게 양조한 백색의 주류로서 좋은 막걸리는 단맛(甘, 감)·신맛(酸, 산)·매운맛(辛, 신)·쓴맛(苦, 고)·떫은 맛(澁, 삽)이 잘 어울리고 적당한 감칠맛과 톡 쏘는 청량감이 매력이라면 매력이지."

"그럼 치엔뻬이의 주량은 어느 정도 되시죠?"

"나는 술을 잘 못해. 술 생각이 날 때면, 소주 두세 잔, 포도주 반병 또는 막걸리 한 컵 정도 먹고 있어."

사내로써 주량이 시원찮은 건 왠지 주눅 드는 일이라 정혁이 화제를 바꿨다.

"그나저나 쌰오짱! 내일 스케줄이 어떻게 되지?"

쌰오짱이 눈을 깜빡이며 말했다.

"내일 아침 대구공항에서 김포공항으로 가서 환승해 뻬이찡으로 가려고요."

오전 아홉 시 비행기인데 진작 예약해 두었다는 것이다.

"알았어 쌰오짱. 그럼 내가 내일 아침 일곱 시 삼십 분경에 호텔로 갈게."

정혁과 짱위에홍은 천천히 만찬을 즐기면서 지난 4박 5일간의 숨 가쁜 여정을 돌이켜봤다.

경북대학교, 갓바위, 제2석굴암, 영남대학교, 운문사, 울산국가산업단지, 대왕암, 석굴암, 불국사, 경주관광보문단지, 포항국가산업단지, 포스텍, 안동하회마을, 도산서원, 부석사, 대구약령시장, 삼성그룹 발상지, 대구서문시장, 구미 박정희대통령생가, 구미국가산업단지 등을 숨차게 돌아다녔다. 눈요기보다는 마음의 양식을 담아가는 특별한 여행이었다. 두 사람은 농업국가에서 공업국가로, 저개발국가에서 선진국으로 단기간에 이룩한 한국의 저력을 분석하면서 중국의 미래도 함께 토론했다.

아울러 양국의 위대한 지도자였던 박정희와 떵샤오핑에 대한 업적평가와 한중간의 우호증진방안에 대한 구체적인 방안을 진지하게 나누기도 했다. 여자와 이렇게 고급하고 방대한 이야기를 나눠보기도 처음이었다. 서로 코드가 맞지 않으면 하루도 못 채울 여행이었다. 바득바득 다가오는 작별의 시간, 정혁은 왠지 모를 서운함과 쓸쓸함에 마음이 자꾸 울적해졌다.

시간은 저녁 아홉 시를 넘어가고 있었다. 샤오짱은 아예 갈 생각을 잊었다. 치엔뻬이와 여행하며 그의 박식함과 성실한 답변에 매료되어 꿈꾸듯 따라다녔는데 이 밤이 지나면 떠나야 한다. 샤오짱은 자신의 마음을 들킬까봐 걱정하면서도 좋아하는 마음을 굳이 숨길 필요가 있을까 고민 중이었다.

"샤오짱, 시간이 많이 되었는데, 이제 그만 일어나면 어떨까?"

목석처럼 구는 정혁이 샤오짱은 야속해 눈물이 쏟아질 것 같았다. 샤오짱은 물을 한 모금 꿀꺽 삼키며 마음을 정리했다. 시간은 많아. 서두르지 말자.

"좋습니다. 맛있는 음식도 먹고, 치엔뻬이의 실사구시(實事求是)적인 말씀을 듣다보니 시간 가는 줄 몰랐네요. 아마도 아름다운 호수의 운치에 제가 푹 빠져 있었거나 아니면 영주 부석사에 와있던 당나라의 선묘용 아가씨가 고향손님이 반가워 저를 붙잡고 놓아주지 않았는지도 모르겠네요."

정혁이 계산서를 들고 나서자 샤오짱이 엎어질 듯 다가왔다.

"치엔뻬이, 잠깐만요! 오늘 식사비는 제가 내겠습니다. 벼룩도 낯짝이 있다고 그건 아니잖아요?"

인터불고호텔에 쌰오짱을 내려주고 차를 돌리려는데 쌰오짱이 힘없이 말했다. .

"치엔뻬이! 찐티엔타이신쿨러.(今天太辛苦了, 오늘 고생 많았습니다) 만쪼우.(慢走, 조심해서 들어가세요)"

쌰오짱이 흔드는 손도 힘이 없어 보였다. 어쩌란 말인가? 마음이 흐른다고 몸까지 흐를 수는 없는 일, 정혁은 눈을 질끈 감았다 뜨고 어머니에게 향했다.

막내 동생은 이미 집으로 돌아가고 구미에 있는 첫째 여동생이 병실을 지키고 있었다.

"오빠, 많이 늦었네요?"

"중국 손님하고 식사시간이 좀 길어져서 말이야."

왠지 변명을 하는 것 같은 기분이었다.

"오빠! 중국 손님은 언제쯤 돌아가나요?"

어머니 간병한다고 온 오빠가 밖으로만 도니 이상할 법도 했다.

"이제 끝났어. 내일 아침 비행기로 중국에 간대. 그동안 동생들이 고생 많았어."

"아니에요. 오빠가 피곤해 보여서 그러지요."

"이제 그만 들어가. 여기는 내가 있을 테니."

정혁은 모친의 병세를 살펴본 뒤 양치질을 하고 돌아와 모친 옆에 누웠다. 며칠째 종일운전으로 피곤한 탓에 잠이 들었는지 아침이 밝았다. 정혁이 세면장에서 세수를 마치고 돌아오니 벌써 막내 여동생이 모친 병상 옆에 앉아 있었다.

"오빠! 드디어 중국 손님이 간다면서요?"

저렇게 반가울까? 아닌 게 아니라 샤오짱 때문에 모친이나 동생들에게 소홀하긴 했다. 대놓고 뭐라 하진 않아도 많이 서운했을 것이다. 시간도 그렇고 마음도 그렇고 한쪽에 가면 다른 한쪽은 기울기 마련이다. 양쪽이 다 흡족하게 할 방법은 없는 것이다.

"늦기 전에 어서 중국 손님한테 가보세요 오빠."

등을 떠미는 막내동생에게 고맙고도 미안한 마음이 들어 선뜻 발이 떨어지지 않았다. 정혁은 다녀온다는 말 대신 고개만 끄덕이고 병실을 나섰다.

"샤오짱! 짐은 빠뜨리지 않고 제대로 챙겼어?"

"물론이죠."

"그럼 출발이다!"

정혁은 자동차를 몰고 대구공항으로 향했다. 창밖만 물끄러미 바라보던 샤오짱이 고개를 돌리고 정혁에게 물었다.

"따꺼! 언제쯤 중국에 들어오시죠?"

"예정대로라면 아마 일주일 뒤엔 북경에 있을 거야."

"그럼 그때 제가 연락드리도록 할게요."

"그래. 무사히 잘 돌아가."

"치엔뻬이! 아침식사 전이죠? 공항에 가서 같이 먹어요. 저도 오늘은 아침을 먹지 못했거든요."

"떠나기 전에 샤오짱이 먹고 싶은 게 뭔데?"

"아무거나요."

"아무거나라는 요리는 없는데 어쩌지?"

정작 하고 싶은 말은 못하고 얘기가 겉도는 동안 대구공항에 도착했다. 자동차를 주차시킨 뒤 정혁은 짱위에홍의 여행가방을 끌고 대구공항청사 안으로 들어갔다. 아직 시간이 일러서인지 공항청사는 한산했다. 둘은 예약된 항공권을 받아들고 이층 매점으로 올라가 간단하게 햄버거와 커피를 먹었다.

"따꺼 덕분에 유익하고 즐거운 여행이었어요. 차후 한국유학을 결정하는 데 큰 도움이 될 거예요. 정말 고맙습니다."

"나도 쌰오짱 덕분에 좋은 구경을 많이 했는데 뭐."

그때, 김포행 비행기 탑승준비를 서두르라는 안내방송이 흘러나왔다. 정혁과 쌰오짱은 일층으로 내려와 짐을 부치고 다시 이층으로 올라가 비행기탑승을 기다렸다.

그렇게 짱위에홍을 보내고 집으로 돌아온 정혁은 샤워를 하고 잠을 청했다. 어려운 손님이 아니었음에도 긴장했었는지 피로가 몰려왔다.

모처럼 마음 편하게 푹 자서 그런지 몸이 날아갈 듯 가벼웠다. 정혁은 일찌감치 병원에 가서 막내 여동생과 바통터치를 했다. 막내 여동생은 모친의 병세가 상당히 회복이 돼 다음 주면 퇴원이 가능할 거라는 말을 회진 때 재확인했다며 웃었다.

동생이 집으로 돌아가자 정혁은 미리 여행사에 연락해 일주일 뒤 뻬이찡행 항공권 예약을 마쳤다. 그리고 쌰오짱의 갑작스런 대구방문으로 잠시 접어뒀던 이번 학기에 제출할 논문자료들을 모친의 병상 옆에서 천천히 훑어보기 시작했다.

11. 천사의 몸짓

진동모드로 해뒀던 휴대폰이 부르르 떨었다. 일전에 병원에서 우연히 마주쳤던 미숙이었다.

"오빠! 전에 말씀드렸다시피 중국에 대해 몇 가지 여쭤봤으면 해서 그러는데, 언제쯤 시간이 나실까요?"

"내일 오전에는 아직 특별한 스케줄이 없는데."

"그러시면 내일 오전 열 시 '아리아나호텔'에서 잠시 뵈올 수 있을까요?"

"그러자구."

고향 동생 미숙과 통화를 마친 정혁은 그동안 여러모로 신세진 경북대학병원 약제부장인 손 박사를 찾아갔다.

정혁은 손 박사 사무실문 앞에 도착을 한 후, 똑똑! 노크를 했다. 들어오세요, 라는 인기척이 안에서 들려왔다. 정혁의 방문에 손 박사는 약간 긴장하는 듯했다.

"혹시 모친에게 안 좋은 일이라도 생겼습니까?"

정혁은 만면에 미소를 띠고 말했다.

"그 반대입니다, 손 박사님. 일주일 내로 퇴원이 가능할 거라는 희소식을 가져왔습니다. 손 박사님 덕분입니다."

"별말씀을. 모친의 회복속도가 빨라서 정말 다행입니다."

"그래서 저도 며칠 내로 뻬이찡으로 되돌아갔으면 해서 미리 인사차 들렀습니다. 어쨌든 이번에 손 박사님 신세를 톡톡히 졌습니다."

"신세랄 게 뭐 있나요? 모친에게 문제가 있으시면 연락주세요. 제가 도울 수 있는 일이라면 적극 돕도록 하겠습니다."

그때 다른 손님이 손 박사를 찾아와서 정혁은 서둘러 인사를 마치고 병실로 돌아왔다. 그날 저녁도 모친의 병상은 별다른 일없이 조용히 넘어갔다.

다음날, 막내 여동생과 교대한 정혁은 집에서 싸온 도시락을 들고 일층 매점으로 내려가 미역국을 한 그릇 사서 밥과 함께 먹었다. 꼴은 우습지만 그게 매식보다 한결 좋았다.

아리아나호텔 커피숍에 도착하니 고향 여동생 미숙은 친구 한 명을 대동하고 미리 자리해 있었다.

"손님이 계시네? 난 다른 자리에서 기다릴까?"

정혁이 선 채로 말하자 미숙이 어서 앉으라며 의자를 권했다.

"그게 아니고요 오빠. 제가 미용실을 하기 위해 뻬이찡에 가게 되면 함께 갈 헤어디자이너예요. 소개시켜 드릴게요. 제 친구 헤어디자이너 한지혜랍니다."

한지혜와 정혁은 가벼운 목례로 인사를 나눴다.

"안 그래도 미숙이한테 많이 들었습니다. 그래 그런지 초면인데도 오 선생님이 낯설지 않네요."

"별로 잘난 사람도 아닌데 들을 이야기가 있던가요?"

"보통 분이 아니시던데요, 뭘? 앞으로 이 친구 도와주실 일이 많으실 거예요. 잘 부탁합니다, 오 선생님."

정혁은 건성으로 고개를 끄덕였다. 솔직히 정혁은 미숙이가 미용실을 한다는 게 쉽게 이해되지 않았다.

"미숙아, 너 말이야. 어릴 때부터 공부 잘하고 얼굴도 예뻐 동네 분들한테 귀여움 많이 받았지? 중학교 다닐 때까지 늘 전교 일등만 하다 부모님 반대로 인문계 진학을 포기하고, 전액장학생으로 여상(女商)을 졸업해 대구시청에서 근무한다고 소리까지 들었는데 어떻게 미용실을 하게 된 거지?"

말을 해놓고 보니 아차 싶었다. 헤어디자이너를 무시한다고 오해할 소지가 있었다. 하지만 이미 쏟아진 물, 주워 담을 수도 없었다. 미숙은 가만히 있고 친구가 대답했다.

"오 선생님께서는 미숙이가 현재 어떻게 사는지 잘 모르시겠군요. 세무서에 다니던 남편이 몇 년 전에 폐암으로 돌아가시고 미숙이 혼자 아들 둘 데리고 악착같이 살아가고 있어요."

"저런! 저는 전혀 몰랐습니다."

미숙은 어릴 적 고향오빠를 만나서 그런지 벌써부터 눈가가 촉촉이 젖었다. 정혁과 한지혜 간에 오가는 대화가 신경 쓰였는지 미숙이 조용히 자리에서 일어나 화장실로 향했다. 정혁과 한지혜의 내화는 계속 이어졌다.

"저녁이 있으면 아침이 있고, 밤이 있으면 낮이 있듯 언젠가는 좋은 날이 있겠지요."

"그럼요. 미숙이 정도의 능력이면 어떤 어려움이라도 거뜬히 헤쳐 나갈 거예요. 저는 믿어요."

"물론이죠. 어릴 때부터 얼마나 당차고 성실했는데요."

한지혜는 미숙이와 함께 일하면서 그녀의 진면목을 보고, 정말 괜찮은 사람이구나, 감탄한 적이 한두 번이 아니라고 했다.

"두 사람은 언제부터 함께 일하게 되었습니까?"

한지혜와 미숙은 같은 아파트에서 알고 지내는 사이였다고 했다. 남편이 죽자 아이들과 살길을 찾던 미숙이 한지혜와 함께 미용실을 운영하게 되었는데, 미숙의 고등학교 동기 가운데 한지혜의 중학교 짝꿍이었던 친구가 있어 더욱 친해지게 되었다는 것이다.

"대구시청에서 근무하다 세무서에 다니는 남편을 만나 결혼한 후, 쭉 가정주부로만 살던 미숙이라 사회물정에는 상당히 어두운 편입니다. 그래서 비교적 안정적이라고 할 수 있는 미용실을 함께 운영하게 되었구요."

"친구 분께서는 이쪽 분야에서 오래 종사하셨나요?"

"저도 그렇게 오래되지는 않았습니다."

그때, 화장실에 갔던 미숙이 돌아왔다.

"얘는 귀하신 고향오빠를 모셔놓고 어디 갔다 왔노?"

짐짓 미숙을 나무란 한지혜가 말을 이었다.

"듣기로는 북경의 미용업계가 상당히 호황이라던데, 오 선생님께서는 어떻게 보시는지요?"

"저도 잘된다는 소리는 얼핏 들은 적은 있습니다만 자세히는 모릅니다."

"그럼 중국 들어가시면 북경의 미용업계를 한번 알아봐주실 수 있으신가요?"

"그야 어렵지 않지만, 모든 게 한국과 다른 중국에서 미용실을 운영한다는 게 결코 쉬운 일은 아닐 겁니다."

"만약 시장조사를 위해 저희들이 북경으로 간다면 안내를 좀 부탁해도 될까요?"

"그거야 제가 할 수 있는 일이라면 당연히 도와드려야죠."

조마조마하게 듣고 있던 미숙의 얼굴이 조금씩 밝아졌다.

"해외여행이 처음이라 그러는데 절차는 어떻게 됩니까?"

"먼저 여권을 내고 비자167)를 받아야 합니다. 그리고 항공권도 미리 왕복으로 예약을 해둬야 하고요. 직접 절차를 밟기가 불편하시면 가까운 여행사에 맡기세요."

이때 미숙이 정혁에게 말을 걸었다.

"오빠! 북경에서의 생활은 어때요? 살 만해요?"

"늦은 나이에 공부를 하다 보니 힘든 게 한두 가지가 아니야."

"뭐가 제일 힘든데요?"

"내게는 먹는 문제와 뻬이찡의 지역특성이었어. 내가 기름진 음식을 싫어하는 식성이라 중국음식을 잘 먹지 못해 끼니때마다 보통

---

167) visa. 외국인에 대한 출입국허가의 증명.

고역이 아니었지. 또한 뻬이찡은 기후가 건조해 생활하기가 상당히 힘들어. 그뿐인가? 수돗물에 석회질이 많아 매일매일 생수를 사들고 다녀야 하는 문제도 여간 불편한 게 아니야."

"공부하는 건 괜찮구요?"

"그거야 각오했으니까. 사업하다 갑자기 시작한 공부인데 쉬울 리가 있겠냐?"

"오빠. 나 정말 궁금했는데 잘 나가던 사업 접고 뜬금없이 유학을 왜 간 건가요?"

"그게 말이야. 사실 이십 대 후반에 미국에 유학 갈 기회가 있었어. 그때 모친의 반대로 유학을 포기했는데 평생 가슴에 한(恨)으로 남더라. 그런데 우연한 기회에 북경에서 열리는 부동산 세미나에 참석했다가 주위 분들의 강력한 권유로 유학을 결심하게 되었지. 뭐에 씌었던 것 같기도 하고, 나도 잘 모르겠어. 하여튼 이왕 떠났으니 끝장을 보고 뭔가 해내야하지 않겠어?"

"돈은 많이 들지 않아요?"

"미국보다야 적게 들지만 그래도 상당히 들어가. 내가 중국유학을 결심하게 된 계기는 말이야, 중국에서 사업을 하려면 중국인맥이 꼭 필요하다는 걸 알았기 때문이야. 그렇지 않고는 중국에서 사업 벌여서 성공하기 어려워. 아니, 어려운 정도가 아니라 아예 불가능하다고 보는 게 맞을 거야. 곰곰이 생각해보니 중국에서 인맥을 확실하게 구축하려면 중국대학에 들어가 중국 주류들과 끈끈한 유대관계를 맺는 게 가장 좋은 방법이지 싶더라구."

고개를 끄덕이는 미숙에게 정혁이 물었다.

"왜? 미숙이도 공부에 관심 있어?"

"오빠 얘기 들으니 저도 공부를 해볼까 싶어서요. 가정형편 때문에 꺾였던 꿈, 다시 바로 세워 시작해도 되겠지요?"

"그럼그럼. 미숙이는 원래 공부머리가 있으니 지금 시작해도 충분해. 나도 하는데 뭘. 시작이 어렵지 일단 시작하면 어쨌든 졸업은 할 수 있지 않겠어?"

"오빠가 많이 도와주실 거죠?"

정혁은 미소로 화답했다. 그러면서 속으로는 고개를 저었다. 왜 모든 사람들이 자신에게 도움을 청하는지 알다가도 모를 일이었다. 재력도 권력도 없는 자신에게 뭘 보고 그렇게 매달리는지 말이다. 하지만 누구라도 부탁하면 쉽게 거절하지 못하는 게 또 정혁의 단점이자 장점이었다.

"오빠! 시장하실 텐데 '들안길먹자골목'으로 점심이나 먹으러 가시죠? 복어요리를 잘하는 곳을 알고 있는데 괜찮죠?"

"좋지! 그러면 그쪽으로 건너가지."

세 사람이 '복어요리전문점'에 도착하니 식당 안은 손님들로 북새통이었다. 미숙이 미리 예약해두지 않았다면 들어갈 수도 없는 집이었다. 조용한 방으로 안내되자 이내 음식이 나왔다.

"오빠! 이 집 요리 어때요?"

"생 복어에 미나리, 무 등 재료가 신선해서 그런지 국물이 담백하고 시원한 게 내 입맛에는 딱 맞네. 복어튀김, 복어껍질무침도 입에 짝짝 붙고."

이번엔 한지혜가 물었다.

"오 박사님께 여쭤보고 싶은 게 있는데요. 북경에도 액세서리를 싸게 살 수 있는 곳이 있나요?"

"물론이지요. 홍챠오시장(紅桥市场, 홍교시장)이라는 곳에 가면 싸게 살 수가 있습니다. 나중에 북경에 오시면 제가 안내해드릴게요."

정혁은 뭘 물어도 망설이는 법 없이 시원시원하게 대답했다. 세 사람은 다음에 북경에서 만날 것을 약속하고 헤어졌다. 미숙은 미용실에 들러 잡무를 정리하고, 석양이 뉘엿뉘엿 질 무렵 집 근처 목욕탕으로 갔다. 친정아버지 장례를 치른 뒤라 피곤이 심신을 무겁게 내려눌렀다. 목욕탕 출입문을 여니 내부의 열기가 얼굴을 덮쳤다. 욕탕에 몸을 담그자 현기증이 나면서 정신이 혼미해졌다. 비틀거리는 몸을 겨우 추스르자 뿌연 안개 속에서 친정아버지의 얼굴이 불현듯 나타났다. 미숙은 2남 4녀의 막내로 어릴 때부터 아버지 사랑을 한 몸에 받고 자랐다. 언니오빠들은 아버지가 무서워 먼발치에서 밥을 먹었지만, 막내인 미숙은 아버지 무릎에서 떨어질 줄 몰랐다. 그래 그런지 친정아버지의 부재가 믿어지지 않았다.

결혼 후 친정아버지를 자주 찾아뵙지 못한 게 가슴에 큰 구멍이 되어 사무치게 아려왔다. 이렇게 비몽사몽(非夢似夢)간에 과거와 씨름하고 있는데, 행복했던 어린 시절이 연무로 뒤덮인 욕탕 속에서 무럭무럭 자라나기 시작했다. 옆에서 요란스럽게 떠들어대는 어린 애들의 소리마저 잊은 채, 뭔가에 홀린 듯 고향집 앞 시냇물이 눈에 쑤욱 빨려 들어왔다.

물방개가 꽁지에 공기방울을 달고 물속 풀잎에 몸을 숨기려고

발버둥치자, 옆집에 살던 정혁오빠의 얼굴이 오버랩 됐다. 이런저런 생각으로 상상의 나래를 펴는 동안 대기실 텔레비전에서 저녁 아홉 시 뉴스가 막 시작되고 있었다.

정신이 번쩍 든 미숙은 대충 머리손질을 하고 목욕탕을 빠져나왔다. 목욕탕 옆은 바로 청구시장이었다. 찬거리로 봄 쑥 한 소쿠리, 동태 두 마리, 무 한 개, 대파 한 단을 사들고 대문을 밀고 집으로 들어갔다. 큰방에서 시어머니와 이웃집 성민엄마의 목소리가 들렸다. '성민엄마가 무슨 일로 이 시간에 우리 집에 왔지?' 혼자말로 중얼거리면서 저녁을 준비했다.

"어머님! 저녁 준비 다됐는데요."

"애들이 아직 안 왔는데……. 애들 오면 함께 먹자."

"어머님 시간이 너무 늦었어요. 애들은 나중에 먹일게요."

그때 성민엄마가 방문을 열고 급히 밖으로 나오면서 미숙에게 알은체를 했다. 미숙은 시어머니 저녁을 차려드리고 자신의 방으로 들어갔다. 애들을 기다리며 방청소를 하는데 고향오빠인 정혁의 모습이 눈앞에 아른거렸다. 가정형편이 미숙이네보다 어려웠지만 미숙에겐 정혁이 늘 선망의 대상이었다.

정혁오빠는 공부도 잘하고 키도 크고 노래도 잘 불렀다. 학교에 갔다 오면 집안의 대소사를 혼자 도맡아 하면서도 불평 한마디 없었다. 특히 저녁때 뒷동산에 매어둔 흑염소 두 마리를 몰고 집으로 돌아가는 장면은 언제 떠올려도 압권이다.

오늘 낮에 만났던 정혁오빠의 얼굴에서 미숙은 과거의 모습을 발견할 수 있었다. 항상 노력하는 그 자세가 오늘따라 미숙에게 화살이 되어 가슴 깊숙이 박혔다. 결혼 후 세상과 완전히 담을 쌓고 살았던 자신의 나태함이 스스로의 인생에 직무유기 같아 창피했다. 미숙은 집에 모셔둔 부처님께 두 손을 공손히 모으고 눈을 감은 채, 다시 한 번 공부할 기회를 달라고 간절한 마음으로 기도를 하다 스르르 잠에 빠졌다.

티 없이 맑고 행복했던 어린 시절의 추억들이 오롯이 꿈으로 펼쳐졌다. 타임머신을 타고 돌아온 고향의 다람쥐와 까치가 신령스러운 월하노인[168]을 만나자, 한 마리는 가냘픈 여자로 변하고 다른 한 마리는 멋진 수컷 노랑나비로 바뀌었다. 가냘픈 여자로 변한 다람쥐가 멋진 수컷 노랑나비에 반해 목청껏 시를 읊조리기 시작했다. 「인드라망[169]」이다.

노랑나비 제멋에 흥겨워 앉는 듯 나는 듯 승무(僧舞) 펼치면,
사슴·노루·여우·너구리·살쾡이 박자 맞춰 힘차게 다리 흔들고.
노랑나비 빚쟁이 독촉에 혼비백산해 아무데나 들썩 주저앉으면,
귀뚜라미·베짱이·매미·여치·종달새 귀청 따갑도록 연주를 한다.
노랑나비 바다로 가고 인드라망 밤하늘 별똥 토하면,
홍어·오징어·성게·대구·연어·고등어·돌고래 안테나 세우고.
노랑나비 번개·천둥·비바람 만나 머리 땅에 박고 부처님 외치면,
청개구리·황소개구리·비단개구리·맹꽁이·두꺼비 가슴앓이 시작

<hr />

168) 月下老人. 중국 고대전설에서 혼인을 관장하는 신(神)으로서 '월노(月老)'라고도 부른다. 전설에 따르면 당(唐)나라 위고(韋固)라는 사람에게 월하노인이 붉은 실로 결혼할 대상을 가리켜주었는데, 상주자사(相州刺史) 왕태(王泰)의 딸과 결혼하게 되었다고 한다.
169) Indra's net. 우주만물(宇宙萬物)은 모두 한 몸, 한 생명이라는 불교철학.

한다.

노랑나비 빙설 생각에 썰매타고 오로라 신비나라 남극·북극 도착하면,
도요새·고니·따오기·파랑새·쇠백로, 왜가리 고드름 따다 밥을 짓고.
노랑나비 공자·맹자·플라톤·칸트 외치다 지옥문 열리면,
사마귀·거미·메뚜기·사슴벌레·딱정벌레·풍뎅이 크게 하품을 한다.
노랑나비 야구장·축구장·농구장·배구장 신나는 경기 관람하면,
카멜레온·이구아나·도마뱀·구렁이·코브라 배알 뒤집히고.
노랑나비 회사·은행·세무서·법원·시청·재래시장 둘러보면,
호랑이·사자·고릴라·코끼리·하마·악어 흥분해 몹시 날뛴다.
노랑나비 양로원·영아원·고아원·보육원 해맑은 천사 만나면,
나팔꽃·금낭화·노루발·수정난풀·해란초·해바라기 임 생각에 목
이 메고.
노랑나비 환웅·단군·광개토대왕·세종대왕·박정희 반갑게 인사를
올리면, 소금쟁이·물방개·쉬리·가시고기·송사리 새로운 꿈 무럭무
럭 키운다.
노랑나비 백두산·한라산·압록강·낙동강·위화도·독도에 가면,
아시아·유럽·아메리카·아프리카·아랍·오세아니아 평화 깃들고.
노랑나비 북극성·십자성·은하·성운·성단·블랙홀 만나면,
생물·무생물·액체·고체·기체·분자·원자·전자 모두 고향을 간다.

단꿈을 꾸고 있는데, 요란하게 전화기가 울렸다. 엉겁결에 눈을
뜨고 주위를 둘러보니, 집에 모셔둔 부처님 앞이다.
어린 시절 뒷동산에 올라 귀뚜라미, 잠자리, 개구리, 다람쥐, 하늘
소, 뻐꾸기, 꿩, 비둘기, 고라니, 노루, 개나리, 진달래 등 모든 동식물

들과 한 몸이 되어 놀던 광경이 눈앞에 파노라마처럼 펼쳐지다가 갑자기 멀어져갔다.

"여보세요?"

"저, 대봉이 친구 성재인데요. 대봉이 좀 바꿔주세요."

"대봉이 농구하러 나가서 아직 안 왔는데……."

전화를 끊고 미숙은 저녁을 들기 시작했다. 미역국이며 된장찌개가 너무 식어 하는 수 없이 부엌으로 내려갔다. 찬 음식을 싫어하는 식성이라 따뜻하게 덥혀 돌아왔지만, 밥맛은 소태[170] 씹는 기분이었다. 먹던 밥상을 시집올 때 친정어머니가 만들어준 식탁보로 살짝 덮어놓고, 손전등 하나만 들고 무작정 밖으로 나왔다. 그믐밤이라 별빛이 초롱초롱 빛났다. 어두운 골목길의 낡은 가로등 하나가, 하늘에 떠 있는 친구들에게 슬픈 눈물로 호소하며 외로움을 달래는 듯 산발(散髮)한 채 머리를 떨구고 오늘도 그 자리를 묵묵히 지키고 있었다. 처량한 신세 나와 별반 다르지 않구나! 도로마저 텅 빈 운동장처럼 스산한 바람만 무정하게 불어대고, 갑자기 폐가에서 툭 튀어나온 도둑고양이 두 마리가 깨소금이 쏟아지는지…… 야옹! 하고 적막을 깨웠다. 턱을 괴고 꾸벅꾸벅 졸고 있던 포장마차아줌마는 쥐새끼는 안 잡고 연애질만한다고 애꿎은 고양이만 나무랐다.

"손님이 하나도 없네요. 이래서 먹고 살겠습니까?"

"그래 말입니다. 갈수록 살기가 참 팍팍하네요. 우리 같은 사람은 언제쯤 형편이 좀 풀릴지……."

포장마차 아줌마가 긴 한숨을 내쉬었다.

---

170) 아주 짠 음식을 가리키는 경상도 말.

"아주머니 어묵 두 개만 주세요."

몸에 한기가 드는지 으스스해 김이 모락모락 나는 어묵국물을 얼른 입에 대고 후우! 후우! 두어 번 불어 목으로 넘겼다.

"아! 따뜻해……."

어묵의 온기가 온몸에 퍼지자 한기가 씻은 듯이 사라지면서 생기가 되살아났다.

"아주머니께서는 여기서 장사한 지 얼마나 되셨어요?"

"오 년 조금 넘었지요."

"애들은요?"

"아들 하나 딸 둘인데 큰애는 대학휴학 후 군대에 갔고, 딸 둘은 아직 고등학생입니다."

"아저씨는요?"

"우리 집 양반은 뺑소니를 당해 침상에 누워 있는지 오래됐어요."

"그럼 생활은요? 애들 교육은요?"

"애들은 낮에 아르바이트를 하고 야간학교에 다녀요. 가진 것도, 배운 것도, 도와줄 일가친척도 없어 호구지책으로 포장마차를 시작했지요. 처음 포장마차를 할 때는 매일매일이 전쟁터였어요. 살림만 하다가 하루아침에 길거리로 나섰으니 뭘들 제대로 하겠어요? 숙맥171)에 숫기조차 없어 한동안 허탕만 쳤습니다. 애들은 부끄럽다고 매일 울면서 밥도 먹지 않았죠. 그런 와중에 동네건달들은 수시로 들락거리며 '보호비 명목'으로 텃세를 요구하며 으름장을 놓는데

---

171) 콩과 보리를 아울러 이르는 말로서 사리 분별을 못하고 세상 물정을 잘 모르는 사람을 가리킨다. '숙맥불변(菽麥不辨)'에서 나온 말이다.

죽을 맞이었어요. 장사가 되지 않아 텃세를 주지 못하는 날에는 포장마차를 뒤엎기도 하고, 손님들에게 겁을 줘 내쫓기가 일쑤였죠."

"무섭지 않으셨어요? 저 같으면 엄두도 못 낼 일이네요."

"그럼 어떻게 합니까? 어린애들은 쫄쫄이 굶지, 세금고지서는 또박또박 날아오지 그렇다고 산 입에 거미줄 칠 수는 없는 노릇이니, 이 악물고 맞설 수밖에요. 하루는 건달들과 보호비 문제로 대판 싸움이 벌어졌지 뭡니까? 건달들이 포장마차를 툭툭 차고, 포장마차 천막을 칼로 찍찍 긋는데 순간적으로 팽, 돌아버리더라구요. 죽여라, 이 개새끼들아! 피 토하듯 악을 쓰면서 국그릇, 밥그릇, 국자, 접시, 숟가락, 도마, 칼, 가위 닥치는 대로 건달들에게 마구 던졌습니다. 우당탕탕, 우당탕! 순식간에 포장마차가 아수라장172)으로 변했지요. 피해라, 피해! 아이고, 아야! 하는 비명소리가 들리고 건달들의 얼굴에서 피가 철철 넘쳐나자, 건달들이 눈에 쌍심지를 켠 채 집단으로 달려들어 저를 두들겨 패기 시작했습니다. 얼마나 맞았는지 완전히 초죽음이 됐어요. 싸움이 벌어지자 누군가 파출소에 신고를 했나 봐요. 경찰관이 달려와 아주머니! 아주머니! 하고 흔들며 저를 깨웠지요. 어디가 얼마나 다쳤는지도 모른 채, 퉁퉁 부은 얼굴에 실눈을 살짝 뜨고 껄렁패들이 있는지 없는지부터 살폈는데 다행히 껄렁패들의 모습은 온데간데없고, 지나가던 사람들만 웅성댔습니다. 세상에······! 누가 사람을 이 꼴로 만들었지? 썩을 놈들! 모두 잡아 삼청교육대173)라도 보내든지, 아니면 식인종이 사는 섬에라

172) 阿修羅場. 끔찍하게 흐트러진 현장(現場). 법을 떨어 야단이 난 곳.
173) 三淸敎育隊. 1980년 5월 17일 비상계엄이 발령된 직후, 국가보위비상대책위원회가 사회정화정책의 일환으로 군부대 내에 설치한 기관이며, 제5공화국 전두환

도 보내야 완전히 근절될까? 모두들 한마디씩 보탰습니다. 그때,
용을 써서 일어나려고해도 뻣뻣한 송장처럼 마음대로 움직이지
않데요. 내가 왜 이러지? 어디가 부러졌나? 저도 모르게 입에서
끙끙거리는 신음소리가 나더라구요. 그때서야 정신이 들었는지
온몸이 쑤셔오기 시작했어요. 먼데서 들려오는 앰뷸런스의 윙윙하
는 소리에 겁부터 났어요. 병원치료비, 생활비를 생각하자 더 이상
땅바닥에 누워 있을 수 없어 죽을힘을 다해 일어났죠. 겨우겨우
일어나 앉자, 구경꾼들이 아줌마 괜찮아요? 말은 할 수 있습니까?
묻더라구요. 다 죽어가는 소리로, 간신히 예, 하고 대답했을 때,
구급차가 급하게 지나갔어요. 마음속으로 휴우하고 안도의 한숨을
내쉬었죠. 나한테 오는 게 아니고 다른 곳으로 갔으니 다행이잖아요?
구경꾼들이 하나둘 흩어지고 난 뒤, 포장마차를 대충 정리하고
집으로 돌아갔어요. 바깥양반이 인기척을 들었는지 소리를 지르데
요. 밖에 누가 왔소? 하고요. 손님이 없어 일찍 들어왔다고 했죠.
마침 애들도 잠에서 깨 방문을 열고 나왔죠. 엄마 왔네. 반갑게
인사하더니 내 걸음걸이가 이상했는지 엄마 어디 다쳤나, 묻는데
어찌나 서러운지 눈물범벅이 되도록 엉엉 울었어요. 그래서 아닌
밤중에 홍두깨로 온 집안이 초상집으로 변해 껴안고 펑펑 울었지요.”
　“아주머니 정말 대단하십니다. 존경스러워요. 절에 가서 배운
건데, 인생은 팔고(八苦)의 연속이라고 하더니 그 말이 딱 맞네요.”
　“팔고가 뭐죠? 저는 무식해서 도대체 무슨 말인지……?"
　“저도 잘은 모르지만, 중생이 살아가면서 겪는 여덟 가지 괴로움이

정권초기 대표적인 인권침해사례로 꼽힌다.

라고 들었습니다."

미숙은 백 프로 공감하면서 외워두었던 팔고(八苦)를 포장마차 아주머니께 들려주었다. 첫째, 태어나는 고통-생(生) 둘째, 늙어가는 고통-노(老) 셋째, 질병으로 겪는 고통-병(病) 넷째, 죽어야하는 고통-사(死) 다섯째, 사랑하는 사람과 헤어져야하는 고통-애별리고(愛別離苦) 여섯째, 원망하거나 미워하는 사람과 만나야 하는 고통-원증회고(怨憎會苦) 일곱째, 구하여도 얻지 못하는 고통-구불득고(求不得苦) 여덟째, 오온(五蘊), 즉 나를 구성하고 있는 「육체·물질인 색(色), 지각·느낌인 수(受), 표상·생각인 상(想), 욕구·의지인 행(行), 마음·의식인 식(識)」의 다섯 가지 요소가 불같이 일어나 생기는 고통-오온성고(五蘊盛苦)를 불교에서는 8고(苦)라고 했다.

"사모님께서는 아시는 것도 많으시네요?"

"별말씀을 다 하시네요. 서당 개 삼 년이라고 절에 자주 가다보니 얻어 들은 거지요. 아주머니도 시간이 나면, 불교방송을 듣거나 아니면 가까운 사찰에라도 한번 가보세요? 그럼 마음이 한결 편해질 겁니다."

"우리 같은 사람한테 어디 시간이 납니까? 하루하루 입에 풀칠하기도 바쁜데……."

"열심히 사는 것도 좋지만, 한 번씩 쉬어야 몸이 지탱할 게 아닙니까? 없을수록 몸이 재산인데……."

"옳은 말씀이에요. 요즘은 나이가 먹어 그런지 몸이 찌뿌듯하고, 손발 마디마디가 끊어질 듯 아파 눈물이 찔끔찔끔 나와요. 수명을 다한 고물자동차처럼 앉기만 하면 졸고, 등만 대면 곯아떨어져 바로 산송장이 됩니다. 저는 그렇다 치고 사모님은 무슨 걱정거리가 있어 한밤중에 이리 나오셨나요?"

"오늘따라 잠도 오지 않고, 동네가 재개발된다고 해서 한 번 나와 봤어요. 아주머니께서도 알고 계시겠지요?"

"네. 저도 듣기는 들었어요. 가끔, 부동산브로커들이 놀러 와서 재개발문제로 고성이 오가고 심하게 다투기도 합니다. 자기들끼리 구역을 정해 지주작업을 한다나 뭐라나……? 계획했던 일들이 잘 풀리지 않는가 봐요. 정상적으로 아파트재개발을 하려면, 몇 년은 더 걸릴 것이라고 핏대를 세우데요. 하여튼 요지경 세상이에요. 개발계획도 확정되지 않았다던데, 보상금 때문에 가족들 간의 신경 전도 볼 만하다니까요. 막장 드라마가 따로 없어요. 역시 돈이 좋기는 좋은가 봐요? 나 같은 사람도 사는데, 부자들이 더 난리니 말이에요. 사모님 집은 어디쯤 되시나요?"

"동네 안쪽이에요. 땅도 작고 위치도 나빠 보상금을 얼마나 받을는지……. 쥐꼬리만 한 보상금으로 작은 아파트 하나 사고 빚을 가리면 남는 게 없지 싶네요."

"식구는 많나요?"

"시어머님과 아이 둘이에요."

"아저씨는요?"

"몇 년 전에 폐암으로 그만."

"아이고, 저런!"

"그럼 생활은 어떻게 하시나요?"

"저 역시 심신이 지쳐 사는 게 말이 아니에요. 도와주는 사람도 없고, 제가 미용실을 해서 버는 돈과 죽은 남편 연금으로 근근이 살아가고 있어요."

"나만 불행한 줄 알았는데 집집마다 사연이 참 많네요."

"아주머니는 몇 시까지 장사를 하시나요?"

"대중없어요. 손님이 많은 날은 밤새도록 하고, 몸이 아프거나 비바람이 강하게 불면 좀 일찍 끝내요."

"쉬는 날은 없습니까?"

"일 년에 몇 번 못 놀아요. 아들이 도와줄 때는 가끔 쉬었지만, 군에 간 뒤로는 거의 매일 나와요. 어쨌든 한 푼이라도 벌려면 그 수밖에 방법이 없으니까요."

"강철체력이신가 봐요?"

"우리 같은 사람 어디 아플 새가 있나요. 애들 아빠 약값이야! 애들 학비야! 매달 날아오는 공과금이야! 저승사자가 따로 없죠. 눈뜰 힘만 있으면 벌어야지 그렇지 않고는 생활이 불가능하잖아요."

얼마나 수다를 떨었는지 미명(未明)이 서서히 걷히기 시작했다.

"아이고, 벌써 아침이 다 되었네. 얼른 집에 가서 아침준비를 해야겠네요."

"예, 손님! 잠 안 올 때 또 놀러오세요."

포장마차를 나온 미숙은 서둘러 집으로 갔다. 집에 도착해 전기밥솥에 쌀을 안치고, 가스렌지에 된장찌개와 미역국을 올려놓고 마당을 쓸기 시작했다. 어제 만났던 정혁 오빠의 말이 귀전에 맴돌았다. 애들 유학을 보내주려면 어느 정도의 돈이 필요할까? 이런저런 생각에 머리가 복잡했다.

심장에 구멍이 났는지 콸콸! 콸콸! 쿵쾅! 쿵쾅! 점점 소리는 커져가고, 목구멍은 염산을 쏟아 부은 듯이 바짝바짝 타들어 갔다. 된장찌개와 미역국이 넘쳐흘러 부엌을 아수라장으로 만들고, 냄새가 천지를 진동해도 낌새조차 채지 못하고, 오직 애들 유학문제에만 매몰돼 있었다.

"엄마! 다 탄다. 이게 무슨 냄새고? 집에 불나겠다!"

큰애가 후다닥 부엌으로 달려갔다. 그때서야 아차! 하고 부엌으로 뛰어가니 매캐한 냄새와 자욱한 연기로 눈은 따갑고, 목은 턱턱 막혀 숨쉬기조차 어려웠다. 한치 앞도 분간이 되지 않았다. 된장뚝배기와 미역국냄비는 이미 새까맣게 타버렸다. 잠시 잠깐 헛생각으로 하마터면 집을 홀랑 태워먹고 길바닥에 나앉을 뻔했다. 십년감수할 정도로 등골이 오싹하고, 얼굴엔 식은땀이 쭉 흘러내렸다. 이만한 게 얼마나 다행인지 몰랐다. 후우! 심호흡을 하고, 두 손을 모아 부처님께 고맙습니다 고맙습니다, 연신 허리를 굽혔다. 작은 방에 주무시던 시어머니도 뒤늦게 뛰쳐나왔다.

"아이고, 냄새야! 젊은 사람이 정신을 어디 두고 아침부터 이 난리법석이고?"

시어머니의 둔탁한 목소리가 미숙의 목덜미 아래로 툭 떨어졌다. 시어머니는 쯧쯧 혀를 차면서 다시 방으로 들어갔다.

조금 전 내가 왜 그리 불안했지? 일이 틀어지려고 그러나? 비 맞은 중마냥 혼자 중얼거렸다. 부엌을 치우고 가스레인지를 닦고 한동안 부산스러웠다.

아침식사를 끝내고 잠시 눈을 붙인다는 게 깨어나자 오후 두 시가 지났다. 미용실에 전화를 걸어 집안에 급한 일이 생겨 출근할 수 없었음을 알리고 겸연쩍게 전화를 끊었다.

오늘도 전화기는 먹통이다. 돈 빌려간 용칠 엄마 전화를 기다리는 미숙은 속이 탔다. 머리는 지끈지끈, 몸은 천근만근이었다. 잡념을 없애기 위해 머리를 좌우로 흔들기도 하고, 두 손으로 힘껏 관자놀이를 꼭 눌러도 보았다. 이것은 미숙이 나름의 건강비법인 셈이었다. 정신이 번쩍 들면서 몸이 한결 가뿐해졌다. 미뤄뒀던 빨랫감을 주섬주섬 챙겨 세탁기에 넣어 돌리고, 부엌이며 마루며 닥치는 대로 청소를 하기 시작했다. 평소보다 힘이 더 들어갔을 뿐 아니라 심리적 압박이 심해질수록 일하는 속도가 빨라졌다.

저녁때가 다 되어도 전화통은 울리지 않고, 죽어가는 감나무 위에 짝 잃은 까마귀 한마리만 까악, 까악! 슬프게 울어댔다. 어쩜 미숙 자신의 신세와 그리 닮았는지 눈가에 눈물이 핑 돌았다.

어릴 때는 남부럽지 않게 살면서 비 온 뒤 맑게 갠 파란 하늘처럼 끝없는 행복감에 시간 가는 줄 몰랐는데, 어느덧 마흔 중반이고 온갖 회한이 먹구름이 되어 하늘이 보이지 않는다.

초·중학교 시절에는 학급반장을 도맡아 할 정도로 똑똑했다. 여자가 많이 배워서 뭐하나 일찍 시집가는 게 제일이지, 아버지의 말 한마디에 미숙은 몇 날 며칠 밥도 먹지 않고, 잠도 자지 않고 눈물로 지새웠다. 한 발 양보한 아버지가, 여자상업고등학교에 가는 조건으로 진학을 허락한다며 흰 두루마기 자락을 한 손으로 끌어올리며 휑하니 방을 나가셨다. 그 말씀이 얼마나 좋았던지 비명이 밖으로 새어 나갈까봐, 이불을 폭 뒤집어쓰고 한참동안 혼자 발광을 해댔다. 비록 인문계고등학교로의 진학은 좌절되었지만, 여상에라도 들어간 게 다행이었다. 미숙은 영어, 국어, 수학뿐 아니라 부기, 주산도 열심히 배웠다. 성적은 학교에서 늘 선두였다. 2학년 1학기에 이르러서는 주산6단과 부기1급도 땄다. 이때부터 학교대표로 발탁되어 전경련(全經聯)·상공회의소(商工會議所)·무역협회(貿易協會) 등 전국경시대회를 완전히 휩쓸고 다녔다.

2학년 2학기 말이 되자, 은행·기업·관청으로부터 취업의뢰가 쇄도했다. 미숙의 경우, 골라서 갈수 있다고 담임선생님이 살짝 알려줬다. 집에 돌아와 아버지께 진로상담을 드리니 막내딸을 멀리 보내는 게 못내 마음이 쓰였는지 시청 쪽으로 가는 게 좋겠다고 했다. 미숙은 선택의 여지도 없이 아버지 뜻에 따라 집 가까운 대구시청으로 진로를 정했다. 잔뜩 긴장을 하고 대구시청에 첫 출근을 하자, 발령은 이미 회계과로 나 있었다. 총무과 직원의 안내로 회계과로 가니 과장님, 계장님, 그 외 직원들 모두 막내가 들어왔다고 난리였다. 집에서도 직장에서도 막내라 귀여움을 독차지했다.

이렇게 어설픈 직장생활은 조금씩 자리를 잡아갔지만, 대학진학의 꿈은 결코 포기할 수가 없었다. 그래서 낮에는 시청에 다니고 밤에는 공부를 하기로 마음먹고, 부모님 몰래 반월당(半月堂) 근처 진학학원에 등록을 하고 꿈을 키워나갔다. 여상을 졸업하던 해에 바로 야간대학에 합격을 하고, 기쁜 마음으로 집에 가서 부모님에게 그 동안의 자초지종(自初至終)을 말씀을 드리자, 아버지는 버럭 역정부터 내셨다.

"여자가 좋은 짝 만나 결혼해, 애 낳고 잘살면 그만이지. 대학은 무슨 대학이야! 내일부터 직장도 그만두고 당장 시집이나 가거라. 대학가는 것은 절대로 허락하지 못하니 그래 알고!"

지엄한 아버지 말씀에 토도 한마디 달지 못한 미숙은 눈물만 한없이 흘렸다. 이날 이후 대학진학은 완전히 포기하고, 별다른 꿈도 갖지 못한 채, 시계불알처럼 대구시청만 왔다 갔다 했다. 그리고 얼마 있지 않아 세무서에 다니는 남편을 만나 결혼해, 전업주부로 쭉 살다보니 옳은 친구도 하나 없고, 세상물정도 깜깜하게 되었다.

남편과 애들 뒷바라지한다는 핑계로 자기계발 노력은 전혀 하지 않았다. 그러다 남편이 폐병으로 갑자기 세상을 떠나고 없자, 점점 가장의 무게가 어깨를 짓눌렀다. 가진 것이라곤 콧구멍만 한 집 한 채에 쥐꼬리만 한 연금이 전부이니 앞으로 어린애들과 어떻게 살아가야 할지 갈피를 잡을 수가 없었다. 무미건조한 생활의 연속은 심신을 더욱 시들게 했다.

한편 정혁은 미숙과 헤어진 후 모친이 입원 중인 경북대학교병원으로 곧장 돌아갔다. 병상 주위에 있던 물건들을 대충 정리하고, 담당주치의인 교수를 찾아갔다. 정혁이 연구실 안으로 들어가자, 담당교수는 웃으면서 반갑게 정혁을 맞이했다.

"안 그래도 한 번 만났으면 했는데 잘 되었네요. 오 선생님! 이쪽으로 앉으시죠."

정혁과 주치의는 커피를 마시면서 이야기를 나눴다.

"낮에 회진하면서 모친의 병세를 살펴봤는데, 상태가 상당히 호전돼 하루 이틀 지켜본 뒤 퇴원을 결정해도 될 것 같습니다."

"고맙습니다. 교수님께서 고생이 많으셨습니다."

정혁이 진심을 다해 머리를 조아리자 교수가 손사래를 치며 말했다.

"저야 이게 직업인데 당연히 환자에게 최선을 다 해야죠. 그건 그렇고 한 가지 여쭤봤으면 해서 오 선생님을 기다리고 있었습니다. 낮에 몇 번 회진하러 병상에 가봐도 자리에 없으시길래 동생분께 여쭤보니 중국 손님이 와서 밖으로 나가셨다는 말씀을 들었습니다."

"그럼 저한테 바로 연락을 주시지 않고요?"

"그게 사실 그렇게 급한 일도 아니고 더구나 사적인 일이라서요. 다름이 아니라 저희 집 둘째가 중국으로 유학을 가려고해서 몇 가지 여쭤보려고요. 듣기로는 오 선생님께서 지금 북경에서 박사과정을 공부하고 계신다는 말씀을 듣고 깜짝 놀랐습니다. 젊은 사람도 아닌데 집념이 정말 대단하신가봅니다."

"아닙니다. 우연히 공부할 기회가 생겨 시작한 것뿐입니다."

"오 선생님! 언제 시간 나시면 제 둘째아이 진로상담을 한번 해주실 수 있겠는지요?"

"제가 알고 있는 지식이 필요하다면 당연히 도와드려야죠."

애기는 일사천리로 진행됐다. 정혁이 당분간 특별한 스케줄이 없는 터라 다음날 저녁에 만나기로 했다.

"그런데 자제 분은 중국어를 배운 적이 있습니까?"

"학교에서 제2외국어로 중국어를 배우고 있습니다."

"그래도 북경에서 어학연수를 마치고 대학에 진학하는 게 훨씬 공부하기가 편할 겁니다."

그때, 정혁을 만나기 위해 손님이 찾아왔다고 막내 여동생으로부터 연락이 왔다. 정혁이 모친 병상으로 돌아오니 생각지도 못한 손님이 와 있었다. 정혁이 한국에 있을 때 신세를 여러 번 졌던 '태평양감정평가법인'에서 부동산감정업무를 총괄하는 남유진 대표였다.

"남형! 여기는 또 어떻게 알고 오셨지요? 남형 레이더 무섭습니다."

"오늘 낮에 부산갈매기174)를 만났더니 오형이 모친 병환으로 한국에 나와 있다는 소식을 듣고 실례를 무릅쓰고 찾아왔습니다."

정혁이 일층 매점으로 가서 음료수라도 한 모금 하자고 하자 남유진이 손을 끌었다.

"오형! 시간 괜찮으면 저녁이나 먹으로 갑시다."

"어디 멀리 갈 겁니까?"

"아닙니다. 동인로타리 근방 갈비찜전문식당을 알고 있는데, 오형 생각은 어떻습니까?"

"좋습니다. 그리로 갑시다."

정혁과 남유진 대표는 동인로타리 근방 갈비찜전문식당으로 건너갔다. 식당에 도착하자 남유진 대표는 갈비찜 3인분과 막걸리 두 병을 시켰다. 갈비찜에 막걸리를 마시던 중, 남유진 대표가 비즈니스 보따리를 풀어놓기 시작했다.

"오형! 조만간에 제가 '종합엔지니어링회사'를 하나 차려 중국으로 진출하려고 합니다. 중국에 가시거든 이 분야에 대한 자료와

---

174) 정혁의 친구 가운데 선장(船長)으로 근무하고 있는 고향친구에 대한 별칭(別稱).

인맥을 좀 알아봐줄 수 있겠습니까?

"남형의 부탁이라면 불구덩이라도 들어가야겠지요. 중국에 들어가면 자세히 알아보고 칠월 말경 한국에 올 때 상세히 알려드리도록 하겠습니다."

이렇게 상담을 마치고 병원에 돌아온 정혁은 늘 그렇듯 막내 여동생을 집으로 돌려보내고 모친병상 옆에서 잠을 청했다.

한국에 잠시 오면 굳이 사람을 만나려 찾지 않아도 제 발로 찾아오는 사람들로 인해 하루해가 바빴다. 그만큼 정혁이 공부하는 중국이 인기 있다는 반증이다. 기우는 미국을 포기한 대신 뒤늦게나마, 떠오르는 중국으로 유학을 온 게 천운이지 싶다. 예전엔 뜻대로 살 수 없는 환경이 억울하고 속상해 한이 맺혔는데 이젠 아니다. 억울한 대가로 더 큰 보상을 받지 않는가?

아침이 되자 담당교수가 일찍부터 회진을 돌았다. 주치의가 정혁 모친의 병세를 확인하고는 오늘 퇴원해도 되겠다는 최종결정을 내렸다. 정혁은 병원비를 정산하고 돌아와, 그동안 모친 병상 주위에서 만났던 분들에게 감사의 인사를 나눈 뒤, 모친을 모시고 집으로 향했다. 집으로 돌아온 정혁은 내일이라도 출국할 수 있도록 중국 갈 준비를 꼼꼼히 챙기기 시작했다. 정혁은 모친의 병세가 생각보다 빨리 회복됨에 따라 더 이상 국내에 머물 필요가 없었던 것이다.

정혁은 여행사에 연락해 다음날 오전 북경으로 출발하는 '아시아 나항공'으로 예약을 마쳤다. 그동안 신세진 분들에게 고맙다는 인사를 일일이 하고, 모친의 주치의 둘째아들에게도 중국유학에 대한 상세한 정보를 알려주었다. 이제 홀가분하게 떠나는 일만 남았다.

12. 오추마(烏騅馬)

    북경에 도착한 정혁은 비어 있던 집안청소부터 시작했다. 아무도 없는 빈 공간에 먼지가 쌓인 게 신기했다. 사람만 움직이는 게 아니었다. 눈에 보이지 않는 공기도 움직이고 미세한 먼지도 끊임없이 움직였다.

    집안청소를 대충 끝내자 허기가 몰려왔다. 정혁은 단골식당 하나 싼(汉拏山, 한라산)175)으로 건너갔다. 오랜만에 한나싼에 들어서자 식당주인인 장 사장이 일어나 반갑게 인사를 했다.

    "오 선생님! 그동안 어디 다녀오셨습니까? 식사하러 오시지 않아 무슨 일이 생겼나 걱정 많이 했습니다."

    "모친 병환으로 한국에 갔다가 오늘 돌아왔습니다."

---

175) 한나싼그룹의 발상지로 1994년 북경시 해전구 중앙민족대학 인근에서 작은 조선족식당으로 시작하여 현재, 중국관광요식업계에 주목받는 대기업으로 성장한 기업이름이다. 필자가 중국유학 동안 많은 신세를 진 '단골식당'이다.

"그런 일이 있었군요? 아무튼 모친이 좋아지셨다니 다행입니다."

단골식당을 굳이 찾는 건 꼭 배를 채우기보다 신경 써주고 염려해주는 마음을 먹기 위해 오는지도 모른다. 한나싼에서 저녁을 해결하고 숙소로 돌아온 정혁은 그동안 편리를 봐준 지도교수에게 전화를 걸어 돌아왔다는 신고를 했다. 지도교수와 통화를 마친 정혁은 미뤄놓았던 논문을 작성하기 시작했다. 이제 비로소 학생의 본분으로 돌아온 것이다. 때때로 정혁은 평생 학생으로만 살면 얼마나 좋을까 생각했다. 뭔가에 열중해 탐구하는 과정이 정혁은 즐거웠다. 옛날 선비들은 집안에 끼니가 간 데 없어도 글만 읽었다. 그 시절 선비들이 부러운 정혁이었다. 논문에 쫓기며 바쁘게 지내다 보니 한 주가 후딱 지나갔다.

수요일 아침, 전화기가 자지러지게 울었다. 수화기 너머로 익숙한 목소리가 전해졌다.

"여보세요? 정혁 오빠 맞아요? 저 김미숙이에요."

"북경에는 언제 돌아갔어요?"

"벌써 일주일이 다 되었어."

"오빠! 그럼 이번 주에 시간 좀 내주실 수 있어요?"

"기어코 북경에 올 모양인가 보네."

"오빠만 괜찮으시면 내일 아침 비행기로 가려고요."

미숙은 진작 비행기 표를 예약해 두었다고 했다.

"그럼 내일 북경수도공항으로 마중을 나갈 테니까 거기서 만나자."

미숙과 통화를 마친 정혁은 손쉬운 라면으로 아침을 때우고 책을 펼쳤다. 그런데 짱위에홍이 전화도 없이 방문했다.

"샤오짱! 내가 돌아왔는지 어떻게 알고 왔지?"

"왜요? 따꺼는 제가 찾아온 게 반갑지 않나 봐요?"

"무슨 소리? 당연히 반갑지. 하여튼 샤오짱의 예지력 정말 대단한
데? 내가 돌아오지 않았으면 어쩌려고……."

"다 아는 수가 있답니다."

"황 교수님한테 들었구나?"

"따꺼. 저 서운해요. 북경에 도착했으면 저한테 먼저 연락하시지
않고……."

"샤오짱은 회사업무가 바쁘잖아?"

"생각해주는 척하지 마세요. 아무리 바빠도 치엔뻬이(前輩, 선배
님) 마중 나갈 시간 없을까 봐요? 그건 그렇고, 따꺼! 바람이나
쐬러 나가실까요?"

"어디로 갈 건데?"

"뻬이찡쉐라톤창청호텔(北京喜来登长城饭店)에서 '중국경제의
문제점과 대책'이라는 국제심포지엄176)이 열릴 예정인데, 치엔뻬
이의 관심사일 것 같아 모시러 왔죠."

"그렇게 중요한 정보가 있으면 미리 전화를 주던가 하지 않고……."

"혹시 다른 약속이라도 있어요?"

샤오짱의 얼굴빛이 변했다.

"아니야. 국제심포지엄은 몇 시부터 시작하는데?"

---

176) 특정한 문제에 대하여 두 사람 이상의 전문가가 서로 다른 각도에서 의견을
발표하고 참석자의 질문에 답하는 형식의 토론회.

"오후 두 시부터 시작해요."

"그럼 점심은 어디서 먹지?"

"호텔식당에서 해결하면 되지요."

정혁은 짱위에홍의 자동차를 타고 뻬이찡쉐라톤창청호텔로 가서 점심을 먹고 국제회의가 열리는 곳으로 갔다. 회의장에는 많은 사람들이 이미 와 있었다. 중국내외의 주요 인사들과 샤오짱이 알고지내는 중국정부의 각 기관장들도 많았다.

이날 짱위에홍은 정혁을 중국정부의 각 기관장들에게 일일이 소개를 시켜줬다. 샤오짱이 아니면 만날 수 없는 인물들이 대부분이었다. 정혁이 그토록 만나고 싶어 하던 중국정부의 거물들이라 약간 흥분되었다.

알고 보니 이 자리는 짱위에홍이 오정혁이라는 한국 사람을 위해 마음먹고 준비한 자리이었다. 샤오짱의 북경대학 지도교수와 그의 동문들도 상당히 많았다. 정혁은 마음속으로 "내가 인복(人福)이 있기는 있는 모양이지." 하고 혼자 중얼거렸다.

국제심포지엄이 끝나고 만찬자리에서 세계 저명인사들과도 자연스럽게 교류의 장이 마련되었다. 특히 한국에서도 많은 전문가들이 참석했다. 국제심포지엄이 열리는 장소에서 만찬까지 모두 마치고 밖으로 나와도 저녁 여섯 시가 되지 않았다.

"따꺼! 오늘 심포지엄 어땠습니까?"

"정말 배울 게 많은 국제회의였어. 그리고 중국정부의 고위직뿐 아니라 세계 저명인사들과 교류할 수 있는 기회라 더욱 좋았지. 오늘 분위기를 보니 샤오짱이 나를 위해 특별히 마련한 자리였던

데…… 신경 써줘서 정말 고마워요, 예쁜 중국아가씨!"

"또 그러신다. 헤헤. 치엔뻬이! 시간도 많은데 우리 찡쮜(京劇, 경극)177) 보러 가면 어떨까요?"

"그거 좋지."

정혁과 쌰오짱은 경극전용극장인 '리위엔따씨위엔(梨园大戏院)'으로 갔다. 찡쮜는 중국에서 영향력이 크고 가장 대표성을 띤 희곡의 하나로 일명, 찡씨(京戏, 경희)라고도 불린다. 19세기 중기 휘극(徽剧)과 한극(汉剧)을 융합하고 진강(秦腔), 곤곡(昆曲), 방자(梆子), 익양강(弋阳腔) 등에서 예술적 장점을 흡수해 뻬이찡에서 형성되었다.

특히 찡쮜가 형성된 후 청(淸)나라의 궁궐 내에서 크게 번창했다. 서피(西皮)·이황(二黃)178) 두 가지의 곡조를 기초로 하여 피황희(皮黃戲)라고도 하며, 주로 호금(胡琴)179)·징(锣, 라)180)·북(鼓)을 사용해 반주하며 중국문화의 정수로 간주되고 있다.

찡쮜의 표현방법은 염주창타(念做唱打)의 네 가지 방법으로 나뉜다. 염(念)은 음악성을 지닌 대사(臺詞)로, 극중(劇中)의 대사는 경백(京白), 운백(韵白), 소백(苏白)으로 다시 구분된다. 경백은

---

177) 일명 '뻬이징 오페라(Beijing Opera)'로 불리는 중국의 대표가극. 특별한 무대장치 없이 소도구의 상징적 의미나 배우의 동작만으로 극을 전개하는 것이 특징이다.

178) 18세기에는 안휘극(安徽劇), 호북극(湖北劇), 광동극(廣東劇)이 상당한 인기를 누린데 이어, 중국 남서부지역 섬서성(陝西省)지방에서 유행하던 '서피(西皮)'와 광서성(廣西省) 익황(弋黃)지방에서 생겨난 '이황(二黃)'의 혼합체인 '피황(皮黃)'이 생겨났다.

179) 중국에서 비롯된 현악기의 한 종류로 호궁(胡弓)에 드는 현악기로서 호금이라는 악기가 생겨난 것은 원나라 때의 일이다.

180) 놋쇠로 만든 둥근 쟁반모양의 악기로 왼손에 들거나 틀에 매달아놓고 솜 망치로 된 채로 친다.

북경음(北京音), 운백(韵白)은 호광음(湖广音)·중주운(中州韵), 소백은 소남지구(苏南地区)의 방언(方言)을 사용한다. 주(做)는 동작(動作)과 표정연기(表情演技)를 말하며 창(唱)은 노래, 타(打)는 종합민간무술(綜合民間武術)을 무용(舞踊)으로 표현한 무술동작을 말한다.

　배우의 연출유형인 행당(行当)181)은 크게 생(生)·단(旦)·정(净)·축(丑)의 네 종류가 있으며, 생(生)은 남자를 지칭하며 연령이나 신분에 따라 노생(老生)·소생(小生)·무생(武生)으로 구분한다. 단(旦)은 여자를 지칭하며 늘 푸른 옷을 입고 연기하는 중년여인역의 정단(正旦), 노년의 여성연기자 노단(老旦), 활달한 젊은 여성연기자 화단(花旦), 무술이 뛰어난 여성연기자 무단(武旦) 및 화삼(花衫), 도마단(刀马旦), 채단(彩旦) 등이 있다. 정(净)은 호방한 남자연기자로 얼굴에 갖은 무늬를 그려 화검(花脸)이라고도 하며, 정정(正净)·부정(副净)·무정(武净)·모정(毛净)으로 구분하고 있다. 축(丑)은 어릿광대나 교활한 남자연기자를 지칭하며, 문축(文丑)·무축(武丑)·여축(女丑)으로 구분하고 있다.

　이외에도 고대희극 중에는 말각(末角)도 중요한 역할을 맡고 있다. 찡쮜는 극본·연기·음악·노래·소도구(小道具)·분장·의상 등의 예술적 요소를 다채롭게 결합한 총체적 예술인 동시에 서양의 공연예술과 달리 다양한 예술적 요소를 사실적이 아닌 상징적인 원리 아래 세련시켰다는 점에서 최고의 약속적 예술이라고 볼 수 있다. 이러한 희곡은 극도로 양식화되어 있고 지키고 따라야

---

181) 전통희곡에서 배우의 전문적인 연기유형을 일컫는 말이다.

할 요소가 많다. 우선 창(唱, 노래), 과(科, 연기), 백(白, 대사)의 삼위일체를 요구하면서 춤이 곁들여지는 것이 특징이다.

찡쮜는 중국의 전통적인 음악·노래·낭독·춤·서커스·무술 등을 교묘하게 융합시킨 것으로서 서양의 노래·춤·연극이 각각 분리되어 있는 것과는 완전히 다르다. 따라서 찡쮜는 중국 고유의 전통적인 종합무대예술이라고 할 수 있다.[182]

정혁과 쌰오쩡이 찡쮜를 보러 가니 마침 패왕별희(霸王別姬)라는 희극이 상연 중이었다. 패왕별희의 내용은 언제 되짚어 봐도 인상적이다. 사람에게 생로병사(生老病死)가 있듯 권력에도 생로병사가 있고, 사랑에도 생로병사가 있다. 하지만 패왕별희의 주인공은 사랑도 영원하고 영웅도 영원하다. 그들은 죽음으로써 영원을 얻었다. 대륙의 큰 나라 중국다운 스토리라 정혁은 일면 부럽기도 했다.

중국에서 가장 유명한 경극 '패왕별희'는 초패왕(楚霸王) 항우(項羽)와 우희(虞姬)의 애틋한 사랑과 이별을 노래한 중국의 대표적 고전경극이다. 항우는 중국여성들의 이상적인 남성상이고, 우희는 중국남성들의 이상적인 여성상을 나타낸다.

전쟁이 거의 끝나가고 항우의 패색이 짙어질 무렵 해하(垓下)에서 초나라의 항우와 한나라의 유방(劉邦)이 대치상황에 있을 때의 이야기이다. 사실은 대치상황이 아니라 초나라 진영이 한나라에 포위되어 있던 상황에 밤은 깊어가고 사방에서는 한나라 군사들이 부르는 초나라 노래 소리가 들려온다. 고향을 멀리 떠나 전쟁의 소용돌이 속에 휩쓸려 몸과 마음이 지칠 대로 지쳐 있던 초나라

---

182) 참고 : 국가급 중국문화유산총람, 주한중국대사관문화원.

군사들은 사기가 극도로 떨어진다. 여기에서 사면초가(四面楚歌)라는 고사성어(故事成語)가 유래되었다.

죽을 각오로 싸워도 이길 확률이 거의 없는 상황에서 항우는 애첩 우희의 안위가 더 걱정이었다. 이런 절박한 상황을 읊은 시(詩)가 바로 항우의 '해하가(垓下歌)'이다. '힘은 산을 뽑을 수 있고 기개는 세상을 덮을 수 있건만, 형편이 불리하니 오추마(烏騅馬)[183]조차 나아가질 않는구나. 오추마가 나아가질 않으니 내 어찌해야 하는가. 우희야, 우희야, 그대를 어찌하면 좋을꼬.' 오추마는 항우의 애마(愛馬)이다. 이 노래에 맞춰 춤을 추던 우희(虞姬)가 항우의 칼을 뽑아 스스로 목을 찔러 자결한다. 사랑하는 이의 마음을 편하게 해주려는 배려였던 것이다.

우희가 자결한 후, 패전을 거듭하며 쫓겨 다니다가 도저히 벗어날 수 없다는 판단을 한 항우는 부하병사에게 다음과 같이 말을 하였다고 한다.

"내가 군사를 일으킨 지 거의 팔 년이 되었고, 몸소 칠십여 차례의 전투를 벌였는데, 내가 맞선 적은 격파되고 내가 공격한 적은 굴복시켜 일찍이 패배를 몰랐으며 마침내는 천하의 패권을 차지하게 되었다. 그러나 지금 결국 이곳에서 곤궁한 지경에 이르렀으니 이는 하늘이 나를 망하게 하는 것이지, 결코 내가 싸움을 잘하지 못한 죄가 아니다. 하늘이 나를 망하게 하려는데, 내가 강을 건너 도망쳐 목숨을 부지한들 무슨 소용이 있겠는가? 유방이 나의 머리를 천금(千金)과 만호(萬戶)의 읍(邑)으로 사려고 한다하니 내 그대들에게

183) 검은 털과 흰 털이 섞여있는 초(楚)나라 항우(項羽가 탔었다는 준마(駿馬).

은혜를 베풀어주리라."

그리고는 스스로 목을 찔러 죽었다.

항우가 자신의 절박한 처지와 애첩 우희의 안전을 걱정하며 읊은 시인 '해하가(垓下歌)'의 전문을 외울 정도로 정혁은 패왕별희를 좋아했다.

力拔山兮氣蓋世(역발산혜기개세)
힘은 산을 뽑을 수 있고 기개는 세상을 덮을 수 있건만
時不利兮騅不逝(시불리혜추불서)
형편이 불리하니 오추마(烏騅馬)조차 나아가질 않는구나.
騅不逝兮可奈何(추불서혜가내하)
오추마가 나아가질 않으니 내 어찌해야 하는가.
虞兮虞兮奈若何(우혜우혜내약하)
우희(虞姬)야! 우희야! 그대를 어찌하면 좋을꼬.

항우와 우희의 애틋한 사랑과 이별을 노래한 패왕별희에 두 사람은 폭 빠져 있었다. 마지막 결전을 앞둔 초패왕의 심정을 나타낸 '해하가'를 연기자가 구슬프게 낭독하는 장면에서는 분위기가 최고조에 달했다. 이 광경을 보고 있던 관객들도 여기저기서 안타까움으로 탄성을 질렀다.

"따꺼! 오늘 찡쮜, 재미있었나요?"

"두말하면 잔소리지. 찡쮜를 여러 번 보았지만, 오늘 본 패왕별희이야말로 내가 본 것 중에 최고였어! 작품구성이 탄탄해 남녀의 애절한 사랑을 구구절절 느낄 수가 있었어.

"저도 패왕별희는 처음 봤는데 뭐랄까, 가슴 뛰는 아픔이 오래 가네요."

"다음에 또 와야 되겠네?"

"당연하죠."

정혁은 쌰오쌍의 자동차를 타고 숙소로 돌아오면서 내일 일정을 생각하고 있었다. 자동차 안에선 구슬픈 의미가 담긴 타이완(台湾, 대만)가수 떵리쮠(登丽君, 등려군)184)의 노래 '예라이샹(夜来香/밤에 향기를 풍기는 꽃)'이 흘러나오고 있었다. 패왕별희의 여운에 취한 두 사람은 정혁의 아파트에 도착할 때까지 말이 없었다.

"쌰오쌍! 오늘 수고 많았어."

"치엔뻬이! 또 연락드릴게요."

쌍위에홍은 할 일을 다 마친 듯 서둘러 차를 돌렸다. 정혁은 왠지 모를 미안함에 오래도록 멀어지는 차 뒤꽁무니를 쳐다보았다.

---

184) 1953년 타이완 출생으로 70~80년에 타이완은 물론 홍콩, 동남아, 한국, 일본뿐만 아니라 중국대륙까지도 널리 알려졌던 유명한 가수이다.

13. 연기(緣起)

　다음날 뻬이찡쇼우뚜국제공항(北京首都国际机场)에 도착한 정
혁은 블랙커피를 한 잔 시켜 먹으면서 김포국제공항을 출발한 아시
아나 비행기가 제때 도착하기만 기다렸다.

　정혁이 입국장에 가서 살피는데 미숙과 한지혜가 보여 얼른 이쪽
에서 손을 흔들었다. 공항이 워낙 복잡하다보니 정혁을 보지 못한
그녀들은 걱정스러운 얼굴로 두리번대며 정혁을 찾고 있었다.

　"미숙아! 여기야!"

　큰소리로 외치자, 그때서야 안도의 미소를 지으며 정혁이 있는
곳으로 다가왔다.

　"오느라고 고생이 많았지? 한지혜 씨도 반갑습니다."

　"오빠, 오래 기다린 거 아니에요?"

　"그러게. 내가 공항에 좀 일찍 나왔어. 아마 두 시간은 기다렸을

거야."

"왜 그렇게 일찍 나왔어요? 혹시 우리를 빨리 보고 싶어서 그랬나?"

세 사람의 웃음소리가 울려 퍼졌다.

"혹시라도 내가 늦게 도착하면 초행인 사람들이 불안해할까 봐 서둘러 나왔지."

"사실은 해외여행이 처음이라 엄청 겁났지만 오빠가 북경에서 기다리니 견딜 수 있었어요."

"두 사람 모두 식사는 충분히 했는지 모르겠네?"

"기내식(機內食)을 맛있게 먹었습니다."

세 사람은 택시로 이동하며 이야기를 나누었다. 북경에 가보고 싶은 곳이 있느냐고 정혁이 묻자 미숙이 대답했다.

"비행기 타고 오면서 생각해 봤는데요. 시간이 허락하면 대학, 번화가, 재래시장, 명승지 등을 둘러보고 싶어요."

"북경에서 며칠간 머물 예정이지?"

"닷새 정도요."

"그럼 닷새 일정으로 내가 계획을 잡아볼게……. 먼저 숙소부터 정하자. 내가 살고 있는 아파트 옆 쭝세호텔(中协宾馆, 중협빈관)로 정하면 어떨까? 호텔은 좀 오래되었지만 주위환경도 비교적 좋고 가격도 싼 편이야."

"저희가 뭐 아나요? 여기선 완전 까막눈인데 오빠한테 운명을 맡겨야죠. 죽이든 살리든 마음대로 하시옵소서 전하."

쭝세호텔에 짐을 푼 뒤, 정혁은 중국에 처음 온 두 사람에게 중국의 제도와 문화에 대해 간단히 설명하면서 북경에 있을 동안

주의할 점을 미리 알려줬다.

"미숙아! 내가 택시를 타고 오면서 생각을 해봤는데……, 닷새간 스케줄로 첫날은 중앙민족대학(中央民族大学)-북경어언대학(北京语言大学)-우따코우(五大口, 오대구)로 하고, 둘째 날은 북경대학(北京大学)-청화대학(清华大学)-왕푸찡(王府井, 왕부정)-홍챠오시장(红桥市场, 홍교시장)으로 하고, 셋째 날은 씨딴(西单, 서단)-텐안먼(天安门, 천안문)-쯔진청(紫禁城, 자금성)-텐탄(天坛, 천단)-이허위엔(颐和园, 이화원)으로 하고, 넷째 날은 완리창청(万里长城, 만리장성)-롱칭샤(龙庆峡, 용강협)로 하고, 다섯 번째 날은 찡요우아파트(京友公寓)-통렌탕(同仁堂, 동인당)-류리창(琉璃厂, 유리창)으로 짜봤는데, 어때 괜찮을까?"

"뭘 물어요 오빠? 어련히 알아서 잘 짜셨을라구. 데리고 다니다 버리지만 말아주시와요."

"그럼 첫날 일정 시작할까? 중앙민족대학, 북경어언대학을 거쳐 우따코우에서 저녁을 먹고 돌아오도록 하지."

정혁이 호텔 일층 로비에서 기다리는 동안 그녀들이 외출준비를 마치고 내려왔다. 세 사람은 호텔을 나와 중앙민족대학 서문 쪽으로 천천히 걸어가기 시작했다.

"오빠! 거리에 지나다니는 사람이 엄청 많네요?"

"이건 많은 게 아니야. 나중에 보면 북경에 얼마나 많은 사람이 사는 지 실감하게 될 거야. 그리고 중국은 한국에 비해 공중도덕이나 질서개념이 부족할 뿐 아니라 보상 개념도 없는 편이니까 자전거나 자동차가 지나갈 때 특히 조심하고……. 밖에 나와 다닐 때는 항상

내 뒤를 바짝 붙어 따라오도록!"

"한국하고 무슨 차이가 난다는 거죠? 아직까진 잘 모르겠는데."

"그거야 제도도 다르고 문화도 틀리니 당연한 게 아니겠어. 며칠 지나면 알겠지만, 외국에 나오면 무조건 조심하는 게 최고야. 안 그러면 언제 어떤 일이 발생할지 모르니까."

중앙민족대학 안으로 들어가 학생기숙사(学生公寓, 학생공우), 문화계교학건물(文化楼, 문화루), 대강당(大礼堂, 대예당), 본관 (办公楼, 판공루), 민족박물관(民族博物馆), 이공계교학건물(理工楼, 이공루), 뻬이쩌교학건물(北智楼, 북지루), 육상경기장(田径场, 전경장), 이푸체육관(逸夫体育馆, 일부체육관), 교내병원(校医院, 교의원), 제1교학건물(一楼, 일루), 제2교학건물(二楼, 이루), 제21교학건물(二十一楼, 이십일루), 조선족식당(朝鲜族食堂), 이슬람교식당(清真食堂, 청진식당), 학생식당(学生食堂), 미술관(美术馆), 음악학과교실(音乐系教室, 음악계교실) 등을 차례로 안내하며 소개를 했다.

"오빠! 교정이 고풍스러운 게 정말 멋지네요?"

"한국하고는 느낌이 다른 모양이지?"

"중간 중간에 보니까 공부하는 학생들도 많고 학교분위기가 조용하고 정겹네요. 마치 고향에 온 것 같아요."

정혁은 자신의 모교 중앙민족대학에 대해 친절하게 설명해주었다.

중앙민족대학은 소수민족교육을 위해 설립된 중점대학(重點大學)으로 '민족학분야'에서 중국에서 가장 유명했다. 1941년 마오쩌뚱(毛泽东, 모택동) 지시에 의해 설립된 연안민족대학(延安民族学

院)을 모체로 1952년 전국적으로 대학을 구조조정하면서 북경대학 [舊, 燕京大学(구, 연경대학)]의 사회학부(해방 후, 민족학부로 이름을 고침), 동방어문학부의 민족어문전과 [장어문(藏語文), 유어문(維語文), 이어문(彝語文) 3개 부분]와 청화대학(淸華大學)의 사회학부 등을 중앙민족대학으로 귀속시켜 민족어문학부(民族語文學部)의 주요한 구성요소가 되었다.

중앙민족대의 특징이라면 학생비율이 소수민족 70퍼센트 한족(漢族) 30퍼센트로 구성된 점이다. 교정은 우아하면서도 고풍스럽고, 인문·사회·역사·문화·법률·경제·예술적인 분위기에 민족적 특색까지 뚜렷한 대학이다. 특히 한국이 남북통일을 이루는 데 엄청난 도움이 될 대학이기도 하다. 현재 본과생, 석·박사생, 소수민족예과생을 포함하여 15,800여 명이 공부하고 있으며 중국사람들은 중앙민족대학을 일반적으로 줄여서 민따(民大, 민대)라고 부른다.

두 눈을 반짝이며 경청하던 미숙이 물었다.

"오빠! 중앙민족대학의 주위환경은 어때요? 오빠가 이 학교 다니다니 누구보다 잘 알 거 아니에요?"

"여기는 중국 북경시 해전구 중관촌 남쪽대로(南大街)에 위치한 종합대학이야. 남쪽에는 중국국가도서관(中国国家图书馆)·쯔쭈웬공원(紫竹院公园, 자죽원공원)이 있고, 북쪽에는 쫑꽌춘실리콘밸리(中关村科技园, 중관촌과기원), 북경이공대학(北京理工大学), 중국인민대학(中国人民大学)이 있어. 동북쪽에는 위구르족 [웨이우얼족(维吾尔族, 유오이족)]을 비롯한 소수민족 음식점들이 포진해 있고, 서쪽에는 중앙민족대학 교직원아파트·중앙민족대학 부속중고등학교·북경외국어대학·재래시장 등이 있지. 특히 학교주변으로 조선족식당 등 한국음식을 맛볼 수 있는 식당들이 즐비해서 한국 사람이 지내기는 아주 편리한 곳이야. 아, 그리고 우체국·은행·서점 등도 학교에서 도보로 오 분 정도밖에 걸리지 않아. 내가 지내보니 불편한 걸 모르겠더라구."

"그런데 오빠는 어쩌다 유학을 오게 되었어요? 자세히 좀 들려주세요."

"그게 궁금했던 모양이구나. 사실 나는 1995년 12월 한국에서 개인사업을 하다 우연한 기회에 중국 건설부 초청으로 북경에서 개최하는 부동산 세미나에 참석하게 됐는데 그때부터 제2의 인생이 시작된 거야. 그 당시 뻬이찡은 칙칙한 회색 건물로 활기라고는 찾으래야 찾을 수가 없었지. 그런데 일주일간 뻬이찡에 머물면서 중국의 잠재력을 곳곳에서 느낄 수가 있었어. 북경세미나를 다녀온 후 육 개월간 고민 고민 끝에 거대한 중국시장의 미래를 보고, 한참 잘 되어가는 사업을 과감히 정리한 뒤 나이 마흔 두 살에 북경유학을 결정한 거였어."

"중국어를 할 줄 아셨나 봐요? 그렇지 않고서야 어떻게 그런 무모한 결정을 하겠어요? 하여튼지 아는 게 병이라니까."

"다들 그렇게 짐작하는데 전혀 아니었어. 한자(漢字)는 좀 알았지만 중국어는 니하오 정도나 알았다면 말 다한 거 아니야?"

정혁은 유학 첫날부터 강행군을 시작했다. 어학연수를 위한 입학 절차를 마치고, 바로 다양한 정보를 얻기 위해 한국유학생 기숙사를 찾았다. 한국유학생들과 이런저런 대화를 나누면서 많은 정보를 얻을 수가 있었다. 그 가운데 공부를 가장 잘하는 한국유학생으로부터는 구체적인 공부 방법을 전수받기도 했다. 그 학생의 말로는 하루에 백 개 정도의 단어를 외우고, 단어를 찾을 때마다 예문 하나를 꼭 써보라고 했다. 저녁을 먹은 후 곧장 외국인기숙사로 돌아와 어학연수과정을 자세히 훑어보기 시작했는데, 어학연수과정은 1단계 6개월, 2단계 6개월, 3단계 6개월, 4단계 6개월로 2년 과정이 기본으로 수업은 모두 오전으로 짜여 있었다. 정혁은 나이도 많고 가족이 있는 관계로 최대한 빨리 중국어를 마스터해야 했다. 그렇지 않으면 중국유학을 그만두고 한국으로 돌아가야 했다. 집안에 돈 버는 사람이 정혁밖에 없었기 때문이다.

때문에 젊은 유학생들과 달리 속성으로 공부하는 방법을 강구하지 않으면 안 되었다. 정혁의 계획은 이랬다. 처음부터 1단계 어학연수과정과 2단계 어학연수과정을 동시에 진행하는 공부 방법을 선택했다. 어학연수반 선택은 유학생 마음대로 정할 수 있었기 때문에 학교수업은 2단계 어학연수반에 등록하고, 1단계 어학연수과정은 오후에 가정교사에게 별도로 배웠다. 그리고 하루에 단어를 삼백 개 외우는 계획을 세웠는데, 고등학교 다닐 때 옥편(玉篇)을 통째로 외워둔 게 큰 도움이 되었다.

이 대목에서 두 여자가 환호성을 질렀다. 옥편을 통째로 외웠다는 데 대한 반응이었다. 글쎄 그건 정혁도 왜 그랬는지 모른다. 뭐에 꽂히면 어떻게든 정복하려는 의욕이 넘쳐 종종 그런 짓을 했다. 이제 생각하면 정혁의 인생 밑그림에 애초부터 중국유학이 들어 있었기에 멋도 모르고 그런 짓을 했는지도 모르겠다. 그런 걸 두고 연기(緣起)라고 하던가? 모든 현상은 무수한 원인과 조건이 서로 관계해서 성립하는 것으로 인연이 없으면 결과도 없다고 하는 불교의 연기론(緣起論) 말이다. 때때로 예상치 못한 사람과 사건을 만나기도 하는데, 뒤에 보면 앞서의 사람과 사건이 괜히 나타났던 게 아니었다. 좋은 일이든 나쁜 일이든 다 이유가 있어 나타났던 것이다. 살다 보면 그런 경험을 종종 하게 된다. 지금 정혁 앞에 있는 두 여인은 또 무슨 이유로 나타났을까? 서로에게 좋은 인연일까 나쁜 인연일까?

정혁이 잠시 딴 생각에 빠져 있는데 이번엔 한지혜가 물었다.

"미숙이가 오빠라고 하니 저도 오빠라 부르고 싶은데 괜찮을까요?"

"그럼요. 지혜 씨 편하실 대로 하세요."

"그럼 오빠! 오빠는 북경의 많은 대학 가운데 하필 중앙민족대학을 택한 이유가 따로 있으신가요?"

"지혜 씨, 그건 말입니다. 입 밖에 내기 좀 그렇지만 사실은 다양한 인맥을 얻기 위해서였습니다."

중국사업의 성패는 인맥에 의해 좌우됐다. 중국에서 인맥을 형성하는 데, 가장 좋은 방법은 바로 대학이었다. 그래서 북경에 있는 대학 가운데 정혁에게 가장 적합한 대학을 알아보았다. 그러다가 민족학분야에서 중국에서 가장 유명하고, 소수민족 70퍼센트와 한족 30퍼센트가 함께 공부하는 중앙민족대학이야말로 중국 사업을 하는 데 가장 적합하다고 판단했다. 그래서 입학을 위해 통역을 대동하고 중앙민족대학 대학원장실로 찾아갔지만, 한국 학생은 받지 않는다는 청천벽력 같은 대답을 듣고 큰 충격을 받기도 했다. 마침 대학원장이 조선족이라 대화 중에 정혁이 중국어를 전혀 못한다는 사실을 알고 한국어로 말을 했다. 대학원장의 입에서 한국 학생을 받지 않는다는 말을 듣고 오기가 발동한 정혁은 다음날 다시 찾아가 상담을 한다. 그리고 어찌어찌 대학원에 들어갈 수 있는 방법을 소개받고 진학의 꿈을 키우게 된다.

훗날 안 사실이지만, 한국 학생들을 받지 않은 이유가 중국법규를 잘 지키지 않고 함부로 행동했던 게 원인이라는 말에 기가 막혔다. 앞서 간 이가 타국에서 잘못을 저지르면 그 피해는 고스란히 뒷사람 차지였다. 그래서 선배가 어려운 것이다. 앞서가면서 길을 잘 내지는 못할망정 막아서야 되겠는가? 누군가의 앞날을 막는 짓은 누구라도 해서는 안 될 일이었다. 정혁은 중국에 와서 선배의 의미를 새삼 곱씹으며 배웠다.

어쨌든 수많은 장애를 극복하고 우여곡절을 거친 끝에 정혁은 중앙민족대학대학원에 입학하게 되었다. 게다가 운 좋게도, 미국 하버드대학교에서 초빙교수를 마치고 중국으로 돌아온, 독립투사 후손 황요우푸(黃有福, 황유복)교수를 만나면서 중국생활에 날개를 달게 되었다. 지도교수가 국제적인 거물이라 정혁의 운신도 덩달아 광폭적으로 넓어진 셈이었다.

지도교수 덕분에, 한·중수교 때 중국 측 특사로 왔던 찐렌씨옹(金仁雄, 김인웅) 중국국무원발전연구중심고급연구원, 중국인민정치협상회의 짜오난치(趙南起, 조남기)부주석, 통일전선부 리떠쭈(李

德洙, 이덕수)장관, 장군, 대학교수, 기업가, 특파원 등을 학술대회장
에서 모두 만날 수 있었다. 이렇게 중국을 조금씩 알아가다 짧은
시간 내 중국 전체를 알 수 있는 방법이 없을까 고민하던 정혁은
중국의 정치·경제·사회·문화·민족·교통·지하자원 등 각 분
야별 자료를 수집해 《중국비즈니스 이유 있는 선택》《중국고등교육
50년 회고와 전망》이라는 책을 두 권이나 쓰게 되었다. 책을 쓰면서
중국의 각계각층 주요 인사들과 자연스럽게 교류가 이뤄지기도
했다. 더불어 중국어 실력도 절로 늘게 되었을 뿐 아니라 중국의
각 분야를 짧은 시간 내 일목요연하게 이해할 수 있는 계기가 되었다.
또한 북경에서 처음으로 조직되는 북경한국상공인대회(北京韓國
商工人大會)에도 참석하고, 북경용악경무유한공사(北京龙岳经贸
有限公司) 리꽝위(李光玉, 이광옥) 이사장이 추진했던 북경코리아
타운분양사업에도 참여했다. 대학원 동문이 대표로 있던 현대관도
유한공사(現代管道有限公司)에도 가보고, 한국인이 운영하는 주
방기구·단열재생산업체·가구공장·자동차정비공장·유학원
·여행사·옷가게·미용실·노래방·음식점·민박집 등도 방문
했다. 우방주택(友邦住宅)이 중국의 뻬이천그룹(北辰集団, 북신집
단)과 합작으로 지은 찡요우아파트(京友公寓, 경우공우)에도 가보
면서 중국생활이 어느 정도 안정기에 접어들었다. 어쨌든 애초의
예상대로 인맥의 맛을 보고 넓히기도 했다.

"우리 이제 슬슬 다음 장소로 옮기면 어떨까?"

"오빠! 다음 코스는 어디라고 했죠?"

"어학연수전문대학인 북경어언대학으로 갈 건데……."

정혁은 이동 중인 택시 안에서 미리 설명했다.

북경어언대학은 1962년 6월 중국의 외국유학생을 위해 설립된 국가중점대학 가운데 한 곳이다. '한어수평고시(汉语水平考试, HSK)'[185)]를 주관하고, 대외중국어교재를 주로 연구해 편찬하는 대학으로 외국인에게 중국어를 가르치기 위해 설립되었다. 대외교육 면에서 역사가 가장 오래되었으며, 시설 및 강의과정도 매우 뛰어나다고 볼 수 있다. 매년 북경어언대학 교수들이 한국의 대학과 대기업에 파견돼 중국어교육을 담당하기도 한다.

세 사람은 북경어언대학에 들어서 외국인학생기숙사(国际学生之家, 국제학생지가), 교내병원(校医院, 교의원), 중국유학서비스센터(中国留学服务中心, 중국유학복무중심), 이푸체육관(逸夫体育馆, 일부체육관), 제2교학건물(教二楼, 교이루), 유학생모집교무처(留学生招生办公室, 유학생초생판공실), 본관(主楼, 주루), 이푸교학건물(逸夫教学楼, 일부교학루), 국제교류협력처(国际交流与合作处, 국제교류위합작처), 교무처 건물(办公楼, 판공루), 회의센터(会议中心, 회의중심), 도서관(图书馆), 체육관(体育场) 등을 차례로 둘러보고 바로 옆 우따코우(五大口, 오대구)로 저녁을 먹으로 갔다.

"어머, 오빠! 우따코우와 북경어언대학이 붙어 있네요?"

"우따코우 주위에는 북경어언대학 말고도 북경대학(北京大学), 청화대학(清华大学), 중국과학원대학원(中国科学院研究生院, 중

---

185) 제1언어가 중국어가 아닌 사람들에게 중국어능력을 평가하기 위해 시행하는 국가급표준화시험.

국과학원연구생원), 중국지질대학(中国地质大学), 중국광업대학 (中国矿业大学), 북경항공항천대학(北京航空航天大学), 북경과 기대학(北京科技大学), 중국석유대학(中国石油大学), 중국농업 대학(中国农业大学), 중국음악대학(中国音乐学院, 중국음악학 원) 등이 쫙 깔려 있어."

한지혜가 눈이 휘둥그레져서 호들갑을 떨었다.

"오빠! 대학뿐 아니라 길거리 양쪽으로 식당가도 엄청나네요?"

"이곳이 그만큼 유동인구가 많다는 거죠. 만약 두 사람이 북경에 와서 미용실을 연다면 바로 이곳이 가장 유망한 지역일 겁니다. 그건 그렇고 오늘 북경 입성 첫날 저녁인데 뭘 먹으면 좋을까요?"

"오빠! 불고기백반 먹으로 가요."

"한지혜 씨 생각은 어때요?"

"저는 된장찌개를 먹고 싶은데……."

해외여행 초보 티가 풀풀 났다. 한국을 떠나온 당일 첫 식사부터 한식을 찾다니! 현지 식사는 전혀 궁금하지 않은 모양이다. 정혁은 군말 없이 그녀들의 의견을 따랐다.

"그럽시다. 저 앞에 서라벌(徐羅伐)이라고 쓰인 한국식당이 보이 시죠. 저리로 갑시다. 두 분이 원하는 음식이 다 있을 테니."

서라벌은 이미 손님들로 가득했다.

"오 선생님! 여기 한국식당들은 다 이렇게 잘되나요?"

오빠라 부른다더니 엉겁결에 선생으로 부르는 한지혜는 퍽이나 놀란 눈치였다. 여기 와서 미용실이 아니라 한식집을 여는 게 낫다고 생각했는지도 모르겠다.

"우따코우 주위에 한국유학생들이 많다보니 여기 있는 한국식당들은 대부분 장사가 잘되는 편입니다. 한글간판을 달고 있어도 한국인이 운영하는 곳이 아닌 경우도 많지요. 사실 대부분 중국조선족들이 운영하는 식당입니다. 그래도 한국인이 운영하는 식당과 별반 차이는 없어요. 같은 민족이라 그런지 입맛과 손맛이 비슷합니다."

정혁은 테이블에 앉자마자 메뉴판을 확인한 뒤 불고기 삼 인분과 된장찌개 이 인분, 김치 한 접시, 밥 세 공기를 주문했다.

"오빠. 식당 분위기가 한국하고 거의 같네요."

"아깐 오 선생님이라더니 제자리로 돌아왔네요, 지혜 씨."

한지혜의 볼이 빨갛게 물들었다.

"여기 서라벌은 주인이 한국 사람이라 실내장식에 고국 분위기를 한껏 살렸지요."

이내 음식이 나오고 종업원이 손님! 맛있게 드세요, 하고 주방으로 사라졌다. 야! 맛있겠다, 하며 미숙이 달려들어 불고기를 굽기 시작했다. 식탁 앞에서의 풍경만 떼어서 보면 중국이 아니라 한국을 그대로 옮겨놓은 모습이었다.

"오빠! 고기는 제가 구울 테니 먼저 식사하세요."

"그럼 지혜 씨는 나랑 같이 먼저 먹읍시다. 그런데 북경의 첫인상이 어떤지 궁금하네요."

"도로에 사람이 엄청나게 많다는 거, 한국식당이 이렇게 장사가 잘될 줄은 상상도 못했어요. 정말 깜짝 놀랐습니다."

"미숙이는 어땠어?

"도시가 허름해 보여도 활기차서 좋았어요. 며칠 지나봐야 알겠지만 도로에서 자전거와 자동차가 뒤엉켜도 조급해하지 않고 빠져나가는 게 신기했어요."

"맞아요. 한국 같았으면 큰 싸움이 났을 텐데……."

"그게 바로 만만디에요. 어떤 상황에서도 조급해 하지 않고 세월이 좀 먹냐는 심보로 여유만만한 중국인의 특성."

"그런데 한국식당이라 그런지, 중국이라는 느낌이 별로 나지 않네요."

한지혜의 말에 정혁은 두 여자를 번갈아 보며 물었다.

"그렇담 내일은 중국식당으로 가볼까요?"

"저는 기름진 음식을 잘 먹지 못해 중국음식은 별로예요."

"그럼 내일은 두 사람의 식성을 고려해 안내하지요."

저녁식사를 마친 세 사람은 택시를 타고 숙소인 쭝셰호텔로 돌아왔다.

"오빠! 우리 방에 가서 커피 한 잔하고 가세요? 제가 한국에서 커피를 갖고 왔어요."

"언제 그런 것까지 준비를 다 했지?"

"제가 기름진 음식을 싫어하는 식성이라 중국음식을 먹을 경우를 대비해 갖고 왔어요."

"두 사람 모두 오늘은 멀리 오느라고 피곤할 테니 일찍 자고 내일 아침 아홉 시에 호텔 로비에서 만나지. 커피는 마신 걸로 할게."

정혁은 아쉬워하는 두 여자를 남겨둔 채 자신의 아파트로 돌아갔다.

14. 치파오(旗袍)의 유혹

다음날 아침 아홉 시 쭝셰호텔에 도착하니 그녀들이 호텔 로비에서 반겼다.

"죄송해요 오빠! 바쁘실 텐데 괜스레 저희들 때문에……."

"괜찮아. 이런 게 다 사람 사는 재미지 뭐. 그나저나 호텔 조식은 먹을 만했는지 모르겠네?"

"생각보다 좋았어요. 오빠가 권한 대로 먹으니까 느끼하지 않고 먹을 만하던데요? 역시 오빠는 최고의 가이드예요. 땡큐!"

정혁이 간밤에 이들에게 짜량쯔우(杂粮粥, 잡곡죽), 빠오즈(包子, 만두)186), 만토우(馒头, 찐빵)187), 쨔오즈(饺子, 교자)188), 위미(玉米, 옥수수), 홍쑤(红薯, 고구마), 쑤차이(蔬菜, 나물)에 한국에

---

186) 야채, 고기, 팥 따위 소를 넣은 것.
187) 껍질이 두껍고 소가 들어가지 않은 것.
188) 밀가루로 만든 얇은 껍질에 소를 싸서 끓이거나 기름에 지지거나 찌는 것.

서 가져온 파우차이(泡菜, 김치)를 곁들여 먹으라고 알려줬는데 대성공이었다.

"오 선생님! 오늘 스케줄은 어떻게 되나요?"

밤새 서먹해졌는지 다시 오 선생이라고 부르는 한지혜였다.

"에, 오늘은 북경대학(北京大学), 청화대학(清华大学), 왕푸찡(王府井), 홍챠오시장(红桥市场, 홍교시장)과 씨우쒜이시장(秀水市场, 수수시장)을 둘러보고 오려고 하는데 지혜 씨는 따로 가고 싶은 곳이라도?"

"액세서리, 보석, 비단을 싸게 파는 데가 있으면 가보고 싶어요."

"아, 그거요? 지난번 미팅에서 부탁한 말씀도 있고 해서 일부러 오늘 스케줄에 넣었습니다. 홍챠오시장과 씨우쒜이시장이야말로 바로 그런 곳입니다."

"오빠! 그럼 어서 가요."

미숙이는 언젠가 아이들을 유학 보내고 싶다며 미국이나 중국을 생각하고 있다고 했다.

"자식의 장래는 부모 열정에 달려 있다고 해도 과언이 아니지. 그런데 말이야. 아이들보다 미숙이가 공부를 다시 시작해보는 건 어때? 미숙이 정도 능력이라면 하버드대학도 무난히 들어갈 수 있을 텐데……."

"정말요?"

그렇게 좋아라 반색하던 미숙이 금방 풀이 죽었다.

"아니에요. 엄마가 돼가지고, 애들이 먼저지요."

세 사람은 북경대학 정문 앞에서 내려 교무실(办公室, 판공실),

도서관(图书馆), 대강당(大讲堂), 문서보관실(档案馆, 당안관), 교학건물(教学楼, 교학루), 민주교학건물(民主楼, 민주루), 난뻬이꺼(南北阁, 남북각), 웨이밍후(未名湖, 미명호), 쌰오찡팅(校景亭, 교경정), 씨샤오먼챠오(西校门桥, 서교문교) 등을 천천히 둘러보기 시작했다.

"오빠! 아침에 좀 짜게 먹었더니 갈증이 심한데 사먹을 만한 게 없을까요? 음료수나 아이스크림 같은 걸로."

"저 앞에 매점이 보이는데, 마음에 드는 것이 있을지 함께 가보자."

막상 들어가 보니 아이스크림은 없고 한국의 쭈쭈바처럼 생긴 삥치린((冰淇淋), 빙기림)이 있었다.

"그럼 중국 쭈쭈바(冰淇淋, 삥치린)라도 먹어볼까요?"

정혁은 삥치린 세 개와 생수 세 병을 사들고 아름다운 웨이밍후(未名湖, 미명호)가 내려다보이는 벤치에 앉았다.

"오빠! 교정이 호젓하면서 매력적이네요. 우리처럼 놀고 있는 사람은 거의 없고 모두 공부를 하고 있어요."

"북경에 소재하는 대학들은 여기처럼 모두 공부하는 학생들뿐이야! 북경으로 유학 온 학생들 대부분이 자신이 살고 있는 지역에서는 일이 등 하던 수재들이라 경쟁도 아주 치열해⋯⋯."

북경대학에 이어서 청화대학으로 건너갔다. 청화대학은 북경대학하고는 또 다른 분위기가 났다. 공과·이과 위주의 대학이라 그런지 첫 인상은 좀 딱딱하게 느껴졌다. 그렇지만 책을 들고 공부하는 학생들도 있고, 농구장에서 농구를 하는 학생들도 있고, 자전거를 타고 부지런히 어디론가 가는 학생들도 있고, 퇴직한 교수들인 듯한 사람들이 여유롭게 체력단련에 열중하는 모습도 눈에 띄었다. 교정은 중국과학계를 이끄는 중점대학답게 깔끔히 정리되어 있었다.

청화대학의 중앙본관(中央主楼, 중앙주루), 종합체육관(综合体育馆), 농구장(篮球场), 수영장(游泳馆, 유영관), 학생서비스센터(学生服务中心, 학생복무중심), 테니스장(网球场, 망구장), 쯔찡아파트(紫荆公寓, 자형공우), 도서관(图书馆), 대강당(大礼堂, 대예당), 연못(荷塘, 하당), 청화학당(清华学堂), 신청화학당(新清华学堂), 인문사회도서관(人文社会图书馆), 근춘원(近春园), 노인피트니스센터(老年活动中心, 노인활동중심), 청화유아원(清华幼儿园), 공학홀(工学厅, 공학청) 등을 천천히 둘러보기 시작했다.

"오빠! 여기 오니까 미래를 위해 끝없이 도전하는 중국 젊은이들의 열기가 확실히 느껴져요. 모든 학생들이 자신에 차 있어 정말 보기가 좋네요."

"이러다가 미숙이가 중국으로 유학 올지 모르겠구먼."

"왜요? 제가 오면 안 되나요?"

"인생을 살아가면서 공부할 기회가 그리 많지 않는데, 외국에 나가 공부할 수만 있다면 그보다 더 좋을 수야 없겠지. 이번 기회에 본격적으로 시작해보는 건 어때?"

"안 그래도 고민하고 있어요."

"그래. 예비대학생인 미숙이는 중국에 와서 네 개 대학을 둘러본 소감이 어떠하신지요?"

"학생들이 매우 열심히 공부한다는 점과 남녀 모두 자전거를 타고 다닌다는 것이 인상적이었어요."

정혁은 한지혜를 향해 말했다.

"점심때가 한참 지난 것 같은데…… 괜찮아요?"

"사실은 아까부터 배가 고팠어요."

"진작 애기하시지 않고. 요 바로 옆이 어제 저녁을 먹었던 우따코우
(五大口, 오대구)인데, 그리로 모실까요?"

"아, 맞다. 짜장면을 먹었으면 좋겠는데 가능할까요?"

"가능하고말고요. 다만 한국의 짜장면 맛 하고는 다소 차이가
있으니 미리 알아두세요."

우따코우에서 간단하게 점심을 해결하고 북경의 최고 번화가인
왕푸찡(王府井, 왕부정)으로 출발했다. 왕푸찡에 도착해 백화점,
호텔, 대형빌딩, 똥안시장(东安市场, 동안시장), 대형서점, 음식점,
신발가게, 모자가게, 가위가게, 비단가게, 골동품가게, 중국전통차
가게, 과자가게, 식품가게, 왕푸찡 뒷골목 등을 찬찬히 둘러봤다.

"오 선생님! 여긴 한국의 명동(明洞)이나 압구정(狎鷗亭)처럼
호화스러운 상점과 빌딩들이 엄청 많네요."

"중국을 대표하는 뻬이찡의 중심거리이다 보니 그만큼 중국정부
에서 신경을 많이 썼다는 증거가 되겠지요."

왕푸찡큰거리(王府井大街, 왕부정대가)는 남쪽인 똥창안찌에
(东长安街, 동안장가)로부터 북쪽으로 쭝꿔메이쓔꽌(中国美术馆,
중국미술관)까지 약 700년 역사를 가진 북경 최고의 쇼핑거리이다.
명대(明代)에 열 채의 왕족저택이 건설되면서 쓔왕푸찌에(十王府
街, 십왕부가)라고 불리다 청대(清代)에 들어오면서 명칭도 왕푸찌

에(王府街, 왕푸가), 혹은 왕푸따찌에(王府大街, 왕푸대가)로 바뀌게 되었다. 1915년 뻬이양정푸(北洋政府, 북양정부)가 뻬이찡쓰쨔오샹투(北京四郊详图, 북경사교상도)를 그릴 당시, 북부를 왕푸따찌에, 중부를 빠몐챠오(八面槽, 팔면조), 남부를 우물이 있었다고 해 왕푸찡따찌에(王府井大街, 왕부정대가)라고 이름을 붙인 것이 오늘에 이르게 되었다.

"오빠! 이곳에는 차량들이 들어올 수 없나 봐요?"

"여기는 보행자전용거리로 중국전역에 이런 곳들이 많지. 뻬이찡의 왕푸찡(王府井, 왕부정)을 비롯해, 톈진(天津, 천진)의 삔쨩따오(滨江道, 빈강도)·허핑루(和平路, 화평로), 쌍하이(上海, 상해)의 난찡루(南京路, 남경로), 우한(武汉, 무한)의 쨩한루(江汉路, 강한로), 충칭(重庆, 중경)의 쩨팡뻬이(解放碑, 해방비)·츠치코우(瓷器口, 자기구), 청뚜(成都, 성도)의 춘씨루(春熙路, 춘희로)·원슈위엔(文殊院, 문수원)·찐리이탸오찌에(锦里一条街, 금리일조가), 꽝쪼우(广州, 광주)의 쌍씨아찌우루(上下九路, 상하구로)·뻬이찡루(北京路, 북경로), 창쌰(长沙, 장사)의 황씽난루뿌씽쌍예찌에(黄兴南路步行商业街, 황흥남로보행상업가), 푸쪼우(福州, 복주)의 푸쪼우뿌씽찌에(福州步行街, 복주보행가), 쑤쪼우(苏州, 소주)의 꽌치엔찌에(观前街, 관전가), 황싼쌰(黄山市, 황산시)의 툰씨라오찌에(屯溪老街, 둔계노가), 양쑤오(阳朔, 양삭)의 씨찌에(西街, 서가), 씨안(西安, 서안)의 쑤위엔먼(书院门, 서원문), 타이싼(泰山, 태산)의 타이청뿌씽찌에(台城步行街, 태성보행가), 난창(南昌, 남창)의 썽리루뿌씽찌에(胜利路步行街, 승리로보행가) 등이 있다.

"오 선생님! 점심에 짜장면만 먹어서 그런지 배가 출출한데 뭣 좀 먹을 게 없을까요?"

"저쪽으로 가면 양고기꼬치, 오징어꼬치, 뱀장어꼬치, 닭고기꼬치, 닭똥집꼬치, 오리고기꼬치, 소고기꼬치, 돼지고기꼬치, 사슴고기꼬치, 타조고기꼬치, 전갈꼬치, 번데기꼬치, 기타 곤충튀김꼬치, 감자튀김, 만두, 볶음밥, 떡볶이, 김밥, 국수, 라면 등을 파는 먹자골목이 있으니 그곳에서 각자 식성에 맞는 것을 골라 먹읍시다."

세 사람은 왕푸찡먹자골목에 도착해 각자 먹을 것을 찾기 시작했다. 한지혜는 떡볶이와 김밥을, 미숙이는 볶음밥과 감자튀김을 원했다.

"두 사람 다 실망인데. 중국의 별미인 양고기꼬치를 먹어보지 않고 제대로 중국을 구경했다고 할 수는 없을 텐데 말이야."

"오 선생님! 양고기꼬치도 함께 먹으면 되잖아요?"

그리하여 세 사람은 볶음밥, 김밥, 떡볶이, 감자튀김, 양고기꼬치를 시켜놓고 마음껏 먹었다.

"오빠! 양고기꼬치가 정말 맛이 있네요?"

"그렇고말고……. 나도 밥맛이 없을 때, 가끔 양고기꼬치로 영양을 보충하고 있어."

"오 선생님! 저기 보이는 저건 뭔가요?"

"탕후루(糖葫芦, 당호로)[189]라고 하는 것인데, 각종 과일에 설탕

---

[189] 산사자(山査子), 해당화(海棠花)열매 등을 대꼬챙이에 꿰어 녹인 설탕을 발라서 굳힌 식품.

을 듬뿍 발라서 꼬치에 끼워놓은 거예요."

"맛은 어떤데요?"

"새콤달콤합니다. 다 같이 먹어볼까요?"

세 사람은 탕후루를 하나씩 들고 먹으면서 왕푸찡 뒷골목을 순례했다. 골목 안은 외국사람들도 많았지만, 중국 각지에서 온 자국민들이 더 많았다. 안내자가 깃대를 들고 다니는 게 꼭 한국의 초등학생들 같았다.

"이곳은 이 정도로 보고, 지혜 씨가 그토록 가보고 싶어 한 홍챠오시장과 씨우쉐이시장으로 갑시다."

정혁의 말에 한지혜가 신바람이 났다.

"오빠! 어서 그쪽으로 가 봐요. 제가 살 게 많거든요."

오 선생님에서 다시 오빠로 돌아온 정혁은 웃음이 나오는 걸 참느라 고개를 돌렸다.

택시에서 내려 홍챠오시장 안으로 들어서자 시장 전체가 손님들로 몹시 붐볐다. 여기저기에서 자기 물건을 사가라고 부르기도 하고, 어떤 손님은 가격흥정에 재미를 붙였는지 실랑이가 대단했다.

"오빠! 여기는 대구의 서문시장이나 서울의 동대문시장처럼 사람 냄새가 물씬 나네요. 세상의 모든 액세서리가 전부 이곳에 모인 것 같아요."

"미숙이는 뭐 사고 싶은 거 없어?"

"먼저 시장부터 둘러보고 선물이나 몇 가지 사려고요."

"지혜 씨는요?"

"저는 진주, 팔찌, 귀고리, 목걸이, 비단, 옥도장 등을 사고 싶어요."

"뭘 그리 많이 사려고 합니까?"

"제가 선물할 곳이 좀 많아서요."

정혁은 두 사람에게 필요한 품목을 물어본 뒤, 가게마다 돌아다니면서 지루한 가격협상에 들어갔다.

"따니앙!(大娘, 아주머니) 저꺼뚱씨뚜오샤오치엔마(这个东西多少钱吗, 이 물건은 얼마에 파나요)?"

"이빠이쿠아이치엔(一百块钱, 백 원입니다)."

"테이꾸이(太贵, 너무 비싸네요)."

"써쿠아이치엔하오뿌하오(十块钱好不好, 십 원에 파실래요)?"

"씨엔썽(先生, 선생님)!"

"치써쿠와이치엔하오마(七十块钱好吗, 칠십 원이면 되겠습니까)?"

이렇게 발품을 팔아가며 필요한 물건을 모두 샀지만, 가격흥정에 너무 많은 시간을 허비해 저녁 먹을 시간이 훌쩍 지나버렸다. 서둘러 택시를 타고 저녁을 먹기 위해 중앙민족대학 북쪽에 있는 한나싼찬팅(汉拿山餐厅, 한라산식당)으로 갔다. 한나싼찬팅에서 세 사람은 한국식메뉴로 푸짐한 저녁을 즐기기 시작했다.

이곳 주인은 중국 길림성 통화시 출신의 조선족으로 중앙민족대학을 졸업한 아들과 함께 식당을 운영하고 있었다. 음식 맛이 좋고 사장이 후덕해 장사가 잘되는 편이었다. 그래서 정혁도 하루 세 끼를 모두 이곳에서 해결하고 있었다. 사장 선친(先親)의 고향이 한국 경북 의성군 안계면이라고 들었다. 정혁에게 고향사람이 중국에 공부하러 왔다며 특별히 잘해줘, 정혁도 믿거니 이 집에 밥줄을 걸었다.

세 사람은 속 편하고 마음 편한 저녁식사를 마치고 쭝셰호텔로 걸어가기 시작했다.

"오 선생님! 여기는 터키사람처럼 생긴 얼굴들이 많네요?"

"저 사람들은 중국소수민족의 하나인 위구르족(Uighur People)이라고 하는데요, 북경에도 곳곳에 많이 살고 있습니다. 중국에서는 웨이우얼족(維吾尔族, 유오이족) 또는 씬쨩족(新疆族, 신강족)이라고 부르고 있습니다. 그리고 위구르족음식도 맛이 참 좋습니다. 아까 왕푸찡에서 양고기꼬치를 먹었잖아요? 그게 바로 위구르음식입니다."

"저기 식당 앞쪽에 걸려 있는 게 양고기인가요?"

"맞습니다. 저게 바로 양고기꼬치의 재료입니다. 또 먹고 싶으세요?"

"낮에 먹어보니까, 상당히 맛있던데…… 양고기꼬치 서른 개만 사면 안 될까요?"

"지혜 씨가 홀딱 반하셨군요?"

"처음 먹는 음식인데도 조금도 거부감이 없어서 신기했어요."

이들은 양고기꼬치 서른 개와 과일을 사들고 쭝셰호텔로 향했다. 호텔까지 두 여인을 바래다준 정혁은 내일 일정을 생각해 곧바로 집으로 돌아왔다.

아파트 엘리베이터를 타려고 서 있는데, 관리실아저씨가 정혁을 불렀다. 아파트 앞 중국전통찻집인 위엔창호우(元长厚, 원장후)에서 손님이 기다리고 있다는 것이다. 누군지도 모른 채 곧장 그리로 건너갔다. 위엔창호우에 들어서니 짱위에홍이 혼자 책을 보고 앉아 있었다.

"쌰오짱! 늦은 시간에 무슨 일이야?"

"따꺼야말로 어디 갔다 이제 오세요? 낮부터 전화를 했는데 연락도 되지 않고, 황요우푸 교수님께 전화를 드렸는데도 잘 모른다고 하시길래 걱정이 돼서 와봤어요."

이럴 땐 왜 지은 죄도 없이 다리가 후들거리는지 모르겠다.

"따꺼! 저녁은 드셨나요?"

"방금 손님하고 먹고 들어오는 중인데, 쌰오짱은 아직 식사 전이야?"

"치엔뻬이가 돌아오면 함께 먹으려고 기다리고 있었죠."

"그래? 그럼 배가 많이 고프겠네. 어서 밥 먹으로 가자."

"아니에요. 집에 가서 먹을게요. 근데 무슨 일로 하루 종일 연락도 되지 않았나요?"

"한국에서 손님이 와서 며칠간 북경 주위를 관광하고 있는 중이야."

"어떤 분인데요?"

이럴 땐 뺄 것도 보탤 것도 없이 사실을 말하는 게 옳지 싶었다.

"고향의 여자 후배인데 북경에서 미용실을 해볼까 해서 왔어. 중앙민족대학, 북경대학, 청화대학, 왕푸찡, 씨딴, 텐안먼, 이허위엔, 홍챠오시장, 완리창청 등을 둘러보는 중이야."

"여자분 혼자 오셨어요?"

"아니. 두 명이 같이 왔어. 우리 아파트 바로 옆 쭝셰호텔에 묵고 있어."

"며칠간 머물 건데요?"

"닷새간 머문다는데 벌써 이틀째야."

"그런데 저한테 왜 한마디 말씀도 하지 않으셨나요? 앞으로는 일이 있으면 저에게 꼭 연락을 주셔야 해요? 알았죠?"

"잘 알겠습니다, 멋쟁이 중국아가씨! 사실은 쌰오짱이 바쁘기도 하고, 자꾸 신세지기도 그렇고 해서……."

"앞으로 제가 한국으로 유학을 가면 도와주지 않으실 건가요?"

"그거야 당연히 도와줘야지."

"내일 아침 여덟 시 삼십 분경 기사가 딸린 자동차를 보내드릴 테니까 그 차를 이용하세요."

"그러면 쌰오짱 부담이 너무 크잖아! 내가 알아서 할게."

"제가 그 정도도 안 될까봐요?"

"그게 아니라……."

"따꺼! 그렇게 알고 저는 갑니다."

짱위에홍은 애틋한 사랑의 의미가 담긴 떵리쥔(邓丽君, 등려군)의 노래 '텐미미(甜蜜蜜/달콤해요)'를 부르면서 기분 좋게 돌아갔다.

15. 월하노인

정혁은 침상을 서둘러 정리하고 아침밥을 간단히 때운 뒤 쭝세호텔로 건너갔다. 호텔에 도착하니 미숙과 한지혜는 벌써 출발준비를 마치고 호텔로비에 내려와 있었다. 그때 로비 안쪽에서 정혁을 부르는 소리가 들렸다.

"치엔뻬이! 잘 주무셨나요?"

"쌰오짱! 아침부터 여기는 웬일이야?"

"어제 저녁에 말씀드렸잖아요? 제가 타는 자동차를 갖고 왔습니다. 그리고 운전기사도 차 안에 기다리고 있어요. 북경은 지역이 넓어서 자동차가 없으면 이동이 엄청 불편하잖아요. 한국 손님을 모시는 데 사용하세요. 제가 운전기사에게 단단히 교육시켜 뒀으니까 편하게 여행하세요."

"나야 좋지만, 쌰오짱이 많이 불편할 텐데……."

"저는 회사 자동차를 이용하면 돼요."

"허참! 아무튼 고마워 중국아가씨!"

정혁은 미숙과 한지혜를 짱위에홍에게 정식으로 소개를 시켰다. 쌰오짱은 한국 손님들과 가볍게 인사를 나눈 뒤 곧장 회사로 돌아갔다.

"오빠! 저분을 어떻게 아세요?"

"설명하자면 좀 길지만 간단히 말하면, 작년 봄 국제회의장에서 만난 이후 나한테 많은 도움을 주고 있어."

"어디서 근무하는데요? 높은 사람인가 봐요. 기사 딸린 차도 있고."

"중국 국영기업체 부사장으로 미래가 밝은 중국의 차기 지도자감이라고 보면 될 거야."

"공부도 많이 했겠네요?"

"그렇지. 북경대학과 대학원에서 경제학을 전공한 재원이야. 지난번에 대구에 와서 닷새 동안 머물다 갔지."

"대구엔 무슨 일로 왔었는데요?"

"경북대학교에서 박사과정을 밟을 생각을 하더라구. 아마 이 년 후쯤 대구로 유학 올지도 몰라."

"하필이면 왜 대구로 유학을 온대요?"

"글쎄! 그거야 나도 모르지."

미숙이 묻는 대로 또박또박 대답해주면서도 기분이 좋지 않았다. 여자들은 왜 남의 개인사에 저리도 신경을 곤두세우는지 모를 일이었다. 정혁은 두 여자를 보며 말했다.

"방금 인사를 나눈 중국 분이 두 사람을 위해 자신이 타는 자동차와 운전기사를 보내왔어요. 오늘부턴 좀 편할 겁니다."

"오빠! 혹시 택시 타는 것보다 더 비싸게 치이는 거 아니에요?"

"택시 타는 것보다 싸게 치이겠지만, 기름 값과 운전기사의 용돈 정도는 별도로 지불해야 할 거야."

뭔가 싸해진 분위기를 읽었는지 한지혜가 나섰다.

"어머 잘됐다. 오 선생님! 안 그래도 택시 잡을 때 힘들어 죽을 뻔했는데 이제 살았네요. 오 선생님 아니, 오빠 덕분에 편하게 생겼어요."

"그래요. 우리 편하게 즐겨봅시다."

"그런데 오 선생님! 제가 한 가지 여쭤 봐도 될까요?"

"그럼요. 뭐든 물어보세요."

"정말 괜찮죠? 그럼 여쭤보겠는데요. 방금 왔다간 그 중국 여자분이 혹시 오 선생님을 좋아하는 거 아니에요?"

"글쎄요!"

"좋아하지 않으면 중국 분께서 자신이 타는 자동차와 거기에다 운전기사까지 딸려 보낼 수가 있을까요? 제가 듣기로는 중국 사람들은 형편이 그리 좋지 않다고 들었는데……."

"그게 그렇게 궁금했어요?"

"그럼요. 말 나온 김에 한 가지 더 여쭤볼 게 있는데요."

"또 있습니까? 지혜 씨가 나에 대해 궁금한 게 참 많네요."

"사모님께서는 무슨 일을 하고 계시나요?"

그거야말로 정혁에게 아킬레스건(Achilles, tendon)[190]이었다.

---

190) 발뒤꿈치 바로 위에 있는 하나의 굵은 힘줄. 하퇴(下腿) 뒷면의 장딴지에서

하지만 감춘다고 감춰질 일도 아니라 터트리기로 했다.

"집사람은 몇 년 전에 사고로 갔습니다."

아내가 비명에 가고 나서 어머니가 아이들을 돌봤는데 이번에 뇌출혈로 쓰러지는 바람에 정혁의 걱정은 이만저만이 아니었다. 어머니도 어머니지만 아이들 때문에라도 어머니는 꼭 회복돼야 했다. 속 모르는 남들은 중국에서 득달같이 날아온 정혁을 효자라고 하지만 그건 정혁에게 해당되지 않는 소리였다.

"어머! 죄송해요. 제가 괜한 걸 여쭤봤나 봐요. 평소 밝은 성격이시라 그런 사연이 있으실 줄 몰랐어요."

"괜찮습니다. 다 지나간 일인데요 뭘."

"그럼 공부도 빨리 마치셔야겠네요?"

"물론이지요. 그래서 죽기 아니면 까무러치기로 하고 있지요. 자, 이제 출발합시다."

말없이 듣고만 있던 미숙이 잔뜩 움츠러든 소리로 말했다.

"오빠. 그렇게 바쁘신데 제가 무슨 자격으로 그 귀한 시간을 빼앗는지 모르겠네요."

"괜찮다니까. 외국에 살다보면 고향 까마귀만 봐도 반갑다잖아? 나도 그래 인마!"

세 사람은 샤오짱이 보내온 자동차를 타고 씨딴(西単, 서단)으로 떠났다.

"오 선생님! 씨딴도 상당히 번화한 곳이네요?"

"당연하죠. 북경의 3대 중심상권인 왕푸찡·씨딴·차오와이따찌

발뒤꿈치뼈(종골) 쪽으로 이어져 있는 힘줄로 발의 운동에 대단히 중요하다.

에(朝外大街, 조외대가) 가운데 한 곳이니까요. 씨딴따찌에(西单大街, 시단대가)라고도 불리는 북경의 상업지역으로 씨딴원화꽝창(西单文化广场, 서단문화광장)·씨딴뻬이따찌에(西单北大街, 서단북대가)가 포함되며, 유명백화점·쇼핑몰 그리고 수많은 맛집·오락·금융 등의 다양한 업종들이 밀집돼 있어요. 또한 이곳은 왕푸찡과 달리 씨딴뻬이따찌에는 대중교통수단들이 자유롭게 드나들 수가 있습니다."

씨딴의 역사는 아마 명(明)나라시대까지 거슬러 올라간다. 그 당시 이곳은 뻬이찡청(北京城, 북경성) 서북지역의 주요지점인 꽝안먼(广安门, 광안문)으로 가는 길목이었다. 각 성(城)에서 육로를 통해 온 사람들이 씨딴을 거쳐 뻬이찡청 안으로 들어갔다. 때문에 유동인구가 늘면서 상점·주점·숙박업소 등이 자연발생적으로 생겨나고 상업도 덩달아 발달하게 되었다. 그리고 청나라 말기에는 만주족 귀족들이 북양(北洋)정부와 국민당정부시기에 많은 정부기관들이 이곳에 자리를 잡게 되면서 더욱 번창하게 되었다.

"오빠! 이곳은 이 정도로 보고 천안문광장으로 가면 안 될까요?"

"좋아! 그럼 톈안먼꽝창(天安门广场, 천안문광장)으로 가 봅시다."

톈안먼꽝창에 도착한 한지혜는 그 규모에 입을 딱 벌렸다.

"오 선생님! 정말 어마어마한 규모의 광장이네요!"

톈안먼꽝창은 뻬이찡 중앙부에 위치한 동서 500미터, 남북 880미터, 총 면적 44만 평방미터의 세계최대광장이다. 1651년 설계된 이후 1958년 확장공사를 거쳐 현재의 규모가 되었으며, 50만 명의 인원도 거뜬히 수용할 정도라서 대규모 군중시위·집회·행렬·경축행사 등의 장소로 빈번히 활용되고 있다. 마오쩌둥의 대형초상화가 걸린 천안문과 그 앞으로 펼쳐진 공터를 통틀어 톈안먼꽝창이라고 부른다. 광장 중앙에는 인민영웅기념비, 남쪽에는 마오쩌둥 주석 기념당, 동쪽에는 중국혁명박물관과 중국역사박물관, 서쪽에는 인민대회당사가 있다.

그러나 톈안먼꽝창에서 가장 인기 있는 볼거리는 해가 뜨는 새벽에 거행되는 국기게양식이다. 행진곡과 함께 군인들이 정렬하여 나타나 중국 국기인 오성홍기(五星紅旗)를 게양하는데, 이 의식에 걸리는 시간만 거의 삼십 분이다. 국기게양시간과 강하시간은 매번 조금씩 다른데, 그 이유는 넓은 중국대륙에서 해가 뜨고 지는 자리와 톈안먼꽝창의 지평선이 서로 일치할 때를 계산하여 정하기 때문이다. 해가 어슴푸레 뜨는 새벽의 오묘한 기운 속에서 벌어지는 이 작지만 웅장한 의식은 외국관광객들뿐 아니라 북경을 방문한 타지역의 중국인들에게도 북경에 오면 놓치지 말아야 할 필수코스로 손꼽히고 있다.

톈안먼은, 명나라 영락(永乐) 15년(1417) 건축이 시작돼 처음에는 3층 5칸(三层五间)식 목조패루(木造牌樓)로 청톈먼(承天门, 승천문)이라 불렸다. 천순(天顺) 원년(1457) 벼락으로 훼손된 것을 성화(成化) 원년(1465)에 재건하면서 정면 폭이 9칸인 문루식(門樓式)[191] 패루(牌樓)[192]로 만들었다. 이 문루식(門樓式) 패루

---

191) 아래에는 출입을 하는 문을 내고, 위에는 누각을 지어 사방을 두루 살피는 기능을 가진 건물.
192) 중국에 있어서 기념비적인 문형(門形)의 건축. 패방(牌坊)이라고도 함.

(牌樓)는 숭정(崇禎) 17년(1644) 이자성(李自成)이 이끈 농민봉기군이 북경을 공격할 때 소실되었다가, 청(淸)나라 순치(順治)8년(1651)에 다시 복구되었다. 이때 목조패루(木造牌樓)에서 성루(城樓)193)로 증축하면서 청텐먼을 톈안먼으로 변경하였다.

"오 선생님! 듣던 대로 자금성의 규모도 장난 아니네요?"

천안문 곁에 있는 자금성을 바라보며 한지혜가 물었다.

쯔찐청(紫禁城, 자금성)은 세계에서 가장 큰 규모의 궁전으로 도시 속에 지어진 또 하나의 도시라 할 수 있다. 면적만 보면 마을 정도의 규모이지만 동서남북으로 설치된 폭 오십 미터의 해자(垓子)194)와 십 미터 높이의 성벽을 보면, 완벽한 하나의 도시라고 봐도 무방하다.

명(明)나라 제3대 황제 영락제(永樂帝)는 황제가 된 지 사 년째인 1406년, 수도를 남쪽 난징(南京)에서 뻬이찡으로 옮기면서 거대한 궁궐을 짓도록 했다. 약 이십만 명의 사람들이 십사 년에 걸쳐 건설한 끝에 모습을 드러낸 쯔찐청은 이전까지의 어떤 궁궐과도 비교할 수 없을 만큼 규모가 웅장하다. 전체면적 72만 평방미터, 건축면적만도 15만 평방미터에 이르는 거대한 건축물이다. 길이 960미터, 폭 750미터인 직사각형의 공간에 수많은 건물이 들어서 있고, 방의 개수도 8,886개나 된다.

쯔찐청을 들어서면서 미숙이 물었다.

"오빠! 저 많은 건물을 지으려면 엄청난 재료가 들어갔을 텐데,

---

193) 성곽(城郭) 곳곳에 세운 다락집을 가리킨다.
194) 적의 침입을 막기 위해 성 밖을 둘러 파서 못으로 만든 곳.

모두 어디에서 구해왔을까요?"

쯔찐청 건설에는 여러 가지 이야기가 전해 내려오고 있다. 건축재료 가운데 돌은 가까운 팡싼(房山)채석장에서, 벽돌은 싼뚱(山东)지방에서 가져왔다. 이 두 지역에서 쯔찐청까지는 수십·수백 킬로미터 떨어진 곳에서, 대리석과 나무는 쑤쪼우(苏州)와 윈난썽(云南省) 등 이천 킬로미터가 넘게 떨어진 곳에서 가져와 건물을 지었다고 전해지고 있다.

"오 선생님! 간판에 자금성이라고 씌어져 있지 않고 왜 고궁(故宫)이라고 씌어 있지요?"

"아! 지혜 씨는 상당히 눈썰미가 있네요. 그건 1925년 시월 꾸꿍(故宫, 고궁)박물관이 설립되면서부터 쯔찐청에서 꾸꿍으로 이름이 바뀌었습니다. 1947년에는 꾸우천리에쑤오(古物陈列所, 고물진렬소)와 꾸꿍박물관이 합병되었지만, 명칭은 여전히 꾸꿍박물관이라고 불리고 있죠. 1933년 항일전쟁으로 인해 꾸꿍의 중요한 문물들이 쌍하이, 난찡, 쓰추안 등지로 운반되었다가 항일 전쟁이 끝난 후 다시 뻬이찡으로 돌아왔지만, 나중에 일부 유물들이 타이완으로 유출되기도 했습니다."

"오빠! 자금성의 특징이나 구조에 대해 알려주세요. 그냥 봐서는 뭐가 뭔지 모르니까 재미가 없어요."

자금성은 구조와 기능에 따라 와이차오(外朝, 외조)와 네이팅(内廷, 내정)으로 나눠져 있다. 와이차오(外朝, 외조)는 황제가 대전(大殿)에서 신하들과 조회를 거행하고, 권력을 행사하는 곳으로 주요 건물로는 타이허뗀(太和殿, 태화전), 쭝허뗀(中和殿, 중화전), 빠오

허뗸(保和殿, 보화전) 등이 있다. 네이팅(内廷, 내정)은 황제가 일상적인 정무(政務)를 처리하고 왕후와 첩 그리고 그의 자녀들이 거주하는 곳으로 주요 건축물로는 깐칭꿍(乾清宮, 건청궁), 쨔오타이뗸(交泰殿, 교태전), 쿤닝꿍(坤宁宮, 곤녕궁) 등이 있다. 와이차오와 네이팅은 중심축상의 깐칭먼(乾清门, 건청문)을 경계로 전방(남쪽)을 와이차오, 후방(북쪽)을 네이팅으로 나눈다. 쯔찐청의 구조와 설계는 중국고대전통문화의 특색을 충분히 나타내고 있을 뿐 아니라 중국고대건축예술의 집대성이자 궁전건축의 전형이라고 할 수 있다.

정혁과 두 여자는 눈이 부시도록 아름답고 화려한 물품들이 가득한 싼따뗸(三大殿, 삼대전), 호우싼꿍(后三宮, 후삼궁), 우잉뗸(武英殿, 무영전), 양씬뗸(养心殿, 양심전), 씨류꿍(西六宮, 서육궁), 뚱류꿍(东六宮, 동육궁), 원화뗸(文华殿, 문화전), 펑셴뗸(奉先殿, 봉선전), 닝쑈우꿍(宁寿宮, 녕수궁) 등을 둘러봤다. 아울러 황제가 나랏일을 볼 때 사용했던 책상과 의자, 수많은 보석, 서예, 미술품, 공예품뿐만 아니라 궁궐의 벽과 바닥을 장식한 돌조각 하나하나까지 살펴보고 텐탄꿍웬(天坛公园, 천단공원)으로 출발했다.

텐탄꿍웬에 도착한 세 사람은 입장권을 구입한 후 천천히 남문 안으로 들어갔다. 가는 날이 장날이라고 사람들이 엄청나게 많았다. 어디서 온 사람들인지 몰라도 모두들 기대에 부풀어 있었다. 혼자 온 듯한 사람도 있고, 단체관광객들도 보이고, 또한 행복에 겨워 깔깔대며 연달아 셔터를 눌러대는 여인들도 눈에 띄었다.

"오빠! 천단(天坛)이라면 하늘에 제를 지내는 단이란 말인가요?"

"그렇지. 이곳은 명(明)·청(淸)시대 군주가 제천의식을 행하던 도교제단(道敎祭壇)이야. 매년 풍년을 기원하는 것은 황제의 연례행사였을 뿐 아니라 비가 오지 않으면 기우제도 지냈어. 고대 규모로는 가장 큰 제단이며, 대지면적은 약 273만 평방미터로 꾸꿍인 쯔찐청의 네 배 정도는 될 거야."

"오 선생님! 그렇담 꽤 오래된 것 같은데 처음부터 이 모습이었나요?"

"그건 그렇지 않습니다."

이곳은 명나라 영락(永樂)4년(1406)에 짓기 시작해 영락(永樂)18년(1420)에 완성되었다. 영락제(永樂帝)는 쯔찐청을 건설했던 황제로, 이곳을 건설할 당시 텐띠탄(天地坛, 천지단)이라고 했다가 1530년 가정제(嘉靖帝)9년에 3개의 제단을 더 추가함으로써 텐탄(天坛 천단)이라고 불리게 되었다. 현재의 규모로 확장된 것은 청대의 건륭제(乾隆帝)시절이다. 그리고 싼인셔(三音石, 삼인석)[195]의 북쪽은 띠탄(地坛, 지단)이라고 불리며 땅에게 제사를, 남쪽은 텐탄이라고 불리며 하늘에게 제사를, 동쪽은 르탄(日坛, 일탄)이라고 불리며 태양에게 제사를, 서쪽은 위에탄(月坛, 월탄)이라고 불리며 달에게 제사를 지냈다고 전해진다.

텐탄의 주요건축물은 남으로부터 웬치우탄(圓丘坛, 원구단), 황치웅위(皇穹宇, 황궁위), 딴삐챠오(丹陛桥, 단폐교), 치녠뗀(祈年殿, 기년전) 순으로 남북 일직선상에 위치하고 있다.

---

195) 첫 번째 석단(石壇)에서 박수를 한번 치면 한번, 두 번째 석단(石壇)에서 두 번, 세 번째 석단(石壇)에서 박수를 치면 세 번의 소리가 울린다고 해서 붙여진 이름이다.

웬치우탄은 톈탄의 주요건물 가운데 하나로 백옥석 난간으로 둘러싼 삼층 석조원대로서 높이가 오 미터나 되고 옥처럼 희여서 그야말로 장관이다. 명·청 시대 매년 동짓날 황제가 친히 이곳에 와서 하늘에 제사를 지내며 천제(天帝)가 하사한 풍년과 태평에 감사를 드리고, 그 다음 해에도 거듭 나라가 태평하고 백성들이 살기가 편하기를 빌었던 곳이다.

황치웅위(皇穹宇, 황궁위)는 신주(神主)를 모셔놓은 사당(祠堂)196)으로서 속칭 침궁(寢宮)이라고도 한다. 높이 19.5미터, 밑부분의 직경 15.6미터의 목조구조이며, 지붕은 8개 기둥에 의해 지탱되고 대들보가 없이 두공(斗拱)197)을 쌓아올렸으며, 천정판(天井板)이 층층이 축소되어 아름다운 궁륭식천정(穹隆式天井)198)을 형성하고 있다.

황치웅위는 같은 시기에 지어진 다른 건물과 달리 예술성이 높은 건축물이며, 내부의 장식도 화려해 일반인은 물론 전문가나 학자들도 많이 찾는 곳이다.

딴삐챠오(丹陛桥, 단폐교)는 길이가 360미터이며, 지면에서 사 미터 높이에 있고 폭은 3미터이다. 다리 중간 아랫부분에는 동서로 뻗은 취엔뚱씬따오(券洞信道, 권동신도)가 있어 치웨이챠오(其为桥, 기위교)라고도 부른다. 다리의 가운데 길은 썬루(神路, 신로)라

---

196) 사대부가(士大夫家)를 비롯한 일반 민가에서 조상의 신주를 모시고 제사지내는 집. 가묘(家廟)라고도 하며, 왕실의 것은 종묘(宗廟)라 한다.
197) 중국, 한국, 일본의 전통적인 목조건축에서 처마를 받들기 위해 기둥 위에 복잡하게 엮은 까치발의 목조구조(木組構造). 방형의 두(斗)와 수평의 공(拱)이 교차하게 짜여서 처마 끝을 높이 쳐들고 앞쪽 까치발을 받치고 있다.
198) 활 모양으로 천정을 만들어 놓은 것.

고 하여 천제(天帝)와 신령(神靈)의 몫으로 비워두고, 썬루(神路, 신로)의 동쪽은 위루(御路, 어로)로서 황제(皇帝)가 다니는 길이며, 서쪽은 왕루(王路, 왕로)로서 왕족과 대신들이 사용했다. 다리의 남쪽은 낮고 북쪽으로 올라갈수록 높아지는 형상이라 남단과 북단의 표고 차이는 약 2미터 정도 된다.

치녠뗸(祈年殿, 기년전)은 텐탄의 가장 대표적인 건축물로 치꾸뗸(祈谷殿, 기곡전)이라고도 하며, 명·청 시대 음력 일월에 황제가 풍년을 기원하던 곳이다. 그 구조형식은 위에는 집이고 아래는 단이며, 삼층 처마는 층층이 작아지면서 우산형태를 띠고 있다. 치녠뗸의 높이는 삼십이 미터, 밑 부분직경은 24.2미터, 6미터 높이의 둥근 백옥석대 위에 우뚝 솟아 있는데 하늘을 떠받들고 있는 듯 기세가 웅장하고 화려하다. 치녠뗸을 받치고 있는 것이 바로 치꾸탄(祈谷坛, 기곡단)인데, 3단으로 구성되어있다.

훼이인삐(回音壁, 회음벽)는 황치웅위의 담으로 원형이며, 둘레가 193.2미터, 높이가 3.72미터, 두께 0.9미터이다. 이는 벽돌을 다듬어가며 빈틈없이 이어쌓은 담으로 두 사람이 벽 안쪽에 각각 동쪽과 서쪽 벽 밑에 서서 벽에 얼굴을 북쪽으로 두고 벽을 향해 낮은 소리로 이야기를 하면, 마치 전화로 통화하는 것처럼 음파가 담벼락을 따라 계속 반사전진하며 서로의 말을 똑똑히 들을 수가 있다.

쌴인쎠(三音石, 삼음석)는 황치웅위 안뜰 중앙에 있는 세 덩어리의 사각형 석판(石板)이다. 전당(殿堂)문을 활짝 열어놓고 석판 위에 올라서서 박수를 치거나 소리를 지르면 메아리를 들을 수 있다. 다시 말하면 북쪽으로부터 첫 번째 돌 위에서 손뼉을 치거나 소리를 지르면 메아리가 한번 돌아오는 것을 들을 수 있고, 두 번째 돌에서 하면 두 번, 세 번째 돌에서 하면 세 번을 각각 들을 수가 있다. 평상시에는 세 번까지밖에 들을 수 없지만, 밤에 조용할 때 듣거나 기구로 측정하면 끊임없이 소리가 반사되어 돌아온다고 한다.

찌우롱빠이(九龙柏, 구룡백)은 훼이인삐 밖에 위치하고 있는 측백나무로 전하는 말에 의하면, 명나라 영락(永樂)황제가 재임하던 시절에 심어 거의 오백여 년의 역사를 지니고 있다. 그리고 나무줄기가 비비꼬이고 뒤엉켜 흡사 아홉 마리 용(龍)이 서려 있는 것 같다고 하여 찌우롱빠이라는 이름을 가졌다고 한다.[199]

세 사람은 쌴인서에 가서 손뼉을 치며 메아리를 확인하기도 하고 사진도 찍다가 중국황실의 여름별궁이었던 이허위엔(颐和园, 이화원)으로 향했다.

이허위엔도 쯔찐청과 마찬가지로 인산인해였다. 수많은 사람들로 인해 이허위엔은 이미 완리창청(万里长城, 만리장성)으로 내달리고 있었다.

"오 선생님! 듣기만하다 직접 와보니 전체규모가 한눈에 다 들어오지도 않는데요? 도대체 언제 만든 겁니까?"

이허위엔은 원래 금나라 때 행궁(行宮)으로 건조를 시작해 명나라 때 호수주변에 여러 개의 사원과 정자를 세웠다. 그리고 청나라

---

199) 참고 : 중국국가급풍경명승구총람, 위키백과사전(Wikipedia), 두산백과사전(斗山百科事典).

건륭제(乾隆帝)때, 역대 어느 황제보다 황실정원 조성에 많은 힘을 기울여, 쿤밍후(昆明湖, 곤명호)를 확장하고 완쇼우싼(万寿山, 만수산)에 많은 건물을 짓기도 했다. 당시에는 칭이웬(清漪园, 청의원)이라는 이름으로 불렸으나 1860년 서구열강의 침공으로 안타깝게 파괴되고 말았다. 이후 씨타이호우(西太后, 서태후)가 실권을 장악하고 1886년 재건되면서 이허위엔(頤和园, 이화원)이라고 불리게 되었다.

주로 이곳에서 수렴청정(垂簾聽政)을 했던 씨타이호우는 일시적인 피서와 요양목적으로 건설되었던 이허위엔에 각종 전각과 사원을 추가해 본격적인 국사를 볼 수 있는 궁전형태로 변모시켰다. 이허위엔 재건비용 때문에 청나라가 1894년 청·일 전쟁에서 패배했다는 말이 나올 정도로 막대한 자금이 들어갔다고 한다. 이허위엔에는 거대한 인공호수와 60미터 높이의 인공산(人工山)을 중심으로 각종 전각(殿閣)과 사원(寺院), 회랑(回廊) 등 삼천여 칸의 전통건축물이 자리 잡고 있다. 여기서 가장 눈길을 끄는 것은 총면적의 4분의 3을 차지하는 거대한 인공호수 쿤밍후(昆明湖, 곤명호)이다.

"흐미야! 이게 호수라고요? 바다처럼 광활한 이 호수가 정말 인공호수라고요? 눈으로 보면서도 믿을 수 없어요. 이 넓은 호수를 어떻게 팠으며 물은 또 어떻게 채웠대요?"

한지혜가 호들갑을 떨었다.

"항쪼우(杭州, 항주)에 있는 씨후(西湖, 서호)을 모방해 만든 것이라고 합니다. 저 앞에 보이는 산(山)이 완쇼우싼(万寿山, 만수산)이라고 하는 데, 쿤밍후(昆明湖, 곤명호)를 조성할 때 파낸 흙을 쌓아 만든 높이 육십 미터의 인공산(人工山)입니다. 건축물들은 모두 산의 남쪽기슭을 따라 배치되어 있고요. 산 정상에 있는 불전(佛殿) 쩌훼이하이(智慧海, 지혜해)는 드넓은 쿤밍후를 비롯한 이허위엔 전체를 바라볼 수 있는 곳입니다. 바로 아래 이십일 미터 높이로 우뚝 솟아 있는 육각형의 불당(佛堂) 푸썅꺼(佛香阁)는 이허위엔을 대표하는 상징적인 건물로 꼽히지요. 이외에도 씨타이호우가 정사(政事)를 보았다는 런쑈우뗸(仁寿殿, 인수전), 홀로 휴식을 취했던 곳으로 중국최대의 찡쮜(京剧, 경극)극장이 있는 떠허웬(德和园, 덕화원), 관세음보살상(觀世音菩薩像)이 모셔져 있는 파이윈뗸(排云殿, 배운전) 등이 유명합니다. 이허위엔에서 빼놓을 수 없는 또 하나의 건축물은 챵랑(长廊, 장랑), 바로 지금 우리가 서 있는 이 기나긴 복도입니다."

세 사람은 길이가 728미터, 273칸으로 중국에서 가장 크고 긴 복도를 걸으며 천장과 벽에 수많은 그림이 그려져 있는 '중국 최대의 야외미술관'을 띄엄띄엄 구경했다. 이외에도 중국의 안녕을 기원하며 만들었다는 쿤밍후에 떠 있는 듯한 돌배(石舟), 여러 개의 돌다리, 아름답게 조각된 수많은 석상들을 보았다.

"오 선생님! 이 넓은 곳을 어떻게 보는 게 가장 효율적일까요?"

효율적으로 본다는 말이 가당키나 할까? 바로 이런 것이 관광의 한계다. 정혁은 수도 없이 이곳에 왔지만 본 것보다 못 본 것이 더 많다.

이허위엔은 그 기능에 따라 크게 황제가 정사(政事)를 돌보던 정치활동구역, 생활거주구역, 휴식 및 유람구역 등 세 개 구역으로 나뉜다. 뚱꿍먼(东宫门, 동궁문)으로 들어가 런쑈우뗀(仁寿殿, 인수전)을 중심으로 한 정치활동구역을 관람한 다음, 런쑈우뗀(仁寿殿, 인수전)뒤 쪽에 있는 광서황제(光緒皇帝)가 거주하던 위란탕(玉瀾堂, 옥란당), 광서황후(光緒皇后)가 거주하던 이이꽌(宜艺馆, 의예관), 씨타이호우(西太后, 서태후)가 거주하던 러쑈우탕(乐寿堂, 낙수당) 등을 둘러보면 될 것이다. 다음으로 총 길이가 무려 728미터에 이르는 챵랑(长廊, 장랑)을 따라 호수주위의 풍물을 구경하면서 챵랑(长廊, 장랑) 내부에 있는 그림을 구경하는 것도 좋은 방법이다. 인물·산수·꽃·새 등을 그린 색채화가 팔천여 점이나 된다고 하니 흥미를 불러일으키기에 충분하다. 인물화(人物畵)의 전거(典據)는 역사상의 고사·전설·소설·신화 등 그 폭이 매우 다양할 뿐 아니라 내용도 상고시대(上古時代)로부터 청대(淸代)에 이르기까지 오천여 년을 포괄하고 있다. 그 가운데 유명한 것으로는 타오웬싼찌에이(桃园三结义, 도원삼결의)200), 쨩타이꿍 따오위(姜太公钓鱼, 강태공조어)201), 우쑹따후(武松打虎, 무송타호)202) 등이 있었다.

"오늘은 늦은 시간까지 개장하는 날이라 여유롭게 야경을 구경할 수 있어 참 좋네요?"

---

200) 복숭아 동산에서 유비(劉備)), 관우(關羽), 장비(張飛) 셋이 의형제를 맺은 것을 가리킨다.
201) 큰 뜻을 품고 때가 오기를 기다리며 무위(無爲)한 나날을 보낸다는 뜻으로 쓰인다.
202) 무송(武松)이 호랑이를 맨손으로 때려잡았다는 수호지(水滸誌)의 내용.

"이화원에 오니까 오 선생님 마음이 즐거워보여요."

"당연하죠. 이런 기회가 아니면 어떻게 이런 호사를 누리겠습니까? 넓은 호수에 볼거리가 하도 많아 온다고 와도 언제나 다 못 보고 갑니다. 북경에 머무는 동안 여기만 제대로 보고 가도 될 텐데 말입니다."

"오 선생님! 우리도 만수산에 우뚝 솟아 있는 불당에 한 번 올라가 보면 안될까요?"

"그거 좋은 생각입니다. 우리 올라가 봅시다."

"오빠! 뭐 좀 먹고 올라가요. 뱃가죽이 등에 붙어 자꾸 허리가 꼬부라져요."

"어이구 저런! 그럼 우선 먹자구. 금강산도 식후경인데."

"어제께 먹었던 양고기꼬치와 만두 먹을 수 있을까요?"

한지혜의 말에 미숙도 고개를 끄덕였다.

"좋습니다. 저 앞에 가게가 보이는 데, 저기에서 간단히 요기를 하고 갑시다."

그들은 양로우추얼(羊肉串儿, 양고기꼬치), 빠오즈(包子, 만두), 멘탸오얼(面条儿, 국수)로 허기를 채우고 푸썅꺼(佛香阁, 불향각)로 향했다.

푸썅꺼에서 바라본 쿤밍후의 야경은 그야말로 하루의 피곤을 단숨에 씻어주었다. 그때 휘영청 밝은 달빛이 물결에 휘감겨 정혁의 동공 속으로 들어왔다 가슴 깊숙이 바로 숨어버렸다. 이허위엔 쿤밍후에는 달님과 용왕님의 주선으로 월하노인(月下老人)이라도 나타날 것만 같은 황홀한 밤이었다. 옅은 뭉게구름마저 달그림자를 만들어 쿤밍후로 가끔씩 내려 보내주고 있었지만, 무심한 쿤밍후는 그 마음을 제대로 알지 못하고 자꾸 달그림자를 지워댔다.

"오 선생님! 오늘 밤은 잠을 못 이룰 것 같네요. 달님과 함께한 이화원의 야경이야말로 이번 북경여행에서 압권일 것 같아요. 시간이 허락한다면 밤새도록 이곳에서 몽환경에 들고 싶습니다."

미숙이 정혁의 팔을 잡으며 말했다.

"오빠! 밤공기도 차가운데 우린 그만 돌아가요. 지혜는 여기서 밤을 새든 인생을 새든 알아서 하라 하고."

"그럼 문 닫을 때도 다 됐으니 슬슬 나가봅시다."

세 사람은 서태후의 숨결이 남아 있는 이화원을 뒤로 한 채, 숙소인 쭝셰호텔로 향했다.

16. 등고선

  다음날 아침, 정혁은 한국 손님 두 사람을 데리고 빠따링완리창청(八达岭万里长城, 팔달령만리장성) 입구에 도착했다. 세 사람은 밑에서부터 천천히 걸어 올라가기 시작했다. 워낙 올라가는 사람이 많아서 지루하진 않았다. 중간중간 사진을 찍는 사람도 있고, 걸음을 멈추고 풍경을 감상하며 쉬는 사람도 있었다.

  '인류최대의 토목공사'라고 불리는 이 거대한 유적은 중국역대왕조들이 북방민족의 침입을 막기 위해 세운 방어용 성벽이다. 지도상 연장길이가 2,700킬로미터이며, 중간에 갈라져 나온 지선들까지 합치면 총 길이가 약 5,000~6,000킬로미터에 이른다. 동쪽 허뻬이썽(河北省, 하북성) 싼하이꽌(山海关, 산해관)에서 서쪽 깐쑤썽(甘肃省, 감숙성) 쨔위꽌(嘉峪关, 가욕관)까지 동서로 길게 뻗어 있다. 보통 완리창청(万里长城, 만리장성)의 기원을 진(秦)나라 시황제

(始皇帝) 시기로 보는 사람도 있지만, 그보다 훨씬 전인 춘추시대(春秋時代 : BC 770~ BC 443)부터 북쪽변방에서 부분적으로 성벽이 건축되기 시작했다.

"오 선생님. 이 기나긴 만리장성을 완공하는 데 얼마나 많은 세월과 인력이 소요됐을까요? 하여튼 중국 사람들 지구력 하나는 끝내주나 봐요."

"글쎄나 말입니다. 만리장성은 이천여 년 동안 계속해서 축조되었다고 해요."

역사기록에 의하면 기원전 7세기 초(楚)나라의 팡청(方城, 방성)을 시작으로, 명나라(1368~1644년)에 이르기까지 총 이십여 개의 제후국과 봉건왕조를 거치면서 건설된 것이다. 그 가운데 진(秦)·한(漢)·명(明)나라 때 지어진 완리창청의 길이가 모두 5천 킬로미터를 넘는다고 전한다. 만약 각 시대별로 지어진 완리창청의 길이를 합친다면 총 길이는 5만 킬로미터가 넘는다. 또한 건축하는 데 사용된 흙과 벽돌을 두께 1미터에 높이 5미터라고 가정했을 때, 완리창청의 벽은 지구를 한 바퀴 돌고도 남는다고 한다. 만리장성의 주요성벽은 대부분 산의 가장 높은 곳에 세워져 끝없이 굽이굽이 펼쳐진 산등성이를 따라 가기에 그 모습이 한눈에 들어온다.

완리창청은 백여 개의 요충지대, 보초지대, 봉화지대로 각각 나눠져 있다. 각 지역별 완리창청의 모습 중에서 빼이찡의 빠따링(八達嶺)이 제일 견고하게 지어졌고, 보존도 가장 완벽한 편이다. 이밖에도 찐싼링(金山岭, 금산령), 무텐위(慕田峪, 모전욕), 쓰마타이(司马台, 사마태), 꾸뻬이코우(古北口, 고북구) 완리창청이 있다.

텐찐(天津, 천진)의 황야꽌(黃崖关, 황애관)과 허뻬이썽(河北省, 하북성)의 싼하이꽌(山海关, 산해관) 그리고 깐쑤썽(甘肃省, 감숙성)의 쨔위꽌(嘉峪关, 가욕관) 역시 완리창청의 대표적인 관광지역으로 꼽히고 있다.

"오 선생님! 만리장성은 어마어마한 길이 말고도 뭔가 특징이 있지 않을까요?"

"있지요. 그건 대충 다섯 가지로 요약해볼 수 있습니다."

첫째, 명나라 때 건축한 완리창청은 대담한 공사수행과 건축학적 완벽성으로 손꼽힌다. 지구상에서 사람의 손으로 건설된 것 가운데 인공위성에서도 볼 수 있다는 유일한 건축물인 완리창청은 광대한 대륙의 경치와 어우러진 불가사의한 건축물이다. 둘째, 춘추시대의 중국인들은 북쪽 국경을 따라 방어벽을 구축하면서 독자적인 건설공법과 공간구조를 확립했다. 중국의 확산은 완리창청 공사에 동원된 인구이동으로 더욱 두드러지게 되었다. 셋째, 완리창청은 고대중국문명의 살아 있는 증거다. 깐쑤썽에 남아 있는 서한시대(西漢時代)의 진지 안에 흙을 다져 채워 넣는 방식으로 건축한 성벽은 명나라의 놀라우면서도 보편성을 지닌 축성술이라고 찬사를 받고 있다. 넷째, 완리창청은 복합적이고 통시적인 문화재로써 이천 년 동안 오직 전략적 목적으로 유지된 군사건축물의 특별한 사례이다. 하지만 성벽건설의 역사는 방어기술과 변화하는 정치상황 속에서 계속 발전하였음을 보여주고 있다. 다섯째, 완리창청은 중국의 역사에서 가장 중요한 상징물이다. 성벽의 목적은 외부의 공격을 막아냄과 동시에 침략자들의 관습으로부터 중국인들의 문화를 보존하는

데 있었다. 성벽의 축조과정에는 중국백성들의 험난한 고달픔이 내포돼 있으며, 그것은 중국문학사의 중요한 작품인 진림(陳琳, AD 200년경)의 《음마장성굴행(飮馬長城窟行)》이나 두보(杜甫, 712~770)의 시(詩), 명(明)나라의 소설 등 작품 속에서도 잘 드러나고 있다.

"오빠! 만리장성을 감상하는데 포인트가 있다면 그거나 가르쳐줘요. 어딜 중점적으로 봐야하는지 통 모르겠어요."

"아이쿠 두야! 오늘은 망원경을 필히 가져오려고 꺼내놓고는 그냥 왔구나. 포인트가 뭐 따로 있나? 이렇게 높다란 망루에 올라 내려다보며 전체를 조망하면 되지."

빠따링완리창청 망루에 올라 주변을 살펴보면, 완리창청의 요충지가 어떤 형태를 갖추고 있는지 알 수 있다. 완리창청의 주요 길목이 어떤 곳에 지어졌는지는 기본이고, 실제 성벽의 높이·망루들의 차이점·무기를 사용하기에 적합하게 만든 건축기법까지 한눈에 들어온다. 능선을 따라 동서로 이어진 수십 킬로미터의 무뚝뚝한 성벽은 그 밑에 울긋불긋한 점으로 꼬물대는 관광객들과 극명한 대비를 이룬다. 또한 이곳에서는 말과 군사들이 신속하게 이동했다는 성벽 위의 도로도 볼 수가 있다. 길이 평탄하고 넓지만 망루와 누각, 도로 사이에 계단이 있어 마차가 과연 달릴 수 있었을까하는 의문이 들기도 하지만 말이다.

"맞아요 오빠. 마차가 달렸다는 건 완전히 뻥일 거예요. 말은 달렸을지도 모르겠다."

만리장성 망루에 올라 인류의 발자취를 살펴본 일행은 그만 하산해 룽칭쌰(龙庆峡, 용경협)로 출발했다.

"오 선생님! 용경협이라면 협곡이 있나보지요?"

"맞아요. 손 타지 않은 머나먼 태초, 신선이 살 듯한 협곡이지요."

룽칭쌰는 명·청 시대부터 빼어난 풍광으로 이름난 곳으로, 수려한 남방산수(南方山水)와 웅장한 북방산수(北方山水)의 특징을 동시에 갖고 있다. 룽칭쌰의 경치를 보고 있노라면 산수화가 그려진 화폭이 자연스럽게 연상된다. 시시각각 변하는 느낌에 따라 위에량완(月亮湾, 월량만), 쩐싼루라이(镇山如来, 진산여래), 뚱따짜이(东大寨, 동대채), 쭝싼(钟山, 종산), 취에챠오쓰(鹊桥石, 작교석), 펑꽌따오(凤冠岛, 봉관도) 등 삼십여 가지가 넘는 이름을 가지고 있다.

여름철에는 평균기온이 뻬이찡보다 낮아 여름휴양지로 각광을 받고 있으며, 겨울철에는 기온이 낮아 얼음으로 만든 각종 예술품을 전시하는 빙등예술제(冰灯艺术节)가 열리기도 한다. 칠 킬로미터 길이의 유람선 탑승은 룽칭쌰의 절경을 감상하기에 가장 좋은 방법이다. 협곡 양쪽으로 가파르고 험준한 벼랑이 높다랗게 우뚝 솟아 있으며, 독특하고 험준한 산 형태와 함께 큰 댐으로 가로 막혀 있다. 골짜기에 가득한 물이 수려한 풍경의 천연협곡을 자랑한다. 룽칭쌰는 북경 교외 3대 협곡 가운데 하나로 샤오꿰린(小桂林, 소계림), 샤오싼샤(小山峡, 소삼협), 샤오리쨩(小漓江, 소리강) 등으로 불리기도 한다.

서늘한 기후를 자랑하는 여름의 룽칭쌰는 공기가 맑고 상쾌하며 기온이 뻬이찡시내보다 6도, 뻬이찡 북부에 위치한 청떠(承德, 승덕)의 삐쑤싼쮜앙(避暑山庄, 피서산장)보다 0.8도가 낮다. 겨울에는 날씨가 매우 추워 결빙기간이 비교적 긴 편이다. 그래서 1987년부터 매년 일월에서 이월말까지 빙등예술제(冰灯藝術節)가 열리고 있다.203)

룽칭쌰(龍慶峽)에 도착한 세 사람은 용 모양이 가파른 터널을 통과해 유람선을 탔다.

"오빠! 입구에서 볼 때 하고는 차이가 많이 나네요? 제가 마치 동양화 속으로 들어온 느낌이에요."

"미숙아, 여기가 삐이찡 16경 가운데 한 곳이야. 그러니까 너도 삐이찡 16경의 하나가 된 거야. 시간이 없는 게 탈이지 이것 외에 빠이화뚱(百花洞, 백화동), 썬쎈웬(神仙院, 신선원), 위황띵(玉皇頂, 옥황정), 치판쒀(棋盤石, 기반석), 모왕쑤(魔王樹, 마왕수), 톈쳐(天池, 천지), 찐깡쓰(金剛寺, 금강사), 꾸청이엔쑤(古城烟樹, 고성연수), 따빠쏭리(大壩雄立, 대파웅립), 쩐싼루라이(鎭山如來, 진산여래), 치엔포썬칸(千佛神龕, 천불신감), 쎈런뚜이이(仙人對弈, 선인대혁), 모야오꾸쑤(磨腰古樹, 마요고수), 펑꽌따오(鳳冠島, 봉관도) 등 마흔 가지가 넘는 볼거리가 더 있어. 조금 있으면 기상천외한 광경도 보게 될 거야."

"오빠! 그게 뭔데요?"

"잠시만 기다려 봐! 아, 저기 보이기 시작하네. 하늘 위쪽에 조그만한 물체가 움직이는 게 보이지?"

---

203) 참고 : 중국인민망, 삐이찡관광국, 유네스코, 세계유산센터, 두산백과사전(斗山百科事典), 중국시사문화사전.

"어머! 저게 뭐예요?"

두 여자가 동시에 물었다.

"한국 텔레비전에도 소개됐다고 하던데 두 사람은 못 봤나 보네? 저게 바로 하늘자전거야. 협곡 사이에 높은 외줄을 걸어놓고 그 위에서 사람이 자전거를 타고 있는 모습이지."

"어떻게? 어떻게 그게 가능하죠?"

"한국인들은 생각도 못할 일이 중국에서는 일어날 경우가 자주 있어."

"저는 배 위에 앉아만 있어도 무서운데, 저 사람들은 저 까마득한 곳에서 외줄에 의지해 공연하다니? 말도 안 돼요!"

"오빠! 저 사람 떨어질까 조마조마해서 더 이상 못 보겠어요."

"걱정 마. 저 사람들 모두 오랜 기간 수련을 거친 전문가들이니까."

햇빛의 각도에 따라 그 모습을 달리하는 협곡, 가파른 바위산 군데군데 짐승의 아가리처럼 시커먼 구멍이 보였다. 그 구멍 속에서 흰 수염 휘날리며 금방이라도 신선이 걸어 나올 것 같은 풍경에 세 사람은 넋을 잃었다.

세 사람은 룽칭쌰의 비밀스런 매력에 푹 빠져 있다가 밤늦게 숙소로 돌아왔다.

17. 야망의 눈동자

이제 마지막 일정만 남았다. 세 사람은 호텔 커피숍에서 차를 한 잔 마시고 출발했다. 마지막이라는 조바심이 만들어 낸 여유였다.

마지막 날임을 감안해 일정을 간단하게 짰다. 오전에는 북경에서 주재원생활을 하고 있는 현대관도유한공사(現代管道有限公司)204) 양철호 사장님 댁을 방문해 점심을 함께 하고, 중국한약의 명가인 통렌탕(同仁堂, 동인당)을 거쳐 외국인들이 가장 좋아하는 골동품 시장인 류리창(琉璃厂, 유리창)에 들르기로 했다.

"오 선생님! 현대관도유한공사 양철호 사장님 댁은 왜 방문하지요?"

"두 분께서 중국에 와서 뷰티샵을 운영하려면 북경에서 오랫동안

---

204) 한국의 현대모비스(Hyundae Mobis)와 중국의 뻬이천그룹(北辰集團, 북신집단)이 합작해 설립한 회사임.

거주한 분의 의견을 듣는 게 중요하다 싶어서 특별이 일정에 넣었어
요."

"감사합니다. 그런데 그 또한 신세지는 일일 텐데 어쩌지요? 그
사장님과는 친분이 두터우신가 봐요?"

"저와는 대학원 동문 사이로 인품이 후덕해 따르는 사람들이
많습니다."

"오빠! 우리가 갑자기 방문하면 당황하지 않을까요?"

정혁은 미리 방문목적을 밝히고 충분히 양해를 구해두었다.

두 여자는 처음 방문하는 집인데 무슨 선물을 사야 하나 머리를
모으고 의논했다. 마트에 들러 이것저것 선물을 준비한 그들은
양 사장 집으로 출발했다.

현대관도유한공사 양철호 사장의 집은 북경시 조양구 야윈춘
근방의 찡요우아파트였다.

"오 선생님! 이 아파트는 한국아파트와 완전 비슷한데요?"

"그렇죠? 이 아파트는 한국의 우방주택(友邦住宅)과 중국의 뻬이
천그룹(北辰集团, 북신집단)이 합작으로 지어서 구조가 한국아파
트와 똑 같습니다. 찡요우아파트야말로 한국기업이 중국에서 처음
으로 지은 아파트인 셈이죠."

"중국에서 한국아파트를 보니까 엄청 반갑네요."

초인종을 누르자 양 사장 부부가 반갑게 맞았다.

"오 선생님! 오래만이네요. 얼굴이 좀 야위신 것 같네요. 공부하느
라 많이 힘드신가 봐요?

"아닙니다. 처음부터 각오하고 시작한 일인데요 뭐."

뒷덜미를 긁던 정혁이 두 여인을 소개했다.

"여기 두 분은 한국 대구에 살고 있는데요. 중국 북경에서 미용실을 해볼까 해서 시장조사차 왔다가 양 사장님 내외분의 고견을 듣고자 실례를 무릅쓰고 잠시 들렀습니다."

"잘 오셨어요. 점심식사나 하시면서 천천히 쉬었다 가세요."

양 사장은 친절하게 북경의 실상을 들려주고 두 여자는 귀를 모아 경청했다. 양 사장의 얘기가 일단락되자 기다렸다는 듯 한지혜가 양철호 사장부인을 향해 물었다.

"사모님. 북경의 한국 미용실은 어떤가요? 혹시 가보신 적 있으신 지요?"

"물론 가봤지요. 대단하더라고요. 미용도 한류물결을 탄 것 같아요. 한국 미용사들의 기술수준이 월등할 뿐 아니라 서비스도 좋잖아요. 중국은 미용실뿐 아니라 어딜 가도 서비스개념이 없어요. 한국미용사들의 디테일한 서비스에 완전히 매료된 상태입니다."

"어머나! 그렇게 인기가 좋습니까?"

"그럼요. 중국의 고위직 부인들이 죄다 한국 미용실로 몰리고 있는 실정이에요. 그런데 한 선생님은 미용에 입문한 지 얼마나 되셨어요?"

"얼마 안 됩니다. 뷰티샵에 종사한 지 팔 년밖에 안 되니까요."

"오래되셨는데 겸손하시네요. 팔 년 동안 쉬지 않고 계속 일을 하셨다면 굉장한 수준이실 텐데, 그렇다면 중국에서 분명히 성공할 수 있을 겁니다."

"그럴까요?"

한지혜가 바짝 다가앉았다.

"북경은 해마다 한국인들이 폭발적으로 늘어나고 있기 때문에 뷰티샵의 사업전망은 아주 밝다고 봅니다. 한국여인들이 얼마나 꾸미기를 좋아합니까? 저도 미용기술이 있었다면 벌써 시작했을 거예요. 게다가 아까도 말씀드렸다시피 중국인들한테도 폭발적인 인기를 끌고 있잖아요?"

오정혁, 김미숙, 한지혜 세 사람은 양철호 사장 부부로부터 정성스런 점심과 맛있는 대화를 나눈 뒤 아쉬운 발길을 돌렸다. 중국한약을 사기 위해 북경시 숭문구에 있는 통렌탕(同仁堂, 동인당)으로 향했다.

통렌탕은 북경시에 위치한 한약방으로 청(淸)나라 강희제(康熙帝) 때인 1669년 창립한 이래 오늘날 중국한약방의 대명사가 되었다. 북경시내 여러 개의 분점이 있을 뿐 아니라 지방소도시까지 지점이 나가 있다. 정신안정에 특효약으로 알려진 '우황청심환(牛黃淸心丸)'은 뻬이찡통렌탕의 대표적인 상품이다.

한지혜가 먼저 진맥(診脈)을 받아보고 우황청심환 한 통을 샀다.

"미숙이는 살 게 없어?"

"저는 별로……."

통렌탕 실내를 대충 둘러본 세 사람은 마지막 방문지인 류리창(琉璃厂, 유리창)을 향했다. 류리창은, 한국의 인사동(仁寺洞)처럼 오백 년 역사를 지닌 뻬이찡의 역사적인 거리로, 옛 골동품 및 각종 고서적을 판매하는 곳으로 유명하다.

청 왕조(王朝)가 뻬이찡에 입성한 후 민족분리정책의 일환으로 한족들의 거주지를 성곽 밖으로 제한했다. 그래서 성곽과 가까운 이곳에 한족관료와 문인들이 모여 살기 시작했고, 돈 냄새를 맡은 장사꾼들이 서화와 문구점을 열면서 서점거리가 형성되었다. 과거를 치르기 위해 북경으로 온 사람들 가운데 낙방한 사람들이 고향으로 돌아가기 위해, 가져온 서적·먹·벼루 등을 팔아 노잣돈으로 쓰기도 했다. 특히 청조(淸朝)가 멸망한 뒤 몰락한 고관자제들이 문중에서 소장하던 귀중품들을 들고 나와 팔면서 골동품을 거래하는 전문시장으로 거듭나게 되었다. 문화거리로서 깊은 역사를 가진 이곳은 상점들 자체가 중국 전통 건물로 골동품 역할을 톡톡히 하고 있어 거리를 걷는 것만으로도 충분히 중국의 정취를 느낄 수 있다.

"오 선생님! 류리창(琉璃厂, 유리창)은 무슨 뜻이지요? 우리나라에서 말하는 유리창과 같은가요?"

"비슷합니다. 류리창은 한국어로 유리공장(琉璃工場)이라는 뜻입니다."

원·명나라 때 황궁을 축조하는데 필요한 유리기와공장이 있던 곳이라고 해서 류리창이란 지명이 유래되었다. 건물들은 많은 개보수를 거쳤지만, 아직도 청나라 스타일의 건축물과 상점들이 영업을 하고 있다. 골동품들은 비교적 비싼 편이며, 좋은 물건을 사기위해서는 뛰어난 안목이 필요하다. 골동품 외에 비교적 저렴한 가격으로 옥도장이나 그림을 파는 곳이 많아 기념으로 하나쯤 살 만 했다.

"오빠! 여기는 거리 자체가 고풍스러운 게 운치가 있네요."

"단조로운 생활로 권태로울 때 가끔 옛 정취에 취해보는 것도 좋은 활력소가 되지."

"오빠! 나, 옥도장을 파고 싶은데 가능할까요? 우리 애들에게 옥도장을 파서 기념으로 줬으면 해서요."

"그럼, 여기에다 애들 이름을 한자로 적어봐."

미숙이 이름을 적는 동안 정혁은 가격을 흥정했다.

"오 선생님! 저기 있는 산수화가 마음에 드는데, 적당한 가격으로 흥정이 가능할까요?"

"물론이죠. 서두르지 않고 여유롭게 흥정을 하면, 원하는 가격에 충분히 살 수 있을 겁니다."

세 사람은 옛날 영화 속의 단역처럼 거리를 어슬렁거리며 원하는 물건을 사고 이것저것 구경했다.

"오빠, 이제 어디로 갈 거죠?"

"오 선생님. 양고기꼬치를 좀 사고, 한국식당으로 가서 해물요리 시켜놓고 한 잔 하는 거 어때요? 이제 모든 일정이 끝나고 내일이면 한국으로 돌아가는데, 거하게 송별회라도 해야지요. 안 그래요?"

미숙도 고개를 끄덕였다.

세 사람은 중앙민족대학 북문 앞 위구르족식당에서 먼저 양고기 꼬치를 샀다. 그런 다음 한국식당으로 건너가 맛있는 해물요리를 시켜 놓고 편안한 마음으로 술과 대화를 질펀하게 나눴다.

호텔에 도착한 정혁은 김미숙과 한지혜에게 내일 아침 일찍 출국 하는데 지장이 없도록 필요한 일들을 꼼꼼히 알려주고 자신의 아파 트로 돌아왔다.

그리고 다음날 정혁은 그녀들을 북경수도국제공항까지 데려다주고 배웅했다. 짐을 부치고 홀가분한 마음으로 기다리는데 한지혜가 다가왔다.

"오 선생님, 아니 오빠! 블랙커피 한 잔 하실래요?"

"좋지요."

미숙은 제 발등만 내려다보며 말이 없었다. 누군가에게 함부로 기대를 갖게 하는 것도 죄악이다. 마음이 여린 미숙을 위로하며 등이라도 쓸어주고 싶은 마음을 접으며 정혁은 한숨을 쉬었다. 미숙아, 흔들리지 마. 모든 것은 지나가고 지나간 것은 잊혀지고 잊혀진 것은 사라지게 돼 있어.

잠시 후 한지혜가 커피 석 잔을 사들고 왔다. 때마침 안내방송이 흘러 나왔다.

"한국 김포공항으로 가는 손님들께서는 서둘러 탑승수속을 마치고 비행기에 탑승해 주시길 바랍니다."

미숙은 여전히 말이 없고 한지혜가 입을 연다.

"오 선생님, 아니 오빠. 여름방학 때 한국에 오시면 꼭 연락 주세요."

정혁은 멀어지는 두 여자를 향해 손을 흔들었다.

– 상권 끝 –

"(가칭)북경서울대학(北京首尔大学) 설립 및 운영계획서(2012.7.2)"

중국경제문화연구소 대표

법학박사 윤 종 식

목   차

Ⅰ. (가칭)북경서울대학(北京首尔大学)의 설립배경 및 목적

(가칭)북경서울대학을 설립하려는 동기는 나의 북경유학과 깊은 관계가 있다. 중국 비즈니스를 위해 1996년 늦은 나이에 중국 북경으로 유학을 가면서부터다.

처음에는 어학연수 후 바로 중국 사업을 시작하려 했으나 중국인맥이 없으면 성공할 수 없다는 주위 분들의 권고를 받고 대학원 진학 쪽으로 방향을 틀었다. 고민 고민 끝에 중국 사업에 가장 적합한 북경소재 중앙민족대학 대학원으로 진학해 황요우푸(黃有福, 황유복) 교수님을 만나면서부터 (가칭)북경서울대학 설립의 꿈을 가지게 되었다.

황요우푸 교수님께서 미국 하버드대학에서 초빙교수생활을 할 때, 재미교포들이 교포2세의 급속한 미국화로 인한 부작용 예방과 정체성 유지를 위해 한글학교를 운영하는 것을 보고 중국으로 돌아온 후, 열악한 조선족 교육여건을 개선하기 위해 중국의 주요거점에 한글학교를 운영해왔다. 정규과정이 아니고 보습수준의 야간학교로 운영하다보니 많은 문제점이 노출되어 정규대학 설립의 필요성이 절실했다.

그래서 중국 북경에 (가칭)북경서울대학을 설립하기 위해 다양한 경로로 노력을 경주하였지만 안타깝게도 매번 무산되고 말았다.

평소 황요우푸 교수님께서 조선족 교육여건 개선과 한중 우호증진에 노력하시는 것을 보고, 나는 자연스럽게 (가칭)북경서울대학 설립의 꿈을 키워왔다. 그동안 한국정부·국회·기업체 등 다방면으로 (가칭)북경서울대학의 설립 필요성을 알려왔지만, 학교설립 자금을 기부하겠다는 독지가를 아직까지 찾지 못하고 오늘에 이르고 있다.

II. (가칭)북경서울대학의 설립위치

1) 북경의 국제적 위상, 중국의 상징성, 대학운영의 효율성, 학생모

집의 편리성 등을 종합적으로 고려해 중국 북경에 설립한다.

2) 북경시내 쪽은 땅값이 비싼 관계로, (가칭)북경서울대학의 설립 비용 절감과 학생통학의 편리성을 위해 북경시 외곽지 지하철이 끝나는 지점으로 정한다.

Ⅲ. (가칭)북경서울대학의 명칭소개

국경을 맞댄 한중간의 유대는 수천 년 역사를 자랑할 뿐 아니라 앞으로도 긴밀한 관계유지가 매우 중요하다. 그래서 중국의 수도인 북경과 한국의 수도인 서울의 첫 자를 따서 잠정적으로 북경서울대학(北京首爾大學)으로 정했다.

Ⅳ. (가칭)북경서울대학의 설립규모 및 학생 모집인원

1) 설립자본금 : 미화(美貨) 2억 달러(US$200,000,000)

2) 설립자본금 조달방법 : 북경서울대학 설립취지에 동의하는 독지가로부터 미화(美貨) 2억 달러(US$200,000,000)를 기부 받아 조달한다.

3) 학생 모집인원

* 학생규모는 2,000~5,000명 정도로 한다.

* 초창기 학생모집 규모는 500~1,000명 정도로 하고 점차적으로 확대한다.

4) 기본 개설학과와 학제

* 정규과정(주야)-4년제, 2년제

* 실용과목 연수과정(주야)-1년 과정, 6개월 과정, 3개월 과정

* 어학 연수과정-2년 과정, 1년 과정, 6개월 과정, 3개월 과정으로 하되 필요에 따라 조정한다.

 5) 학교부지 면적 : 165,000~330,000㎡ 정도로 하되 필요에 따라 증감한다.

V. (가칭)북경서울대학의 운영계획

 1) 개설학과

* 일반계열-한국어학, 중국어학, 영어영문학 등

* 상경계열-경제학, 경영학, 국제통상학, 회계학 등

* 법정계열-법학, 행정학, 정치·외교학 등

* 예술계열-연기연예학, 연출학, 모델학, 아나운서학, 사진학, 악기학, 작사학, 작곡학, 엔터테인먼트학 등

 * 관광계열-호텔관광학, 동시통역학, 제빵제과학, 호텔조리학, 칵테일학 등

* 실용계열-자동차학, 전기전자학, 기계보일러학, 유통정보학, 뷰티디자인학, 패션디자인학, 산업디자인학, 실내디자인학, 의치가공학, 사회복지학, 유아교육학, 간호학 등으로 구성하되 필요에 따라 변경할 수 있다.

 2) 대학운영 계획

* 조직-재단이사장(한국인 1명), 총장, 부총장(학교 업무전담 1명, 외부로비 업무전담 1명), 교무처장(1명), 행정처장(한국인 1명), 교수 및 외부강사(50~200명), 교직원(교무처 20명, 행정처 10명 내외), 기타인원으로 구성하되 필요에 따라 증감한다.

* 건축면적

 ① 연면적－6,600~21,000㎡로 하되 필요에 따라 증감할 수 있다.

 ② 교실, 기숙사, 교직원숙사, 도서관, 국제교류센터, 편의시설, 기타 등으로 구분해 건축한다.

* 학생 분포－중국인 30%, 조선족 10%, 한국인 30%, 외국인 25%, 기타 5%(저개발국, 장애인, 결손가정, 사회소외층 등)로 구성하는 것을 원칙으로 하되, 학생구성 비율은 상황에 따라 결정한다.

* 교수 및 직원분포－한국인, 중국인, 조선족, 외국인 등이 골고루 구성되도록 인원을 조직한다.

* 수업료 책정원칙－원가주의를 원칙으로 하되 제반사정을 감안해 결정한다.

* 교육수준과 졸업원칙

 ① 정규과정 학생은 글로벌시대에 맞게 한국어, 중국어, 영어 등 3개국 언어 활용능력이 일정수준 이상이어야 졸업이 가능하다.

 다만 한국어, 중국어, 영어 가운데 모국어인 학생은 그 과목의 이수를 면제한다.

 아울러 공인자격증 1개 이상 또는 일정수준 이상의 입상을 해야만 졸업할 수 있다.

 ② 실용계열 학생은 바로 생업에 종사할 수 있도록 짧은 시간 내 능력을 배양하는데 중점을 두고 교육을 실시한다.

 예를 들면 ▲현장맞춤형인재 ▲생계창업형인재 ▲자기주도형인 재 ▲수익보장형인재 등을 가리킨다.

* 학금조성과 지급원칙－장학금 조성은 ① 스폰서(Sponsor)기업

지원금 ② 독지가 지원금 ③ 학교기업 수익금 ④ 기타자금 등으로 하고, 장학금 지급은 제반여건을 고려해 시행한다.

* 학교이미지 제고와 광고전략 : 대학이미지 제고를 위해 ① 인기연예인 ② 세계적인 석학 ③ 전문경영인 ④ 실무형엔지니어 ⑤ 복지전문가 ⑥ 환경운동가 ⑦ 정치인 등 국내외 유명인사를 정기적으로 초청해 매스컴과 공동프로그램을 추진한다.

* 국제교류 방안 : 학과별로 세계 유명대학, 전문기관 등과 정기적인 인적·물적 교류를 다양하게 추진한다.

* 스폰서 기업발굴과 재정, 인력협조 방안

① 한국기업, 중국기업, 기타 외국기업 등에 필요한 인재상을 파악해 수익창출에 적극적으로 활용한다.

② 스폰서기업으로 부터 기자재, 고급인력을 지원받아 주문식 실무형 교육을 실시한다.

③ 스폰서기업으로 부터 장학금, 기부금, 기타 형식으로 재정지원을 받을 수 있도록 전담부서를 둔다.

* 공공기관과의 협력방안-한국정부, 중국정부, 국제기관, 기타 공공기관과의 원활한 유대관계 및 협조체계를 구축한다.

3) 학교기업 운영 : 국제무역업, 엔터테인먼트업, 홈쇼핑업, 미용업, 요리판매업, 제과판매업, 커피판매업, 결혼상담 및 웨딩업, 출판업, 프랜차이즈업 등 다양한 수익사업을 추진한다.

VI. 결론

본격적인 한중교류는 1992년 한·중수교 이후부터이다. 처음에는 경제분야로 시작했지만 지금은 다양한 분야로 확대되고 있다. 2010년 중국의 수출입 규모를 보면 ● 수출 1조 5,760억 달러 ● 수입 1조 3,700억 달러이다.

이 가운데 ● 중국의 수출국 3위인 한국은 688억 달러 ● 중국의 수입국 2위인 한국은 1,380억 달러로 ● 한국은 대중국무역에서 700억 달러의 무역수지흑자를 보이고 있다.

근래 한·중수교 20년 행사도 성황리에 마쳤을 뿐 아니라 한중간자유무역협정(FTA)체결을 위해 무역협상위원회(TNC, Trade Negotiating Committee)를 설치하고 상품·서비스·투자 및 무역규범 등 협상전반을 논의할 계획이다.

이에 미래의 한중간 교류는 다방면으로 더욱 발전할 것이고, 교육관련분야도 새로운 전기를 맞이할 게 분명하다.

고로 (가칭)북경서울대학의 설립의 정당성과 시급함이 증명되고도 남는다. ▲한중간 우호증진형인재육성 ▲글로벌인재육성 ▲현장맞춤형인재육성 ▲자기주도형인재육성 ▲수익보장형인재육성 ▲다양한 벤처기업인육성 등 학교설립 이념을 가장 잘 구현할 수 있는 방법으로 (가칭)북경서울대학 설립보다 더 좋은 대안은 없다고 해도 과언이 아닐 것이다.

염라왕 상

초판 1쇄 발행 2014년 1월 10일

초판 3쇄 발행 2021년 11월 22일

지은이 : 윤종식
교정/편집 : 김현미 / 이수영
표지 디자인 : 일필휘지
펴낸이 : 서지만
펴낸곳 : 하이비전
신고번호 : 제6-0630
신고일 : 2002년 11월 7일
주소 : 서울시 동대문구 신설동 97-18 정아빌딩 2층
전화 : 02)929-9313
홈페이지 : www.hvs21.com
E-mail : hivi9313@naver.com

ISBN 978-89-91209-32-9 (04810)
세트번호

값 : 13,000원